A History of a Fascination
Mountains of the Mind

Robert Macfarlane

念念远山

〔英〕罗伯特·麦克法伦 ——著

杭海 ——译

南海出版公司

新经典文化股份有限公司
www.readinglife.com
出 品

献给我的外祖父母

哦心灵，心灵有崇山峻岭……

——杰拉尔德·曼利·霍普金斯[*]，约 1880 年

---

[*] 杰拉尔德·曼利·霍普金斯（Gerard Manley Hopkins, 1844—1889），英国诗人、牧师。——本书脚注如无特别说明，均为编译者注

目 录

序言 / 1

高山世界不过一方屏幕,是我们在其上投射出一幕希望、梦想、欲望和恐惧交织的舞剧。然而,在心与山之关系的背后与内里,住着一个谜,它总在那里,总是那么瑰丽。

着迷 / 9

三个世纪之前,冒着生命危险去爬山在人们看来无异于疯狂。三百年间,西方对山峰的看法经历了一场巨大变革。人们曾经斥责的山脉特征渐渐被列入它们最为人称道的方面。

伟大的石头书 / 33

地质学延展了时间,没有什么比它更能证明人类的无足轻重。如果山峰都经受不了时间的摧折,一座城池、一个文明又怎么能有更大的胜算?

追逐恐惧 / 75

山峰提供了一个可替换的世界，在那里你可以重新将自己虚构成任何形象。它们是"游乐场"，在那里成年人可以和危险嬉闹一番。然而，无论你如何想象自己、想象山峰，都没关系：这风光还是可以杀了你。

冰川与冰：时光之流 / 115

冰川融合了两个对人们的想象来说特别刺激的概念：巨大的力量和恒久的时间。冰川和周遭的群山迫使人类以不同的方式思考，以不同的速度思考。

高处：顶峰与风景 / 147

雄奇的高山给你更宽阔的视野：顶峰的风景赋予你力量。可是从某方面说，它也在消减你。自我意识因为视野开拓得以增强，却也遭到打击——山顶凸显了时空的宏大与深远，相形之下自我如此渺小，备受威胁。

走下地图 / 179

我热切向往山脊背后纯洁无瑕的山谷，其实是向往自己那乔装打扮了的梦想，这梦想自然由一种欲望驱动：去无人踏足之处，做无人完成之事。

崭新的天空，崭新的大地 / 207

向上攀登渐渐意味着追寻崭新的存在方式。在山里，体验是无法预知的，更为直接，也更为真切。高山是震慑身心之境，城市和平原永远不会有这样的效果——在山里，你是不同的自己。

珠穆朗玛峰 / 231

大山的传说要了马洛里的命,但自去世起,他也成了这个传说的新要素,并且影响深远。他像无数前辈后人一样为高山险峰之爱献身,但这无损群山奇特而迷人的分量,反而为之增添魅力。

雪兔 / 281

我不再觉得被飞雪围裹,却感到被它容纳,被它延展——雪落在广袤的大地上,我成了其中一部分。我想着大雪落在无数看不见的崇山峻岭之上,也想着,此时此刻,我只愿待在此地,哪儿都不要去。

拓展阅读 / 286

致谢 / 298

地名翻译对照表 / 301

序言
（为二十周年纪念版而作）

二〇一九年五月二十二日上午，尼泊尔登山家尼马尔·"尼姆斯"·普尔贾（Nirmal "Nims" Purja）拍摄了一张珠穆朗玛峰顶山脊的照片。你很可能知道这张照片，因为随后几天它便在网上走红，一直广为流传。

覆盖着厚厚雪檐的山脊上，两百多名登山者排成一队，向顶峰蜿蜒前行。他们身着橙色、红色和黄色羽绒服，前景中一人正坐着休息。天空湛蓝，积雪晶莹。照片的静默中，这一幕透出一股诡异的平静。这些登山者看着不过像某个阿尔卑斯山度假区等候缆车的滑雪客，实际上却正深陷海拔八千米以上的死亡地带——在那儿，氧气浓度是不够人长久活命的。

珠峰之巅腾展起一片冰晶，宛如飘扬的哈达，证明有大风在山间扫荡。山脊线两侧，坡面陡然下落。那数百名登山者等待的地方，海拔将近九千米，气温低至零下三十摄氏度，人全靠吸氧续命，在冰层里踢出来的立脚点上苦苦支撑，进不得，退不得。这不是登山，这是排队。

在通往这一致命交通堵塞的途中，这些人已经走过了从前登山死难者的遗体，有些未曾认领的遗骸还是几十年前的。气候变化，山间积雪不断减少，之前因封冻而无法看到的尸体渐渐重见天日，五颜六色的装备残片透过冰层闪出光来。

就在普尔贾拍照当月，珠峰的死难账上又将添加十一人，如今数字已愈三百。坠落冰隙。高原反应。体力耗尽。体温过低。心脏骤停。一位来自都柏林的计算机科学教授。一位尼泊尔登山向导，生前纵横高山，颇有名气。一位年轻的工程专业学生，来自印度哈里亚纳邦，正计划成立一个体育慈善机构来帮助当地儿童。一位来自孟买的马拉松运动员，她和丈夫一同登上了山顶，却于下撤途中堵在四号营地上方的登山队伍里，倒地身亡。一位来自犹他州的老先生，他告诉家人，自己宁愿死在山上，也不愿死在医院病床上——此番如愿以偿了。爱山的人眼里，高山神奇无与伦比；不爱山的人眼里，高山魅力全然匪夷所思。

二十多年前我写《念念远山》，就是在试图理解这些死难者和这张照片，尽管当时逝者尚在人间，照片也远未拍摄。泰奥菲尔·戈蒂耶[*]所谓将人引向高山的"无法按捺的激情"让我着迷，也令我困惑。为什么人们会如此深爱高山，哪怕高山显然不会回报他

---

[*] 泰奥菲尔·戈蒂耶（Theophile Gautier, 1811—1872），法国诗人、小说家。

们？为什么人们甘愿抛家弃子，冒死伤风险，仅仅为了追寻一堆岩石和冰块？这就是我想从历史和个人角度回答的问题，因为我也曾受制于这一腔"无法按捺的激情"。《念念远山》初版于二〇〇三年五月，距丹增·诺盖和埃德蒙·希拉里* 首次登上珠峰恰好五十年，也就是在那一年，我放下了高海拔、高风险的登山运动。

从历史角度来看，现代人对高山的痴恋显得愈加奇怪，因为人类为了乐趣、休闲或朝圣而大规模登山不过是近三百年来的事。相比之下，探入黑暗洞穴或地下世界的欲望要古老得多——为了一睹奇观，或为了埋葬死者。已知最早的人类赭石壁画位于西班牙的山洞里，时间暂定为距今六万四千年左右，作者很可能是尼安德特人艺术家。目前确知最古老的人类墓葬距今约十万年，地点是以色列的塔本洞。

大山占有着我的心，并将永远占有。在我看来，山岳始终是约翰·罗斯金† 所谓"所有自然景观的开端和结束"。说来讽刺，我居然在剑桥郡生活了大半辈子，可算一恨。此间地势极为平坦，有个老笑话说，平到你站在椅子上就能看到邻郡。其实这本书大部分是我在剑桥郡中心一间没有窗户的地下室里写完的。人造灯光里，海平面之上（甚或之下），反倒是摹写世间高山的宝地，因为它逼得想象力开了记忆超速挡。我再度登临心中的高山，距离使兴味愈加浓烈；我也力图重现那一幕幕感受、一场场攀登，

---

* 埃德蒙·希拉里（Edmund Hillary, 1919—2008），新西兰登山家、探险家；丹增·诺盖（Tenzing Norgay, 1914—1986），夏尔巴人，尼泊尔探险家、登山向导。

† 约翰·罗斯金（John Ruskin, 1819—1900），英国作家、艺术评论家、哲学家。

3

好让读者也能身临其境。

二十三岁，我开始写它，我的第一本书。此前几年，在温哥华岛西岸徒步时，我读了巴里·洛佩兹一九八六年出版的杰作《北极梦》。这本书让我心荡神驰，也改变了我对"非虚构作品"的看法：原来它还可以是这样的。书中各种学科的交织让我惊叹——从探险史到生物学，再到人类学和人种志；而洛佩兹能将优雅的分析、报道和思考与田野笔记诗篇般美妙的表述融合无间，此等本领同样令我震惊。读《北极梦》之前，我心中有一个文体等级：诗歌位于顶峰，小说占据上方山坡，非虚构作品则屈居山脚。突然间，这个等级被打破了。

洛佩兹让我知道，非虚构作品可以像任何小说一样具有实验性、复调性，风格鲜明。我一心想自己也当作家，来一场语言和形式的冒险。我也开始受不了"非虚构作品"这个名称：用它"不是（非）什么"来定义这片广阔的创作领域，是多大的局限和贬损！在这些感受的驱使下，《念念远山》开始成形。最初只是在图书馆和档案馆手写的几页记录，以及笔记本上草就的类似散文诗的片段："雾凇羽毛般生长／倚入风雨""雪把石头变成圆球，树木变成尖塔，山顶变成锥体"……

慢慢地，我从洛佩兹、W. G. 塞巴尔德、布鲁斯·查特文和安妮·迪拉德这样的作家身上学会了如何在不同语气和风格间来回切换，如何向不同视角敞开叙述。没有哪片风景只发出一种声音，我也不希望自己的书这样。《念念远山》最早的评论者之一曾在《爱尔兰时报》上说她不知该如何归类这本书，既困惑又兴奋。当时读到"这是全新的探险写作，甚至可能标志着一种新文类的诞生"，我很高兴。我想现在我们可以称之为"自然写作"，但在二〇〇三年，几乎没人用这个名称，而且不管怎样，现在我也不喜欢这个标签，它累赘、狭隘、寡淡。我所确知的是，每写一本新书，我都尽力熔炼扭转其风格——某种形式用得过多，便流于俗套陈规，我努力前行，免得落入这样的境地。

《念念远山》初版二十年来，发生了许多变化。珠穆朗玛峰成了愈发俗丽而致命的大聚会：DJ 在大本营打碟，Instagram 博主忙着绝顶自拍；昆布冰瀑的一次冰崩中，十六个夏尔巴人代替出高价的主顾去冒极大的风险，最终遇难。高海拔登山的可行性也变了：二〇〇三年，像尼姆斯·普尔贾那样单人仅在六个月出头的时间里（他用了六个月零六天）登顶全部十四座海拔八千米以上的山峰，还是难以想象的事情。

气候危机也在持续改变世界上许多山区的面貌。格陵兰冰帽顶峰降下了有记录以来的第一场雨；阿尔卑斯山区大部分冰川正在瓦解缩小；兴都库什喜马拉雅山区的冰川预计到二〇五〇年会消失百分之二十五至三十五，由此给依赖冰川融河的数十亿人带来灾难性后果。与此同时，无数伤心烦恼的人求助大山，想在山里找到启发与美景，想从诸多现代心灵痼疾中获得解脱，这些都给往往本已脆弱的山区风景和生物群落带来更大压力。我要向山举目。我的帮助从何而来……*

---

* 语出《圣经·诗篇》121：1。

我对大山的爱恋依然炽热，只是成为父亲之后，这种热爱的性质有了巨大变化。我们的第一个孩子莉莉在《念念远山》出版那年出生，为人父母的责任和奇妙几乎立即让我无意再度涉险。莉莉进入我们的生命后，我总会想起书中的一句话——事实上，这也是后来我看到被引用得最多的一句："那些攀登高峰的人，一半爱着自己，一半恋着湮灭。"

于是我找到了其他方式流连山间，听从苏格兰作家娜恩·谢泼德的建议：我们应该试图"走进"而不是"爬上"高山，山口可以和山峰一样了不起，以朝圣的方式走进荒野也比征服荒野更可取。我继续在苏格兰高地和湖区攀登、徒步、住棚屋、越野跑，还参加过东格陵兰岛和挪威北极地区的探险考察。如今，惊奇远比危险更吸引我。一次，我和两个朋友在隆冬时节穿越凯恩戈姆高原，遇上了非常浓重的乳白天空，如此情形，之前和之后我都没再见过。云层的白、风雪的白和地面积雪的白彻底交融，让人完全无法分辨大小、深浅和距离。没有影子，没有路标，甚至连重力的约束都松弛了，只剩头颅中血流的倾侧让人察觉到它的存在。那奇异的半小时里，我仿佛漂浮在外太空。我愿用任何一次登顶来换这种感觉。

多年来，《念念远山》的读者给我寄来数以千计的信、笔记和照片。这本书被带到珠峰大本营、南极、格陵兰岛和阿尔卑斯山里去读；我还在苏格兰高地的棚屋里找到几本，已经翻烂了。正是这些激励着作者写下去。所有书信中，有一封最为特别。书首次出版后几个月，我收到一封美国读者的来信。打开信封，一张彩色照片掉了出来,照片上的年轻女子面对镜头,开心地笑,两根手指竖起,比着代表胜利的 V 字。她戴着登山头盔。这是在加拿大落基山脉一座峰顶拍摄的登顶纪念照。信是她父亲写的,这位父亲解释说,女儿在这张照片拍下后不久就去世了,下山时死于岩崩。她留下两个年幼的孩子。事情就发生在那年早些时候。

信是手写的,长达十五页左右,分好几个部分。这位父亲说,为了弄懂是什么样的情形将女儿引向死亡,他读了《念念远山》。我很快明白这封信不是写给我的,而是写给他自己的。信的每个部分,他都选取书中的不同章节,用它来描摹女儿的生死地图。我也经历过朋友在山间死伤,认得这种并不怎么奏效的心理文饰作用——仿佛因果解释可以减轻痛苦,弥补损失。信的最后几段放弃了分析,陷入不再掩藏的悲痛。父亲承认他永远无法知道,那天究竟是什么把女儿带到山顶,而他也将永远心碎。

没有哪座山值得我们奉上生命,这我知道。至于人类为什么要爬山,这个问题太过复杂,无法简化,任何解释都不能述其万一。岩石、雪、冰、风暴和阳光对人类的存在漠不关心,兀自欢悦。高山世界不过一方屏幕,是我们在其上投射出一幕希望、梦想、欲望和恐惧交织的舞剧。然而,在心与山之关系的背后与内里,住着一个谜,它总在那里,总是那么瑰丽。"有无数秘密,在我和它之间暗自涌动,"二十世纪四十年代,娜恩·谢泼德描写凯恩戈姆山时这样说道,"空间与心灵能够彼此渗透,直到双方的性质皆因此改变。"这本书便是我的一个尝试:尝试弄清人类与高山之间究竟"涌动"着何物,从而更改了双方的本质。

着迷

我想到那驱使人们踏上艰巨攀登之路的激情,这激情无法按捺。没有什么先例吓得倒他们……峰顶如同深渊,散发出不可抗拒的魔力。

——泰奥菲尔·戈蒂耶,1868 年

十二岁那年,在苏格兰高地外祖父母家里,我第一次与伟大的登山传奇《挺进珠峰》(The Fight for Everest)不期而遇。这本书记录了一九二四年英国人的一场探险,其间,乔治·马洛里(George Mallory)和安德鲁·欧文(Andrew Irvine)在即将登顶珠穆朗玛峰时失踪。

那时我们在外祖父母的宅子里度夏。我和弟弟可以在家中到处转悠,除了走廊尽头的房间,那是外祖父的书房。玩捉迷藏时,我常躲在我俩卧室的大衣橱里。橱里有股浓烈的樟脑味，橱底散乱放着些鞋子，人在里面很难站直。外祖母的皮大衣也挂在里面，罩着薄薄一层防衣蛾用的透明塑料膜。我伸手想摸摸柔软的毛皮，触到的却是光滑的塑料，这感觉有些奇特。

宅子里最棒的是玻璃暖房，外祖父母叫它"阳光房"。那里铺着灰色石板，踩上去脚底冰凉，有整整两面墙都是巨大的窗户。两位老人在其中一扇窗上贴了张剪成老鹰形状的黑色卡纸，为的是吓走小鸟，可鸟儿们以为透明玻璃是空气，时常撞上窗户送了命。

即便是夏日，房子里也灌满苏格兰高地矿井般的冷空气，所有东西表面摸上去都是寒飕飕的。吃饭时从餐柜里取出的沉甸甸的银餐具，拿在手里很冰凉，晚上上床后，床单也是冷冰冰的。我会在被单下扭动身子，尽量钻到床尾，拉着被单蒙住头，形成一个"密封舱"，接着拼命深呼吸，直到把床焐暖。

宅子里到处是书，外祖父并不着意整理，毫不相关的书常常比邻而居。餐厅的小书架上，《克拉布特里先生钓鱼记》(*Mr Crabtree Goes Fishing*)、《霍比特人》、《炉边侦探故事集》(*The Fireside Omnibus of Detective Stories*) 和两卷 J. S. 穆勒[*]皮面精装本《逻辑体系》共处一地。好几本关于俄罗斯的书，书名我都念不明白。还有许多探险和登山的著作。

一天晚上我睡不着，就下楼找本书看。走廊的一边，靠墙叠着高高一摞书，我几乎是随意从中抽出一本绿色的大部头，就像

---

[*] J. S. 穆勒（John Stuart Mill，1806—1873），英国哲学家、经济学家和逻辑学家。

从墙上抽出一块砖,然后带着书去了阳光房。月华澄澈,我坐在宽大的石面窗台上,开始读这本《挺进珠峰》。

外祖父给我讲过这场远征,我已知晓一些细节。但这本书的娓娓叙述、二十四张黑白照片和标着陌生地名——远东绒布冰川、协格尔宗、拉巴拉山坳——的折页地图,可远比外祖父的讲述带劲。一径读去,我便神游到了喜马拉雅,一帧帧影像扑面而来:我能看到中国西藏布满砾石的平原,漫漫延伸到远方白色山峰之下;珠穆朗玛峰好似一座幽暗的金字塔;背负着氧气瓶的登山者看上去像潜水员;他们用绳索和梯子登上珠峰北坳的巨大冰墙,如同中世纪武士围攻城池;还有书的最后,六号营地的雪面上那个用睡袋拼成的黑色字母T,用来告知下方营地里用望远镜眺望着山上的登山队员,马洛里和欧文失踪了。

书中有一段最让我紧张,是探险队的地质学家诺埃尔·奥德尔(Noel Odell)描述他最后一次看到马洛里和欧文的情景:

> 上方的大气突然变得清澈,整个顶峰的山脊和珠峰最高点揭开了面纱。我注意到远处的一道雪坡,它通往看上去离锥顶基部仅一步之遥的地方,有个微小的点在那里移动着,向岩石阶梯前进。另一个点跟着他,接着,第一个点爬到了石阶顶上。我站在原地紧紧注视着这壮观的一幕,就在此时,整幅景象被裹进了云层……

我一遍又一遍读着这段文字,满心只愿自己是两个小点中的一个，在稀薄的空气里为生存而战。

***

就这样，我狂热地迷上了探险。在一场只有童年漫漫时光里才可能拥有的阅读盛宴中，我"扫荡"了外祖父的书房，到那年夏天结束，已经读了十几本最著名的登山和极地探险实录，包括阿普斯利·谢里－加勒德记述的南极考察《世界最险恶之旅》、约翰·亨特的《攀登珠峰》（*The Ascent of Everest*），以及爱德华·怀伯尔血淋淋的记录——《攀缘在阿尔卑斯山间》（*Scrambles Amongst the Alps*）。*

比起成人，孩子的想象力更信赖故事的真实性，他们更愿意相信，事情正是像记述的那样发生的。他们感同身受的本领也更强——我读那些书时，真真切切地感觉自己和探险者生活在一起，甚至成了他们。夜里，我和他们一同待在帐篷内，用烧海豹油的炉子化开干肉饼浓汤，任外头狂风呼啸。我在极地齐股深的雪地里赶雪橇，颠簸着驶过雪面波纹，跌下沟壑，费力爬上刃岭，在山脊上大步走过。我从一座座山顶俯瞰世界，仿佛检视一幅地图，有十多次差点就没命了。

这些探险者——几乎都是男性——所面对和承受的磨难让我

---

* 阿普斯利·谢里－加勒德（Apsley Cherry-Garrard，1886—1959），英国探险家；约翰·亨特（John Hunt，1910—1998），英国探险家，曾率队从南坡登上珠穆朗玛峰；爱德华·怀伯尔（Edward Whymper，1840—1911），英国登山家、插画家。

着迷。极地苦寒，冷到把白兰地冻成冰块；狗要是舔自己的皮毛，舌头会冻在毛上；人要是朝下看，胡子会冻在外套上。羊毛衣裳冻得像铁块一样硬，想让它弯曲得用锤子敲。严寒也把驯鹿毛睡袋冻出一个个冰冷的硬鞘，晚上探险者得用体温生生把它们化开，才钻得进去，每进一寸都是煎熬。高山上则有如一道道波浪横挂在悬崖上的雪檐，有高原反应无形的袭击，还有能瞬间埋葬世界的雪崩和暴风雪。

几乎所有探险传奇人物都以死亡或某种伤残告终，除了埃德蒙·希拉里和丹增·诺盖在一九五三年成功登顶珠峰，欧内斯特·沙克尔顿在一九一六年救下整个探险队——在弗兰克·沃斯利神奇的导航下，小小的"詹姆斯·凯尔德号"得以在风暴频发的南半球海域精准地穿越八百英里*；北方，欧洲正如浮冰般分崩离析，此间沙克尔顿却镇定自若。† 我喜欢这些让人毛骨悚然的细节。在有些极地探险故事里，几乎每一页都能读到探险队员不是没了命，就是丢了身体某个部位，有时"队员"指的就是身体部位。还有坏血病肆虐，它损毁肌体，让皮肉像受潮的饼干一样从骨头上脱落。一名队员病入膏肓，浑身的毛孔都渗出血来。

而这些故事的背景，它们发生的地方，也有某种东西深深打

---

* 一英里约等于一点六公里。

† 一九一四年八月，爱尔兰探险家欧内斯特·沙克尔顿（Ernest Shackleton）率队驾驶"坚忍号"，从伦敦赴南极探险。行近南极大陆时，船受浮冰围困并沉没，探险队员辗转于一九一六年四月登上荒岛。沙克尔顿挑选五名队员，驾驶救生艇"詹姆斯·凯尔德号"，凭借船长弗兰克·沃斯利（Frank Worsley）精湛的航海技术，航行八百英里，找到捕鲸站求援，最终于八月将荒岛上的同伴全数救出。

动着我。吸引我的，有他们踏足之地的荒凉——高山和极地萧索的景观、摩尼教黑白色系般的清简色彩。故事中人的价值观也两极分化：勇敢与懦弱，休整与行动，危险与安全，对与错，环境的无情本质把一切都干净利落地二元化。我真想让自己的生活也如此脉络清晰，孰轻孰重都这样简单。

我渐渐爱上了他们，爱上了那些男子汉：驾着雪橇的极地探险者，他们唱的歌，他们对企鹅的脉脉温情；叼着烟斗的登山者，他们的无所顾忌，他们难以企及的耐力。这群人外貌粗犷——穿着坚不可摧的粗花呢裤子，留着粗短的羊排络腮胡子和八字须，身上裹着丝绸或抹上熊油来抵御严寒，却对涉足的绝美风景有着近乎挑剔的敏锐，我爱他们身上的这种矛盾。不仅如此，在他们身上，吃苦耐劳可以和贵族的讲究并存（比如一九二四年的探险队还带上了六十罐浸在鹅肝酱里的鹌鹑罐头、领结、蒙特贝洛香槟佳酿）。他们能坦然接受命运：横死哪怕不是十之八九，也很有可能发生。

在我看来，他们是行者的典范：不为逆境所动，为人谦逊朴实。我渴望成为他们那样的人，特别渴望像个子矮小的"小鸟"鲍尔斯那样身体自带恒温调节器——这位罗伯特·斯科特的得力助手，在乘"特拉·诺瓦号"向南航行时，每天清晨在甲板上用一桶海水洗澡；他还可以在零下三十摄氏度的严寒中睡觉，而且睡得着。*

---

* 一九一〇年，英国探险家罗伯特·斯科特（Robert Scott）率队从威尔士赴南极考察，亨利·鲍尔斯（Henry Bowers）是四名队员之一。一九一二年一月队伍到达极点，发现挪威探险队已先行抵达。之后五人在回程中全部遇难。

最最吸引我的，是那些不远万里去攀登亚洲雄峰的人。他们中有很多都罹难了。我牢牢记着他们的名字：珠穆朗玛峰上的马洛里和欧文，南伽峰上的马默里，科什坦套山上的唐金和福克斯*……这份名单不断延续，名字从熟悉到陌生。这些登山者投射到我身上的想象之光和极地探险者投来的一样——都让我看到美丽而危险的风景、广阔浩瀚的空间，这一切也同样一无世俗功用，只不过是把极地的高纬度换成了山地的高海拔。当然这些探险者身上不乏各种缺点，他们陷于时代的局限：种族主义、性别歧视、无可撼动的优越感，他们的勇敢混杂着强烈的自私。然而，我当时注意不到这些，只看得到无比英勇的人举步迈进未知的灿烂之光。

***

让我印象最深的一本书无疑是莫里斯·埃尔佐格（Maurice Herzog）的《安纳普尔纳峰》（*Annapurna*），由埃尔佐格一九五一年在医院的病床上口述完成。他因为失去所有手指而无法执笔。世界上海拔八千米以上的山峰一共有十四座，一九五〇年春天，埃尔佐格带领一支法国登山队来到喜马拉雅山脉尼泊尔一侧，想首次征服其中的一座。

---

* 艾伯特·马默里（Albert Mummery, 1855—1895），英国探险家、作家，一八九五年攀登喜马拉雅山脉南伽峰时，在雪崩中遇难；英国探险家威廉·唐金（William Donkin, 1845—1888）和哈里·福克斯（Harry Fox, 1856—1888）一八八八年在攀登高加索山脉科什坦套山时遇难。

他们艰苦勘察了一个月，雨季之前所剩的时间也越来越短，于是这支法国登山队向安纳普尔纳山脉腹地进发了。那是一片被世人遗忘的冰雪岩石之境，由世上最高的一圈山脉环抱封锁。埃尔佐格写道：

> 我们身处人类从未见过的一片蛮荒山地之中。动植物在这里都无法生存。纯净的晨光中，这种了无生气，这种自然的匮乏，似乎反而强化了我们的力量。人类天生向往自然的丰盈慷慨，怎能指望旁人理解这片荒芜在我们心中唤起的特殊振奋呢？

队伍一点点向山上行进，营地越筑越高。高海拔、严寒和负重造成的损害逐渐显现。虽然身体日渐虚弱，埃尔佐格对成功登顶的信念却日渐强烈。终于，六月三日，他和队友路易·拉舍纳尔离开最高的五号营地，向顶峰发起冲锋。

登上顶峰的最后一段路上有一条漫长的弧形冰坡，登山队给了它个"镰刀冰川"的绰号。之后就是拱卫着顶峰的一片陡峭岩石带。除了这片岩石带，路上已然没有太考验技术的障碍了。拉舍纳尔和埃尔佐格一心要轻装上阵，没有带绳索。

他们离开五号营地时天气完美，天空一碧如洗。晴朗的天气也带来极低的温度，空气冰冷，两人向上爬的时候只觉得双脚要在靴子里冻住了。很快情形变得明朗：要么回去，要么就有被严重冻伤的风险。他们继续前进。

在对这场攀登的叙述中,埃尔佐格描述道他对发生在自己身上的事渐渐漠然。天气晴朗,空气稀薄,群山晶莹美丽,冻伤后痛感的奇异消失——这一切合起伙来让他进入一种麻木的平静,对逐渐恶化的伤势无动于衷:

> 看着拉舍纳尔和周围的一切,我有种不寻常的感觉。我们的努力如此微不足道,想到这一点,我暗自哂笑。然而所有的疲惫感都消失了,仿佛不再有重力。这轻盈缥缈的景色,堪称纯净的典范——这不是我认识的群山,而是我梦里的群山。

在这种失去痛觉的朦胧幻境里,他和拉舍纳尔攻上最后的岩石带,到达顶峰:

> 我感觉双脚冻僵了,但并不很在意。人类攀上的最高峰此刻就在脚下!曾登上如此高峰的前辈,他们的名字在脑海中一个接一个地闪过:马默里,马洛里和欧文,鲍尔,韦尔岑巴赫,蒂尔曼,希普顿。[*]他们中有多少人献出了生命——

---

[*] 保罗·鲍尔(Paul Bauer, 1896—1990),德国诗人、登山家,于一九二八年登上高加索山脉的德赫套山,一九三六年登上喜马拉雅山脉的西尼奥褚峰,曾试图攀登干城章嘉峰,但未登顶;威廉·韦尔岑巴赫(Wilhelm Welzenbach, 1899—1934),德国登山家,一九三四年在喜马拉雅山脉的南伽峰遇难;哈罗德·蒂尔曼(Harold Tilman, 1898—1977),英国登山家、探险家,于一九三六年登上喜马拉雅山脉的楠达德维峰;埃里克·希普顿(Eric Shipton, 1907—1977),英国登山家,二十世纪三十至五十年代多次参与喜马拉雅山脉的探险活动。

多少人在这些大山里求仁得仁……我知道终点近了，然而这是所有登山者都向往的终点，是与支配着他们的热情相配的终点。我心存感激，感谢群山在那天为我展现得如此美丽，它们的静默让我敬畏，仿佛身处教堂之中。我不觉得疼痛，也不担忧。

疼痛和担忧是后来才有的。埃尔佐格在爬下岩石带时掉了手套，抵达四号营地的时候，手脚严重冻伤，几乎无法行走。爬过陡峭地面向大本营拼死撤退途中，他摔了一跤，原本损伤严重的脚上又碎了几根骨头，于是不得不绕绳下降，绳索将手上的皮肉大条大条地撕下。

地势不那么陡峭后，人们终于得以扛着埃尔佐格行路。先是人背，再用篓子，然后用雪橇，最后是担架——终于把他运出了山地。下撤途中，他的手脚被套上塑料布，牢牢包裹着，以免进一步损伤。每晚抵达营地，队医乌多会往埃尔佐格的股动脉和肱动脉注射普鲁卡因、止痛剂和青霉素，长长的针要穿过他腹股沟左右两侧和肘弯，痛得埃尔佐格只求一死。出山时，他的脚已经变成黑色和棕色。到达戈勒克布尔*的安全地带时，乌多已经截去他几乎所有的手指和脚趾。

那年夏天，我读了三遍《安纳普尔纳峰》。在我看来，埃尔佐格明智地选择坚持登顶，哪怕后来付出了代价。我和他都认为，

---

* 戈勒克布尔是印度东北部城市。

和站上那小小几平方米的雪地相比,手指和脚趾算得了什么呢?死了都是值得的。这就是我从埃尔佐格的书里学到的:最好的死法是死在山顶上——啊,上帝保佑我不要死在山谷里。

***

距第一次读到《安纳普尔纳峰》十二年后——十二年里,几乎所有假期我都在山间度过——我在苏格兰一家旧书店里,手指划过一排排书脊时,又遇到了这本书。那天夜里,熬夜重读一遍,我再次着了迷。不久我订了机票,找到一位登山搭档——服兵役时认识的朋友托比·蒂尔(Toby Till),去阿尔卑斯山过一个礼拜。

六月初我们到达采尔马特,希望在夏季游人满山之前去登马特洪峰。但马特洪峰还罩着厚厚的冰层,现在爬太危险,于是我们开车绕到下一个村庄,那里冰雪可能化得多些。我们计划爬得高一点,夜里在那儿扎营,第二天早上去登拉金霍恩峰,从容易爬的东南脊上去。拉金霍恩峰海拔四千零一十米,有个念头一闪而过:它的高度几乎正好是安纳普尔纳峰的一半。

那天夜里下了雪,我清醒地躺着,听厚重的雪花落在帆布帐篷顶上。雪花堆积,在篷布上投下阴影,直到越堆越重,帐篷的斜顶承受不住,哧溜一声轻轻滑落到地上。凌晨时分雪停了,然而早上六点,我们拉开帐门上的拉链时,云层中却透出微黄的光,那是风暴的不祥预兆。我们有些担忧地向山脊出发了。

登上山脊,才发现路比下面看起来难走,主要是因为覆盖着山脊的软烂陈雪有好几英尺*深，上面又积了六英寸†黏重的新雪，还没压实。朽软的雪要么像砂糖一样呈颗粒状，要么形成一层由又长又细的冰晶组成的松脆基层，冰晶彼此分离，中间是空的。无论是哪种情况，雪层都不稳固。

我们无法干脆地从一块岩石迈向另一块，而是不得不沿着雪面攀爬，完全吃不准每一脚下去是岩石还是空气。也没有前人开的路引导我们，显然去年夏天之后就没人来过这儿。山脊上很冷，冷得要命。鼻涕一流就在脸上冻成鼓起的印子；风刮得我直流眼泪，右眼的睫毛冻在一起，拨开眼皮才能把它们分开。

跋涉两小时后，我们接近峰顶，然而山脊的角度更陡了，行进也变得更慢。我感到严寒侵入体内，连脑子都转得更慢，更加含混不清了，仿佛低温凝住了我的思绪，让它们变得黏黏糊糊。当然此时可以掉头回去，而我们继续前进。

通往山顶的最后五十英尺格外陡峭，积着厚厚的不牢靠的陈雪。我停下来判断情势，这座山看起来随时会把所有的雪都抖下来，就像抖落一件外套。不时有小型雪崩从我身边急急掠过，我听到山的东坡有一连串岩崩的声响。

崖壁耸立在面前，我把靴尖楔到积雪里，固定住自己，向右后方仰头，看向天际线。顶峰云层吞吐，有一瞬间仿佛山体在慢慢朝我倾倒下来。

我转过头来，朝在下方二十英尺的托比喊："我们还上去吗？

---

* 一英尺约等于零点三米。
† 一英寸约等于二点五四厘米。

我一点也不喜欢这家伙的样子，我猜这里可能随时会整个塌掉。"

在托比下方，山坡向下收窄，成了悬在山脊南面峭壁之上的一道斜槽。如果滑脱，或者雪面塌陷，我会从托比身边滑过，把他也拉下去，然后我们就会自由落体几百英尺，掉到冰川上。

"当然要上去，罗伯，当然要上去。"托比向上喊道。

"行。"

我只带了一把冰镐，但这道山坡如此险峻，得用两把才行，必须临场发挥一下了。我把冰镐换到左手，尽量绷紧右手手指，要把它们插到雪里当冰镐头使，才能稳住自己。我开始战战兢兢地攀登了。

雪没有塌，我的"临时冰镐"也还好使，突然间我们就到了，攀上餐桌大小的顶峰，握住了从顶峰厚厚积雪里探出头的铁管十字架，一时间又惊恐又狂喜。山体从四周一落千丈，感觉我们是在埃菲尔铁塔的塔尖上保持平衡。云散去了，一束耀眼的白光替代了清晨的晦暝。我认出几千英尺下一个小小的黄点，那是我们的帐篷。从这个高度看去，前一天我们到达山脚之前穿过的冰川已化作一片淡淡的苍白波浪图案。我能看到这波浪间冰川融水形成的好几十个小湖泊向我眨着眼，仿佛阳光下的盾牌，色泽碧蓝，摄人心魄。西边，初升太阳的光芒从米沙伯尔山脉的正面倾泻而下。强劲的风刮得我双颊麻木，还无情地钻进了衣服缝里。

我朝下看了看自己的手。一路上来我都戴着薄手套，但由于反复把右手手指插进冰坡，手套的三个指尖都被撕掉了，我已经感觉不到那几个手指了。事实上，我意识到整只手都没有知觉，却奇怪地并不恐慌。我把右手举到含着泪的眼睛前，这几个暴露在严寒空气里的手指已经蜡黄，而且变得半透明，好似陈年干酪。

我没有备用手套，不过现在可不是担心这些的时候，因为在晨光中，来时勉强能承受我们重量的雪可能在融化了，必须尽快下撤。

下山时我们行动迅速且高效，直到遇上貌似最后一道关卡——一处雪桥，这是两座岩峰之间一道下陷的窄窄雪脊，长约三十英尺，像两头钉起来挂住的床单。从上面过去太陡也太摇摇欲坠，但又没有办法爬下去，或者绕过它。我们得和上山时一样沿着它的边缘爬出去，而且现在更难保证这整个构造不会坍塌，让我们坠入冰川。

托比开始在松软的雪里给自己踢出一个凹座来。

我问他："你这么做，我猜是想让我先下吧？"

"是啊，请吧，求之不得啊。"

我脚踢近乎垂直的雪脊边缘，慢慢挪出去，绳子水平垂在我和托比之间，成了弧形。每次脚踢进边缘，雪就像打湿的糖霜一样滑出去，发出咝咝声。"这下可好了"，我心想，"站在一堵差不多垂直的融雪墙上，一点一点横移过去，用的是三个冻伤的指头，还只有一把冰镐。"我心里骂着莫里斯·埃尔佐格，然后向下瞥去。

从双腿间只看到一整片空茫。我再一次把冰爪踢进雪脊，一大片软烂的雪从脚下歪出去，横滚着掉向冰川，四散开来。我举着双臂挂在那里，眼看着雪块翻滚下去。一股震颤自臀部起，直蹿到腹股沟和大腿，很快我的整个腹部都被一团嗡嗡作响、七上八下的恐惧包围了。我感觉这片空间既辽阔又恶意涌动，仿佛正在把我吸进去，直拉进它的虚无之中。

只有一把冰镐——怎么就只带了一把呢？我又用起右手——有蜡黄指头的右手，把它插进雪里。手指不疼，这倒是好事。就这样我坚持着，保持节奏：踢一下，再踢一下，插一下，再插一下，咒骂一声；踢一下，再踢一下，插一下，再插一下，咒骂一声。

我们成功爬下来了——要不然我也不会写出这些。坐在帆布背包上，朝着帐篷滑下剩余的坡地时，我们高兴又如释重负地欢呼着，为了胜利登顶，也为了平安下山。

两小时后，我坐在帐篷外一块大石头上，盯着自己的手指，精疲力竭，意兴阑珊。天气变好了，温暖无风，山区强烈而一视同仁的阳光照亮了周遭的风景。声音从稀薄的空气中精确传来，我听得到约莫半英里外，从魏斯米斯山上下来的登山者们咣当咣当的行进声和说话声。右手感觉不太像是我的一部分，不过看到只有三个手指的指腹冻伤，也不算严重，我隐隐松了口气。我在石头上敲了敲手指，传来粗硬空洞的声音，好像木头敲在金属上。我掏出小刀削手指上的皮。膝头之间灰色平坦的岩石上渐渐积起一小堆皮肤的细屑。终于削到了粉色的皮肤，每一次削刮开始伴随着疼痛，于是我在打火机的橘焰中火化了这堆削下的薄屑，它们在一阵噼啪声和焦肉的气味里燃尽了。

※※※

三个世纪之前，冒着生命危险去爬山在人们看来无异于疯狂，甚至几乎没人觉得荒野景色有什么动人之处。在十七世纪和十八世纪早期的正统思想里，自然景色主要依其作为农田的肥力而受到欣赏。草原、果园、牧场、大片肥沃的庄稼地——这些才是风景的理想要素。换句话说，驯化的风景，那些被犁铧、树篱和水渠赋予了人间秩序的风景，才是迷人的。早在一七九一年，威廉·吉尔平* 就注意到，"大部分人"认为荒野可憎。他继续说道："几乎人人都喜欢忙碌的耕作场面，而不青睐大自然粗糙的造物，哪怕其中最杰出的作品。"山脉，这大自然最为粗率的造物，不仅无法耕种，在审美上也令人反感：人们觉得它们那不规则且硕大无朋的轮廓扰乱了心目中自然美的水准仪。十七世纪的人还算客气，把不喜欢的山脉称为"沙漠"，还有人申斥它们是地球表皮上的"疖子""疣""囊肿""瘤子"，甚至"自然女神的生殖器"，因为它们有阴唇状的山岭和阴道般的山谷。

此外，山脉也是危险的地方。人们相信极微小的刺激——小到一声咳嗽、甲虫伸一下脚，或鸟儿向满载积雪的坡地俯冲一下——都可能引发雪崩。你也许会落进冰隙蓝色的大口中，多年后被冰川反刍出来，摔得稀烂，冻得僵硬。也可能会遇上一位神灵、半神或魔鬼，他们因为领地遭入侵而大怒——传统观念里，山里

---

* 威廉·吉尔平（William Gilpin，1724—1804），英国艺术家、作家，提出"如画美"（picturesque），确立了画家对粗糙之物的偏好。

总是住着充满敌意的超自然之物。约翰·曼德维尔[*]在著名的《曼德维尔游记》中描写了住在厄尔布鲁士山[†]诸峰之间的刺杀者部落,他们受神秘的"山间老人"掌控。在托马斯·莫尔[‡]的《乌托邦》中,"丑陋、野蛮而凶狠"的塞波雷德族人就被认为住在"高山中"。诚然,山地在过去为受困的人提供了避难所——比如罗得和女儿们在被赶出琐珥后,就逃往山里,可在大多数情况下,山脉还是人们避之不及的地貌。人们千方百计绕道而行,万不得已才沿着山的侧面走,或者从两山间穿过——就像很多商人、士兵、朝圣者和传道士不得不做的那样,可千万别爬上山去。

然而十八世纪下半叶,人们开始第一次出于精神需要去往山间,而非不得已为之;与此相应,兴起了一种对山地雄壮景色的感知。一七八六年,勃朗峰被征服,严格意义上的登山运动也在十九世纪中叶出现。这固然是受献身科学精神的驱使(在早期登山运动中,真正的登山者在登顶后无一例外都至少要将一个温度计放入沸水,用来测试沸点),然而毫无疑问,没有对山的审美,就没有登山运动。冰、阳光、岩石、高度、角度和空气构成的复杂美感,即约翰·罗斯金所称的"空间无尽的清晰感,永恒之光不倦的真实性",在十九世纪后期人们的心中无疑是非凡的。山脉开始对人心产生一种强大而往往致命的吸引力。一八六二年,

---

[*] 约翰·曼德维尔(John Mandeville,约 1300 — 1372),中世纪英格兰骑士、旅行家。《曼德维尔游记》的真实作者,以及曼德维尔其人是否存在仍然存疑。

[†] 厄尔布鲁士山位于俄罗斯西南部,属于高加索山脉。

[‡] 托马斯·莫尔(Thomas More, 1478 — 1535),欧洲文艺复兴时期英国杰出的人文主义者,早期空想社会主义学说创始人。

罗斯金如此谈论自己最喜欢的高山："陌生的马特洪峰对人们想象力的影响如此之大，最伟大的哲学家也无法抗拒。"三年之后人们首次登上马特洪峰。成功登顶的攀登者中，有四位不幸在下山途中摔死。

到十九世纪末，阿尔卑斯山脉所有的高峰都被征服了——大多数由英国人登顶，山间几乎所有的关隘都绘成了地图。所谓的"登山黄金时代"结束了，在很多人看来，欧洲过时了，登山者开始把注意力转向"大山脉"，甘冒极端的艰苦，以及比攀登阿尔卑斯山更甚的危险，试图登上高加索山脉、安第斯山脉和喜马拉雅山脉诸峰：乌什巴峰、波波卡特佩特山、南伽峰、钦博拉索山，或者卡兹别克山，*传说中火神伏尔甘就把普罗米修斯绑在那儿的石头上，用雷劈他。

世纪之交，这些雄伟山峰对人们的想象力产生了无法抗拒的影响，它们往往在一个个崇拜者心中成了执念。干城章嘉峰，这座在晴天能从大吉岭屋顶积雪的山间避暑小镇望到的八千米山峰，吸引众多老爷太太逃离夏天印度低地上的高温。"干城章嘉峰白雪皑皑的山顶映衬在湛蓝的天空中，清晰而纯净"，荣赫鹏（Francis Younghusband，他是一九〇四年英军入侵中国西藏的统帅，人称"伟大的博弈者"）吟咏道，"缥缈如灵魂，在阳光下雪白纯净……我们都因它而振奋。"一八九二年，马丁·康韦（Martin

---

* 乌什巴山位于格鲁吉亚西北部，属于高加索山脉；波波卡特佩特山是墨西哥中部的一座活火山；钦博拉索山是厄瓜多尔的一座死火山，属于安第斯山脉；卡兹别克山是格鲁吉亚与俄罗斯交界处的一座休眠火山，属于高加索山脉。

Conway）大胆前往喀喇昆仑山脉的加舒尔布鲁木峰探险，热心的大众通过阅读他发给伦敦《泰晤士报》的电讯关注着他的命运。诸峰中最高也最具吸引力的珠穆朗玛峰，渐渐让整个英国着了迷，英国人认为那是他们的山。乔治·马洛里就是迷恋者之一，一九二四年他在珠峰山肩遇难，举国震惊。当时报纸上有一则马洛里和欧文的讣告，引得人们心怀崇敬地关注"国人和攀登者心灵上的密切关联"。

今天，曾激励早期登山者的激情和态度仍然活跃在西方世界的想象中，甚至比以往更加不可动摇。对成千上万的人来说，山峰崇拜已经司空见惯。陡直、凶险、冰冷——所有这一切如今自行转变为一种令人崇敬的地貌形式，它们的形象渗入了城市化的西方文明，这个文明越来越渴望野性和荒原，哪怕是经由他人获得的。过去二十年，登山成了发展最迅速的休闲活动之一。据估计美国每年有一千万人去登山，五千万人去山间远足。英国有四百万人自称是某种形式的山地远足者。据计算，全球每年户外运动装备和服务的销售额达一百亿美元，而且还在增长。

与其他休闲活动相比，登山的奇特之处在于，它会夺去一部分参与者的生命。一九九七年夏季凶险的七周中，有一百零三人丧生。勃朗峰地区每年的伤亡人数平均都接近三位数。有几年冬天，在苏格兰山地遇难的人比在环山公路上出车祸死亡的人还多。马洛里攀登珠穆朗玛峰时，它是大地上不可征服的最后一座堡垒，是"第三极"。如今它是一座巨大俗气的冰冻泰姬陵，一块结着糖霜的精美的结婚蛋糕，每年被登山服务公司用来忽悠成千经验不足的客户。它的山坡上布满现代人的尸体,大部分躺在俗称"死亡地带"的地方,到那个海拔,人体会缓慢而不停地衰弱下去。

***

因此,三百年间,西方对山峰的看法经历了一场巨大变革。人们曾经斥责的山脉特征——陡峭、荒凉、危险——渐渐被列入它们最为人称道的方面。

如今来思考这场如此剧烈的变化,就不能不想起一条关于风景的真理:我们对风景的反应在很大程度上是由文化塑造的。也就是说,我们看风景时,看到的并非实际存在的东西,而在很大程度上是我们认为存在的东西。我们赋予风景一些并非它们所固有的特质——比如野蛮、荒凉,又依据这些特质来评价风景。换句话说,我们是在解读风景,根据自身的经验和记忆,以及共有的文化记忆来理解它们的形态。虽然人们历来会以种种方式进入荒野来逃避文明或世俗,但他们事实上还是在透过联想这一滤镜来观察荒野,就像观察一切事物一样。威廉·布莱克确切地指出了这一道理,他写道:"让某些人喜悦得热泪盈眶的树木,在另一些人眼中不过是挡了路的绿色物体。"从历史上看,山峰也一样。千百年来,人们将它们视为无用的障碍——正如约翰逊博士轻蔑地称其为"庞大的隆起"。如今它们被列为自然界最赏心悦目的形态,因为热爱山峰,人们不惜献出生命。

因此,我们称为山的,其实是世界上的物质形态和人类想象力共同作用的产物——是我们的心灵之山。人们对待山的方式，与岩石、冰层这些实物几乎或者完全没有关系。山只是地理学上的偶然事物，它们不故意杀人，也不刻意取悦人，它们所有的情感特征都是人类的想象赋予的。山和沙漠、极地苔原、深海、丛林，以及其他被我们浪漫化的风景一样，始终就在那儿。岁月流逝，地质与气候的力量渐渐重塑着它们的物理结构，而它们一直就在那里，远远超出人类的认识能力。然而，它们也是人类观念的产物，千百年来，它们也因想象而存在。这本书就试图勾勒出，人们对山的构想是怎样随时间流逝而变迁的。

所有人类活动都有一个特征：想象和现实脱节，山间正好将这个特质体现得淋漓尽致。石头、巉岩和冰块难以用手触摸，却很容易通过心灵之眼抵达；大地上真实的山，往往比心中的山更有抗拒性，甚至真实得致命。就像埃尔佐格在安纳普尔纳峰、我在拉金霍恩峰上发现的那样，我们凝望着、解读着、梦想着和渴望着的山，并不是我们真正攀登的山。我们攀登的山坚硬陡峭，布满尖利的岩石和冰冷的霜雪；那里有极端的寒冷，还有从高处俯视产生的晕眩，它是如此真实可感，让你胃痛、腹泻；那里有高血压、恶心和冻伤；那里也有难以言说的美。

***

一九二一年，乔治·马洛里在勘察珠穆朗玛峰途中，给妻子露丝写了一封信。勘察先遣队在离山十五英里的地方扎营，营地一边是藏族寺院，一边是从珠峰底部延伸出来的冰舌[*]，那里冰层崩裂，马洛里描写道："像波涛汹涌的棕色大海中的巨浪。"这是一片艰险的土地，气温寒冷，海拔很高，狂风肆虐。风裹挟着雪和尘土粒，化作一阵阵肮脏的气流在岩石间蜿蜒穿梭，仿佛有了形状。六月二十八日，马洛里花了一整天，第一次试图靠近这座山，三年后他在山上遇难。这是令人筋疲力尽的一天：凌晨三点十五分起身，直到晚上八点才回来，在冰川冰、冰碛地、岩石上跋涉许多英里，有两次还掉进了冰冷的水塘。

这天结束时马洛里疲惫地躺在部分塌陷的狭小帐篷里，就着煤油灯如豆的灯光，给露丝写家信。他知道，这封信一个月后才能寄到英国，到她手中，而在此之前，他本年在山上的工作可能无论如何都结束了。信的大部分都在记述他们当天攀登的努力，但在最后一段，马洛里试着向妻子描述他身处这样的地方、奋力取得如此丰功伟绩时的感受。"珠穆朗玛峰有我见过的最陡峭的山脊和最吓人的悬崖，"他写道，"亲爱的，我无法告诉你它是怎样迷住了我。"

这本书就是要解释这如何成为一种可能，一座山怎能如此彻底地"迷住"一个人，这种对山峰非同寻常的依恋如何产生，毕竟它们本质上只是一堆岩石和冰雪。因此，这不是一部详述人们如何进入山地的历史，而是一部讲述他们如何想象自己进入山地、感受它们、认识它们的历史。也正因此，它不像一般的山脉史那

---

[*] 冰舌是冰川作用最活跃的地段，大部分也是冰川消融区，通常布满冰隙。

样记述人名、日期、山峰名和高度，它论述的是感觉、情感和观念。事实上，它完全不是一部登山史，而是一部想象史。

拜伦笔下的恰尔德·哈洛尔德望着莱芒湖平静的湖水沉思，并宣称："于我而言/高山是一种感觉。"感受山峰有不同的方式，本书接下来的每一章都试着探入一种感受方式的"谱系"，来揭示这种感受如何形成、继承、重塑和传扬，直到为个体或时代所认可。最后一章探讨珠穆朗玛峰是怎样渐渐迷住了乔治·马洛里，让他抛家别妻，最终还夺去了他的生命。马洛里就是本书主旨的鲜明例证，因为在他身上，所有这些感受山的方式以一种非凡而又致命的力量融合在一起。在这一章，我结合马洛里的信件、日志和我自己的揣测，推测性地重现了他在二十世纪二十年代参与的三次珠峰探险。

要追溯这些感受方式的谱系，我们需要让时光倒回，回到我在阿尔卑斯山的雪桥上紧张挪动之前；回到埃尔佐格站在安纳普尔纳峰顶，脑海中接连闪现杰出先行者的名字之前；回到马洛里在珠峰脚下的帐篷里，就着角落里轰鸣的煤油灯，为露丝草就家书之前；回到一八六五年四名登山者从马特洪峰的峭壁上坠落之前；一直倒回到对山脉的这种现代感受初露端倪之时。确切地说，是回到一六七二年夏天，在阿尔卑斯山一处冷得反常的山口，哲学家、牧师托马斯·伯内特（Thomas Burnet）正引导他负责照料的年轻贵族威尔特伯爵翻越阿尔卑斯山，去往意大利伦巴第。让时间倒回那里，是因为需要说明一下，在山为人们所热爱之前，它们拥有怎样的过去，伯内特正是这其中的重要人物。

伟大的石头书

如果把山峰看作大自然惊人的力量在无尽光阴里缓慢劳作的丰碑,我们的想象力便会充满敬畏。

——莱斯利·斯蒂芬[*],1871 年

一六七二年八月,欧洲大陆,一个夏日的正午。在米兰和日内瓦,居民们正在欧洲的烈日下挥汗如雨,而海拔数千英尺之上,辛普朗山口的雪地里——欧洲阿尔卑斯山脉的几处主要交汇点之一——托马斯·伯内特却在瑟瑟发抖。和他一起战栗的是年轻的威尔特伯爵——托马斯·博林的玄孙,托马斯·博林的女儿正是

---

[*] 莱斯利·斯蒂芬(Leslie Stephen, 1832—1904),英国传记作家、评论家、登山家。

亨利八世那不走运的安妮王后[*]。伯爵的家族认为这个孩子需要接受教育，而伯内特，这位拥有惊人不羁想象力的英国国教徒，此时已离开剑桥大学基督学院的教席，开始绵延十年的长假，并接连担任贵族少年的监护和指导人，年轻的伯爵便是其中的第一位。

这是伯内特见识天主教治下欧洲大陆的机会。他们要和阴沉着脸的向导和他那群叫唤着的骡子一起翻越辛普朗山口，然后一路南下，沿途经过狭长的波光粼粼的马焦雷湖，穿越丘陵地带的果园和村庄，行经绿呢毯般的伦巴第平原，最后下到色彩淡雅、陶冶人心的意大利北方诸城——米兰是第一站，这个男孩一定要见识一下这些地方。

不过在此之前，他们得翻过大山。辛普朗山口乏善可陈，顶上有一家简陋的小旅店，不是能舒舒服服歇一晚的地方。寒气袭人，当地还有熊和狼出没。这家旅店不过是个简陋的棚屋，由萨伏依人经营照管，但他们也是牧羊人，并不情愿身兼两职。

虽然有种种不适，伯内特却挺高兴。因为他发现这群山之中与其他地方截然不同：一时间让比较的力量无处可施。在伯内特看来，这个地方真是与世上任何其他地方都大相径庭。时值夏季，这里却遍布高高的雪堆，被风雕琢后凝结成冰，而且显然对阳光无动于衷。雪在日光下金光闪闪，而在背阴处看，又是软骨头那奶油般的灰白色。到处散布着房子大的岩石，向四周投下交错的

---

[*] 亨利八世的第二任妻子，女王伊丽莎白一世的母亲。亨利八世为了与安妮结婚，不惜发动宗教改革。后来两人关系恶化，安妮以通奸罪被捕入狱，后被斩首。

蓝色影子。远远从南方传来雷声，可看到雷雨云砧*远在伯内特脚下数千英尺外，聚集在皮埃蒙特上空。他高兴地发现，自己在风暴之上。

山下的意大利有著名的罗马城遗址，伯内特知道年轻的伯爵必须到那里一游，作为古典教育的一部分。伯内特自己也对古罗马神庙的断壁残垣和布满教堂壁龛的镀金圣人哭像倾心不已，然而此处山上，在阿尔卑斯的巨砾之间，在他后来描述为"隆隆作响的多山地带"，有一些东西在他看来远比古罗马遗址来得更令人浮想联翩、不能自已。即使在他所处的时代，山峰总被视作饱含敌意、令人厌恶，伯内特却不知为何仍被这片山地深深打动了。"这些东西有一种庄严高贵的神态，"辛普朗山口之行后他写道，"在心中唤起伟大的思想和热情……和所有对我们的理解力来说太过庞大的东西一样，它们以'过度'充满、制服我们的头脑，而且让头脑处于一种愉悦的恍惚和想象中。"

***

托马斯·伯内特在欧洲大陆度过了十年，其间他还将和数位受他监护指导的年轻人一起翻越阿尔卑斯和亚平宁山脉。看多了这些"荒芜、巨大、杂乱的石头堆和土堆"，他渐渐想要了解这陌生景色的来龙去脉。这些岩石是怎么变得如此四散分布的？为

---

* 雷雨云砧是一种巨大的积雨云，呈铁砧状，预示着雷暴的到来。

什么群山会对他的心灵产生如此强烈的影响？山峰极大地激发了伯内特的想象力和调查钻研的天性，他下定决心："我一定要对大自然中这般混乱局面的形成有一个说得过去的解释，否则心中难安。"

就这样，伯内特开始着手他那行文雅致的启示录般的杰作。山脉似乎是最永恒不变的事物，这本书成为第一本设想其过往的作品。伯内特写作时，正值欧洲噩兆频现的年代。一六八〇年和一六八二年，天上可见分外耀眼的彗星。埃德蒙·哈雷（Edmond Halley）从一座火山顶上目睹这些天体之后，追踪和命名了他自己的"火红信使"（fiery messenger），并且（准确地）预言，它一七五九年会再次出现。欧洲各地出版了成千上万种小册子，预言各种灾难即将毁坏文明世界——君王驾崩、狂风暴雨扫荡田野、干旱、船只失事、瘟疫，以及地震。

就在这充满异象和凶兆的氛围中，托马斯·伯内特的《地球的神圣理论》（*The Sacred Theory of the Earth*）于一六八一年问世。书最初用拉丁语写就，只谨慎地印了二十五册，还有一行献给国王的辛辣的题献词（以影射陛下的愚蠢）。伯内特的书没有朝前预言未来可能的灾祸，而是向后追溯到一切灾难中最大的那场——大洪水。《圣经》的正统观念认为地球从古到今一成不变，而正是《地球的神圣理论》开始破坏这一观念；也正是《地球的神圣理论》在很大程度上塑造了人们看待和想象山峰的方式。我们今天得以想象地貌的过往。探索它深远的历史，在一定程度上就是伯内特历时十年思索毁灭崩坏的结果。

***

在伯内特之前，人们对大地的概念缺少第四个维度——时间。有什么能比山脉更加永恒，更无可置疑地存在于斯呢？上帝赋予它们起伏的姿态，它们会永远如此，天长地久。十八世纪之前，《圣经》创世说决定着人们如何想象地球的过往。根据《圣经》，世界的开端是相对新近的事件。十七世纪，人们几次试图根据《圣经》给出的信息巧妙计算出一个确切的创世日，其中最著名的是阿马大主教詹姆斯·厄谢尔（James Ussher）的推算。根据他那有些可疑却又一丝不苟的计算，世界于公元前四〇〇四年十月二十六日（星期一）上午九点开始诞生。厄谢尔的计算作于一六五〇年，而直到十九世纪早期，他的创世年表还印在英语《圣经》的肩注里。

有了这样的灌输，伯内特时代的正统基督徒就无法想象地球还有一段悠久的历史。人们普遍认为地球的年龄不到六千岁，而在这段时间里看不出它的老去。没有哪处地貌拥有值得思考的过往，因为地表看起来始终不变。山脉和其他所有事物一样，形成于《创世记》所描绘的最初那个狂乱的星期。确切地说，它们在第三天被造出来，与此同时地球的极地被封冻，热带则变得炎热。它们的样貌从此便没什么变化，除了长一点地衣、受一点风霜侵袭这些表面影响外，就连历经大洪水后都安然无恙。

这就是通常的看法，然而托马斯·伯内特坚信，时人相信的这种开天辟地的经典无法解释世界的面貌。让他尤其疑惑的是大洪水的水力学原理。他想知道,这些水究竟来自地球何处,可以像《圣经》言之凿凿的那样,如此泛滥成灾,"淹没了最高的顶峰"?

伯内特计算,洪水若达到淹没环球高峰的深度,需要"八个大洋的水量"。然而《创世记》所载的四十天暴雨至多能降下一个大洋的量,这个水量都不够拍打到大多数山脉的山脚。"我们到哪里去找剩下的七个大洋的水?"伯内特问道。他推论,如果没有足够的水,那就是当时的陆地一定小得多。

于是伯内特提出了他的"蛋形世界"理论。他认为,创世之初,地球是一个光滑的椭圆形球体,就像一个蛋。这个蛋表面无瑕,质地统一,并没有高山峡谷破坏它优美的轮廓。然而,瓷器般的表面掩盖着复杂的内部构造。地球的"蛋黄",即它的中心,充满火焰,围绕着这个蛋黄的是"一层一层环套的球体",就像俄罗斯套娃一样。而"这个蛋的蛋白"(伯内特坚持用蛋的比喻)是一个被水填满的深渊,地壳就漂浮在水面上。这便是伯内特式的地球构造。

伯内特断言,诞生之初的地球,表面虽无瑕疵,却并非无法破坏。经年累月,太阳晒干了地壳,使它起皱断裂。在它下面,深渊中的水开始更加汹涌地挤压变得脆弱的地壳,直到那场致命的巨大泛滥——大洪水——受造物者召唤而来。地球内部的大洋与熔炉最终撕裂了地球的壳。一部分地壳跌入新张开的深渊,洪水上涌,淹没剩下的大陆,形成了伯内特生动描述的"无边无际、在空中咆哮的巨大海洋"。地壳物质四处打转,岩石泥土混乱一片;

大水退去，留下一片狼藉。用伯内特的话来说，它们留下了一个"躺在自身垃圾堆之上的世界"。

伯内特想要说明的是，他同时代人所认识的地球，不过是"一场大毁灭的镜像或图景"，而且是一幅非常残缺的映像。为了惩罚不虔敬的人类，上帝一举"毁灭了旧世界的构架，用它的残骸给我们造了一个新世界，我们今天就住在这个世界里"。地貌中最凌乱又最有魅力的山脉，完全不是上帝凭空造出来的，不，它们是大洪水退却后留下的残渣，是在大洪水的巨大力量下被扭转而后堆积的地壳碎片。事实上，山脉是人类罪恶的庞大纪念。

一六八四年英译本出版后，一大拨出版物随之涌现。伯内特认为地球目前的构造存在缺陷，并质疑对《圣经》的传统阐释，这些都激怒了很多人，他们纷纷写书驳斥他的神圣理论。很快，这场争论让伯内特的想法及其对立观点在学术界广为流传——拥护者和批判者都将《地球的神圣理论》简称为"理论"，人们也明白，不加说明地说"理论家"就是指伯内特。据斯蒂芬·杰伊·古尔德[*]估计，《地球的神圣理论》是十七世纪最广为传阅的地质学著作。

就这样，学术界的想象力第一次参与设想地球荒野地貌的过往。伯内特争论把人们的注意力引向山脉的外表。它们不再仅仅是墙纸和背景——它们本身成为值得思考的对象。重要的是，也正是伯内特在后世心中确立了山脉既骇人又撩人的观念：塞缪尔·泰勒·柯勒律治就被伯内特的散文深深打动，甚至想把《地

---

[*] 斯蒂芬·杰伊·古尔德（Stephen Jay Gould，1941—2002），美国古生物学家、科学史学家、进化论研究者。

球的神圣理论》演绎成一部素体史诗；约瑟夫·艾迪生和埃德蒙·伯克[*]构想的崇高学说都受到伯内特著作的影响。伯内特看到了山地景色的壮美，并将它表达出来，由此为感受山脉奠定了一条全新的道路。

伯内特为才华所累。剑桥向来自筑防线，谨防有害或有悖教义的学说进入，伯内特对《圣经》的质疑已经越界。光荣革命之后，他被迫离开教职，也被排除在坎特伯雷大主教候选人行列外。他作为英国国教神职人员生涯坎坷，当作家却声名长存。他提出地球表面的样貌可能并非一成不变，也因此开启人们对地球历史的不懈探究。在《地球的神圣理论》的序言里，他自豪地写道："我收复了一个从人类记忆中失落数千年的世界。"他自豪得有理。伯内特是地质学史上第一位时空旅行者，一位朝向过往的历史探索者，一位对世上最陌生的国度、对久远过去的征服者。

***

伯内特质疑了世界面貌一成不变的信念，却并未提出世界的年龄比厄谢尔算出的六千年长。直到十八世纪中叶，地球历史才第一次得以大幅延长。对所谓的"年轻地球"这一正统观念持异议的主要人物之一，就是富于妙想的法国博物学家乔治·布封

---

[*] 约瑟夫·艾迪生（Joseph Addison, 1672—1719），英国作家、诗人、剧作家；埃德蒙·伯克（Edmund Burke, 1729—1797），英国哲学家、辉格党政论家、下议院议员。

（Georges Buffon）。布封在他简明扼要的《自然史》中勾勒出一幅世界历史全景，分为七个时代，他认为《创世记》所载的七天是一种隐喻，每一天实际上都指代一段漫长得多的岁月。他公然估算地球有七万五千岁，尽管他觉得这个数字还是过于保守。布封去世后人们发现了他的笔记，里面草草记下一个猜测：地球有数十万年的历史。

布封的办法真是巧妙：他把《圣经》记载的每一天都变成一段长度不限的时代，为地质学家着手发掘地球的真实历史创造了必要的时空条件，同时又守在尊重《圣经》的界限之内。正是布封和类似作家的作品将厄谢尔"公元前四〇〇四年"这一准确得令人难以置信的估算转变为《圣经》直译主义的愚蠢图腾。*因为一旦地球的历史不再局限于六千年，人们就有可能更系统地设想在更长远的时间段里发生过怎样的变迁。在这个刚刚变老的地球上，地质科学得以出现、立足，而又免于渎神的谴责。

到了十九世纪初，那些热衷于设想地球过往的思考者开始分化成两个思想阵营，一般称为"灾变论"和"均变论"。应该指出，十九世纪后期的地质学家——尤其是查尔斯·赖尔（Charles Lyell）——倾向于夸大这两派互开论战的程度，而我们必须认识到，虽然观点确实不同，双方其实并未明确划清界限。

持灾变论者认为，地球的历史是由重大地球物理巨变主导的：

---

* 然而，正如西蒙·温切斯特（Simon Winchester）最近指出的，一九九一年的一场民意调查表明，有一亿美国人相信上帝在最近一万年中的某个时间，根据自己的样子创造了人类。科学界认为地球的年龄大约是五十亿年，而最早的人类出现在大约两百万年前。——作者原注

出现过一次或多次"大毁灭",大水、冰冻和火撼动地球,几乎摧毁了所有生命。地球成了墓地坟场,埋葬着无数如今已经灭绝的物种。剧烈的潮汐运动、全球性海啸、大地震、火山爆发、彗星掠过——这些因素塑造、震荡了地球的表面,让它变得像如今这般崎岖不平。关于山脉的形成,有一个灾变说理论流传甚广:因为地球是从最初的白热状态冷却下来,体积慢慢缩小,地表很可能剧烈皱缩,就像苹果渐渐干枯时会起皱。地球上的山脉就是地表的褶皱波纹。

均变论者则大力反对这种剧烈突发性的地球历史观。他们主张,地球从未经历过全球性大灾难。诚然,有地震,有火山爆发,有海啸——这些现象无疑贯穿地质史,但它们是局部灾难,只是撕扯重塑了附近的地貌。当然,地表有过剧烈变迁,在所有山脉或海岸线上都可以看到证据,只不过这些变迁是通过地表的侵蚀损耗、缓慢而惊人地实现的,这个过程如今仍在进行。

均变论者力争道,假以时日,大自然的常规武器——雨雪霜冻、河流海洋、火山地震——会发挥最大的效力。因此灾变论者引为例证的灾难,事实上是一场缓慢而持久的地质对抗的结果。均变论的基础是"当下是解锁过去的钥匙",换句话说,仔细观察当下地表正在发生的地质变化过程,就能推断出地球的历史。这是"滴水穿石"理念的地质学版本:如果有足够的时间,河流或冰川可以将大山一劈为二。时间,长久的时间——这就是均变论起作用所需要的唯一手段,而均变论者也一步步将地球起源的时间推向远古,比之前任何人想得都要久远。

最著名的早期均变论者是苏格兰人詹姆斯·赫顿（James Hutton），他常被视作"古典地质学之父"。赫顿拥有一种直觉，能"倒推"物质变化的进程，可谓从地貌中解读过去。像所有地质学奠基者一样，他是个精力惊人的徒步旅行者，几十年间在苏格兰大地上来回行进，试图通过归纳和想象，感应是什么变化过程形成了如今的地貌。在一处苏格兰峡谷中，赫顿抚摸着灰色花岗岩巨砾上的白色石英皱痕，便明白这两种岩石间曾经发生的碰撞，他看到了在极大的压力之下，熔化的石英怎样挤进花岗岩母体的薄弱处。跟着赫顿探索，就进入了一个历史深远到骇人的世界。有个出名的例子是他的同事兼仰慕者约翰·普莱费尔（John Playfair）讲述的，他们当时正探访贝里克海岸的一处地质遗迹。普莱费尔写道，赫顿解释起岩石构造所暗含的信息时，"会如此深入地看向时间之渊，头脑似乎都因此而晕眩"。

从一七八五年到一七九九年，赫顿的三卷本巨著《地球论》（*Theory of the Earth*）相继问世，这是他数十年思索地貌构造的结晶。他在书中提出，我们如今居住的地球，只是一系列不计其数的轮回中的瞬息剪影；山脉海岸看似永恒，实则只是我们自己短暂寿命造成的幻觉。如果我们可以活上亿万年，不仅能看到文明的没落，还能目睹地表面貌的彻底重构。我们会看到山脉受侵蚀变成平原，也会看到新的大陆在海底形成。从大陆上被侵蚀下来的碎砾躺在海底沉积层里，地心放热，慢慢将其岩化，即变成石头，又经过千百万年，石头被抬升上来，产生新的大陆和新的山脉。正因如此，赫顿说，山顶岩石中嵌着的贝壳不是大洪水冲上来的，而是由耐心且永不停歇的地质运动从海底抬升到山顶的。

赫顿没有给地球的年龄设限，根据他的观点，地球的历史可以向过去无限回溯，也可以向未来无限延伸。他著作的最后一句话流传后世："因此，目前研究的结论是，我们没有发现开端的任何蛛丝马迹——也不知道终点在何方。"地质学对大众想象力的一个重要贡献，正是地球历史这种无法形容的进深。

***

这一地质学变革怎样影响了人们对山脉的想象？一旦地质学家揭示出地球已有千百万年岁，并且还在剧烈而持续地变化着，人们就再也无法像过去那样看待山脉了。这些"永恒"的雕像突然间具有了一种令人激动又困惑的易变性。山峰曾经看上去那么持久、那么永恒，实际上却始终在数不清的年月里被塑形、损毁、改变；它们当前的样子只是"侵蚀－抬升"这一永恒轮回中的一个阶段，这些轮回决定了地球的构造。

在地质学的审视下，一些不曾存在的风景突然出现，吸引新一代登山者来到山里。"我以前从未看到的，"霍勒斯－贝内迪克特·德·索绪尔*在十八世纪八十年代写道，"正是那些伟大山峰的骨架，我一直想了解它们的联系和真正的构造。"地质学为

---

* 霍勒斯－贝内迪克特·德·索绪尔（Horace-Benedict de Saussure，1740—1799），瑞士物理学家、地质学家、登山家。

进山旅行提供了一个理由、一个借口——科学探索。一八〇一年，一位英国记者注意到："一种对自然的过分好奇吸引欧洲各地的旅行者来游览旧大陆的制高点——勃朗峰，并去探索周围的冰川。这些地方最近大受关注——地质学家、矿物学家，甚至只是业余爱好者都满怀热望，成群赶赴那里；连妇女都享受着观看全新景观的快意，旅途劳顿一扫而空。"现在，看山也是"勘"山——是想象它们的过去。英国科学家汉弗莱·戴维（Humphry Davy）在一八〇五年说得好：

> 对地质探索者来说，每一条山脉都是对地球所历巨变的显著纪念。最崇高的推测被唤醒了，人们不再理会当前，而是沉浸在对过去的想象中，一心崇拜建立秩序的伟力，而这秩序乍一看是一片混乱。

于是，在我们更容易在山顶感受到的更为熟悉的眩晕之上，又添上了另一种眩晕——由久远年代引发的眩晕。正如伯内特在此前一个世纪提出的那样，登山不仅是一种在空间里向上的经历，也变成了一段于时间中回溯的体验。

***

詹姆斯·赫顿也许可被称为地质学之父，但他绝不是最善表达的鼓吹者。除了那句令人浮想联翩的卷末语，《地球论》通篇写得深奥费解，就像他心爱的古老红砂岩一样通体一致，难以穿透。一直到三十年后，另一位名扬四海的地质学家才真正让地质学的迅速发展和惊人发现流行起来，并且吸引更多人走进群山之中。他就是苏格兰地质学家查尔斯·赖尔，正是他教导十九世纪的人们熟悉地质学的语言和想象，比伯内特甚至赫顿做得都出色。

成为一名地质学家之前，查尔斯·赖尔做过律师，法庭辩论的训练让他写得一手极清晰雅致的好文章。一八三〇年到一八三三年间，他出版了一套三卷本著作《地质学原理：从目前地质运动的原因试论地表变迁历史》(*The Principles of Geology: an Attempt to Explain the Former Changes of the Earth's Surface by Reference to Causes Now in Operation*)，细致而精彩地阐述了均变论背后的论点：研究当前是解锁过去的钥匙。这套书很快成了当时聒噪阶层*的必读书，并被广泛翻译，到一八七二年已经出了十一版修订本。

赖尔的卓越之处在于他对细节的驾驭。就像达尔文后来在写作《物种起源》时做的那样，赖尔将层叠绵密、无可辩驳的事实和富于启发的趣闻结合起来，征服了读者——在事实方面，他的写作和他所描写的地质变化十分相似。另一个吸引人的地方是，赖尔概括的知识亲切易懂，读者不需要特殊设备或长期训练也能解开地球的历史：需要的只是一双敏锐的眼睛，一点基础的均变论知识，以及足以促使自己站在"时间深渊"的边缘向下凝望的

---

* 聒噪阶层（chattering classes）指受过良好教育、关注并喜欢议论政治及社会事件的一群人。

好奇心和勇气。只要具备这些最简要的条件，任何人都能参观世界上最动人的展览——地球的过去。

为了亲历这种体验山脉的新方法，让我们来到一八三五年的瓦尔帕莱索城，一处悬架在智利太平洋海岸上的险要之所。城名意为"天堂谷"，再难找到比这更不贴切的名字了。首先它并不在山谷中，而是坐落在太平洋滚滚卷浪和红色山脉之间一线还算平坦的土地上，那红色山脉就在城背后陡直升起。其次它完全没有天堂的样子。终年呼啸的海风卷走地表土层，地势陡峭，土壤苦咸，这些都意味着不会有像样的植被。人们住在溪谷沟壑间一簇簇矮小的白墙红瓦房里，除了他们，几乎找不到其他生灵。靠近岸边，平底小渔船在波涛间起伏，随时准备接待在深水里下锚的大船，因为瓦尔帕莱索是智利的主要港口，虽然看上去不太像。笼罩在这整个景象之上的，是夏季海边的干燥空气。

就是在瓦尔帕莱索，一八三五年八月十四日，查尔斯·达尔文上马出发，开启一段深入安第斯山脉腹地的长期探险。海湾里泊着他的船——装有十门炮的英国皇家海军双桅舰"小猎犬号"，达尔文是船上的科学观察员。在剑桥读书时，达尔文对地质学产生兴趣，在一八三一年十二月一个狂风暴雨之夜从德文港起航前，他在行囊中装上了赖尔的《原理》第一卷，作为漫漫南美之行的消遣。停靠佛得角群岛时，他上岸验证赖尔的理论。等"小猎犬号"抵达巴塔哥尼亚高原的平地时，达尔文已经能想象力全开，"赖尔式"地解读看到的各种地貌：从当前的样子推断出深远的过往。"我总觉得我的书有一半出自赖尔的大脑，"他后来写信给朋友伦纳德·霍纳（Leonard Horner）说，"因为我一直认为《原理》的伟大价值就在于它改变了一个人整体的思维方式，于是这个人在看赖尔其实从来没见过的东西时，有一部分是透过赖尔的眼睛去看的。"

达尔文离开瓦尔帕莱索之后，先骑马沿着海岸向北走了一天去看化石贝壳层，有人告诉他这可不能错过。确实令人叹为观止——漫长海岸布满钙化的软体动物，达尔文准确地推断出：由于地壳逐渐运动，它们被抬升至目前高出海平面数米的落脚点。看过贝壳——也看到一伙当地人带着锄头、铲子和手推车，成车成车地掠夺这些贝壳去烧制石灰——之后，达尔文调转马头朝向内陆，一路慢跑向上，穿越宽广肥沃的基约塔山谷（后来他在日志中写道："任何一个把瓦尔帕莱索称作天堂谷的人，想到的一定是基约塔。"）。山谷里橄榄树密布，还有橘树、桃树和无花果树丛，被山民修剪成一方方小小的果园。高一些的山坡上，麦田在阳光下闪耀，再上面叠立着一千九百米高的基约塔钟峰，从峰顶能看到据说十分壮美的景色。达尔文要攀登的就是这座山。

他在山脚下的一座大庄园里歇了一夜，找到一位加乌乔*牧人做向导，又得到几匹精壮的好马。他们向上进发，艰难地穿过树干粗壮的棕榈丛和山腰间修长茂盛的竹林。路不好走，夜幕降临时两人只走了到顶峰四分之三的路。他们在一口泉眼边支起帐篷，加乌乔牧人在竹子交错而成的棚架下生火，煎了牛肉条，烧水沏

---

* 加乌乔人是生活在南美高原草原上的印第安人与西班牙人混血民族。

上巴拉圭茶。黑暗中，火光在竹子棚架上跳荡，有一瞬间达尔文觉得这火光照亮的竹子好似一座异域教堂。清境如许，月华似水，空气如此澄澈，达尔文甚至看得到二十六英里之外泊在瓦尔帕莱索的船只，桅杆历历可辨，像细小的黑色条纹。

第二天一早，达尔文爬上通向钟峰平坦山顶的绿色大岩石。从那里极目远眺，他看到了安第斯山脉一座座皑皑顶峰和堡垒；向下望去，能看到下方山体的侧翼上，有贪婪的智利金矿业留下的伤疤。这片景色让他震惊：

> 我们在山顶待了一天，我从未如此享受在山顶的感觉。风景本身就很美，而看到这些雄伟山脉唤起诸多思考，更让人心旷神怡。谁能不崇拜让这些山脉升起的伟力，谁又能不更崇拜打破、迁移乃至夷平这整个巨构所必需的无穷岁月呢？这里我不禁想起巴塔哥尼亚广阔的砂石和沉积岩床，如果叠加到科迪勒拉山系上，能让它们再增高好几千英尺。在那个国家时我曾困惑，山脉怎么能产生如此大量的砂石而不被彻底夷平？我们现在可不可能推翻这个困惑，怀疑万能的时间能否把山脉——哪怕是科迪勒拉这样伟岸的山脉——磨蚀成碎砾和泥土。

从这个鸟瞰的视角，达尔文的目光不仅掠过空间，也深入时间。确实，观看眼前真实风景所获得的乐趣，与观赏他想象中的景色相比只能屈居其下——后者让他看到一度在此矗立的皑皑山峰和山脉，然而由于地质的"伟大力量"，它们已不复存在。达尔文事实上凝视着一座又一座心中的山脉，赖尔的学说让他新近才得以看到它们，真是奇妙无比。

达尔文的日志中，这样的时刻比比皆是。对于他出版的此行记录《小猎犬号航海记》的很多读者（这本书当时十分畅销），最刺激的点就在于不仅能跟随达尔文踏足暴风雨频仍的火地岛和巴塔哥尼亚的银色荒原，还能在新近发现的地质时间中来回穿梭。英国皇家海军"小猎犬号"是世界上最早的时间旅行船之一，它的曲速引擎由达尔文的天才想象和赖尔的洞察力共同驱动，亦成为后世"进取号"飞船的原型。*

***

任何一个在荒野之境待过的人，都以某种形式感受过普莱费尔在贝里克郡以及达尔文在智利体会到的时间加深之感。某年三月初，我徒步走完奈西谷全程，那是环绕在苏格兰凯恩戈姆山脉背后的一道长谷。从横截面来看，这条峡谷是U形的，和那个地方所有的峡谷一样。之所以呈这个形状，是因为直到八千年前，苏格兰高地和威尔士、英格兰北部部分地区、北美大部以及欧洲很大一片区域一样，还在冰川覆盖之下。这些冰川慢慢移动，将大地挖起、碾碎、重塑。

---

* "进取号"为科幻作品《星际迷航》中探索外星文明的宇宙飞船，途中通过"曲速引擎"技术实现了时空穿越。

那天在谷中行走时，我看到两边谷壁三分之二高处都有冰川留下的高潮印记，当年被冰川带到那里的巨砾形成一条参差的线，就像被冲刷到海岸上的零碎杂物。谷壁上还留下许多溪流横向切割过的印记，那是在冰川从谷里消退的数千年间刻进花岗石基岩里的。雨水不断从山脊边流下来，像回字纹一样刻进山体。水一旦找到一条路径，就会不停地加深它——冲走小的岩石颗粒，小颗粒又撞松其他颗粒，直到切割出小槽，小槽变成沟渠，沟渠变成溪流的河道。

顺着一条这样的河道，我爬上山谷东坡，到了高潮线上。欧石南上还积着一簇簇融雪，湿湿滑滑，我常常要用一只手向下探到石南丛中来保持平衡。接近巨石时，我还惊起一只岩雷鸟，它拍打着翅膀飞向白色天空，很快成了剪影。

到达巨石时，手已经冰冷，我把双手搓得"唰唰"响，然后继续向上，从一块巨砾跳向另一块，想象当年山谷就像个浴缸，装满了冰。每块岩石都有黑土围绕，白天岩石吸收的热量向外滤散，融化了周遭的积雪。我继续向前，直到坡度陡增，只得又往下回到谷底。小路把我带到一处面积大约有十平方米的裸露岩石边，我走上去，蹲下来研究它。岩石上的水平条状刻痕说明，它曾经是造就这个峡谷的冰川的摩擦点，是冰川巨大的肚皮擦过大地的地方之一。

我从岩石向上望去。雪刚下过，在薄薄一层积雪的覆盖下，峡谷之外肉眼可见的山峰呈现出灰色，轮廓也变得柔和。远处的山体在冬季白色的天宇下几乎分辨不出，只有一些深色线条依稀勾勒出个大概,让我想起炭笔素描或中国水墨画的精简线条。

两小时后我到达谷口,此处两山护卫,西面是斯塔克－安－伊奥莱尔山的锥形峰顶——雄鹰崖,东面是拜耐克莫尔山和拜耐克贝格山。向下望向北面的森林,我看到大约半英里远处有一群马鹿——赤褐色在白雪的映衬下格外显眼——小跑着穿过山腰,在石南丛或积雪很深的地方抬起膝盖。我站着看了这群马鹿几分钟——它们是这片景色中唯一活动的东西,突然就被时间吞没了。两万年前,更新世后期,眼前马鹿穿越的这片长着石南的花岗岩,还淹没在几百万立方升冰体之下。六千万年前,苏格兰从格陵兰和美洲大陆板块猛烈分离之时,玄武岩熔浆在这片土地上奔腾肆虐。一亿七千万年前,苏格兰还漂浮在北半球热带地区,我现在站立的地方还覆盖着干旱赤红的沙漠。而四亿年前,一片喜马拉雅规模的山脉矗立在苏格兰,而今只剩下若干饱经侵蚀的残段。

掌握些许地质学知识,你就能在看风景时拥有一副特殊的眼镜,它能让你回溯岁月,于是在你看到的那个世界里,岩石消融,海洋岩化,花岗岩像米粥一样溢溅,玄武岩如炖菜般咕嘟冒泡,一层层石灰岩则宛如毯子,可以轻易翻叠。透过地质学的眼镜,坚实的陆地成了变动不居之地,让人不得不重新考虑什么是牢固的,什么则不然。纵然我们以为石头具有抵御时光流逝的强力,可以拒绝时光的驱遣(比如石标、石牌匾、纪念碑、雕像),但事实上这只是因为我们自己的存在太过短暂无常。一旦置于更大的地质背景里,岩石和其他任何物质一样脆弱易变。

最重要的是,地质学明确挑战了我们对时间的理解,让

"此时此地"的感觉不再那么笃定。作家约翰·麦克菲（John McPhee）将那种时间不再以日、小时、分秒为单位，而以百万年甚或千万年计的感觉，令人难忘地称为"深时"，这般富于想象力的体验把人类社会的瞬息压碎，碾成薄饼。思考着深时的广阔，你的当下就会全面崩溃，过去和未来以难以想象的巨大压力把当下压缩成虚无，剧烈又骇人。而且这不仅是一种思维上的震惊，还是身体上的，因为一旦承认坚硬的山石在岁月销蚀下尚且不堪一击，就必然会想到人类身体的转瞬即逝是多么可怕。

然而，思索深时又奇妙地令人振奋。诚然，你知道自己只是宏大宇宙中的一个光点，但回报就是你意识到自己确然存在着——尽管想来真是不可思议，但你的确存在着。

***

查尔斯·赖尔的《地质学原理》，还有很快竞相争艳的几十种地质学流行著作，让十九世纪的人们得以了解地球不为人知的奇妙过往。大众的想象也开始学会欣赏极度的缓慢和累世而成的逐步演进。在规模宏大的地质学辩论中，或各种搅扰十九世纪科学界的枝节争端中，无论人们持何种立场，都必须承认，最令人称奇骇然的还是地球的年龄——它那难以形容的古老。区区近半个世纪，地质学就将世界的历史向前推进了亿万年。

十七和十八世纪是空间得以极大延展的世纪，肉眼可见的世界随着显微镜和望远镜的发明突然扩大。有几幅那个时代的画面提醒我们，空间的骤然延伸在当时一定非常骇人。比如一六七四年，荷兰镜片磨制工安东尼·凡·列文虎克（Antony van Leeuwenhoek）通过早期显微镜看到一滴池水中满含微生物（"水里这些微型动物大多运动得非常快，非常多样，向上，往下，朝周围四散，看着它们真是奇妙……"）；比如一六〇九年，伽利略用望远镜仰望苍穹，成为认识到月球上有"高山深谷"的第一人；又比如布莱兹·帕斯卡（Blaise Pascal）惊惧交加地发现人类在两处深渊之间摇摇欲坠：一边是看不见的原子世界，那里有"无穷多的宇宙，每一个都有自己的天穹、行星和地球"；一边是同样看不见的太空（因为太庞大而不可见），那里也有"无穷多的宇宙"，在夜空中无休无止地延伸开去。

而十九世纪是时间得以延伸的世纪。前两个世纪揭示了存在于广袤空间和原子微观世界中的"多重世界"，地质学则在十九世纪揭示了地球上多重的"过去世界"，它们一度存在，如今已然消亡。过去世界中的一些成员带来的兴奋远远超出了一般古迹的魅力。它们是从前生活在地球上的一系列巨大生灵：猛犸象、古兽、"海龙"*，以及恐龙（字面意思是"可怕的大蜥蜴"），这些都由古生物学家理查德·欧文（Richard Owen）在一八四二年命名。自古以来地里就挖出过岩化的骨头和牙齿，但直到十九世纪人们才意识到，这些遗骸中有一部分属于与我们截然不同且已然灭绝的物种。

---

* 古兽是史前哺乳动物的统称；"海龙"即鱼龙，是一种形似海豚与鱼的大型海洋爬行动物。

在揭示这一点上，没有人比法国博物学家乔治·居维叶（Georges Cuvier）的功劳更大。他向世界证实了灭绝这一饱受争议的事实，从而为人们理解恐龙是化石动物建立了概念框架。居维叶的试验案例是长毛猛犸象，他比较了猛犸象骨骼化石和当代非洲象及印度象的骨骼结构，证明化石骨骼属于另一个物种。一八〇四年，居维叶在巴黎自然学会宣布，有一种已经灭绝的巨大长毛象曾经生活在法国，而且几乎可以肯定，它们重重踩过、结伴吃草的地方，就是如今凡尔赛宫精整无瑕的花园。此论一出，满座皆惊。居维叶身材高大，不免很快得了个"猛犸象"的绰号。

居维叶成了一时名流，一部分是因为他脑力惊人（他以熟记书斋中的一万九千册藏书闻名），但最主要的还是缘于他精妙的解剖技术。如果说詹姆斯·赫顿具有解构岩石的卓绝能力，那么居维叶便具备根据化石骨头重构欧洲巨型动物群的能力：他能重新想象出这些曾经漫步于大地上的巨兽长什么样。他用线把超大号的骨架穿起来，把群岛般的骨头嵌到水泥框架里，并在插画师的帮助下，制作出首张恐龙画像。在很多人看来，居维叶做的与其说是标本剥制，不如说是幻术，因为他不仅变出奇异的生物，还赋予整个历史以生命。巴尔扎克后来热切地写道："难道居维叶不是我们这个世纪最伟大的诗人吗？我们不朽的博物学家自白骨中重塑了过往世界。他捡起一片石膏，对我们说：'看啊！'石头就忽然变成动物，死去的活过来了，另一个世界在我们眼前展开。"

"古代世界"声名鹊起，人们对它产生了一股新的热忱，在此影响下，化石搜寻和古生物学很快在十九世纪早期风靡一时，似乎每天都有一种灭绝的物种重见天日。地质学家中一个充满活力的小分支——化石搜寻者——应运而生。他们背着包，手持锤子和软毛刷，赶往岩石裸露的地方：去海边，比如莱姆里吉斯*富饶的侏罗纪页岩床，著名的化石搜寻者玛丽·安宁（Mary Anning）在那里找到了鱼龙和蛇颈龙化石；去溪涧、采石场和河道；当然，也去山里。这些敏捷健壮的化石搜寻者攀上悬崖，越过不同的岩石褶皱，并且写下他们飞速穿梭于时光之中、一下子就回溯一个纪元的感受。

很多化石层遭到搜寻者的掠夺，维多利亚时代灭绝物种的嗜好甚至蔓延到了已经灭绝的物种上。富有的化石爱好者在屋子里摆满战利品，为了摆放小型样品，还专门置办了"化石橱"——齐腰高的陈列柜，装着成排可拉出的抽屉，玻璃封顶，下面用小木片隔出数十个陈列小格。每个小格里装着精心标注好的一块化石，比如一颗鲨鱼牙齿，或者页岩碎片上细细印着的一株蕨类植物。这类时髦的小型公墓摆放在很多富裕宅邸里，人们会透过玻璃凝视这些来自前代的遗骸，想想自己生命的短暂，再思考一下地球难以形容的漫长年纪。

对我们来说，化石热有两个方面的意义。第一，它加深了十九世纪的人们对地球过去岁月的迷恋。查尔斯·赖尔在《地质学原理》中机敏地指出，化石是"用鲜活语言写就的自然的

---

* 莱姆里吉斯位于英吉利海峡莱姆湾畔北部，其海滩是世界遗产侏罗海岸的一部分。

古老纪念碑",而古生物学和地质学一样教会人们怎样像读一本历史书一样读懂风景:读懂它所记下的过去。地质学确实是十九世纪上半叶最时髦的科学,到了一八六一年,甚至维多利亚女王都有一名御用的矿物学家。地质观光业成了新兴产业,十九世纪六十年代,想参加地质观光的人可以从一整套岩石课程中选修一门。对想要更多个人体验的客户,伦敦格林街的威廉·特尔教授能"为游客提供个人指导,让他们获得足够的知识,以辨认在欧洲山地中所能遇到的所有常见结晶岩和火成岩成分"(他的广告是这么写的)。

化石热的第二个重要意义是激励成千上万的人走出家门,促使他们与岩石和峭壁有了更实在的接触。西方地质学的基础确实是打在山脉里的,登山与地质学始终密不可分。很多早期地质学先驱,如霍勒斯-贝内迪克特·德·索绪尔,以及苏格兰人詹姆斯·戴维·福布斯(James David Forbes),同时也是登山者的先驱。[*]索绪尔的四卷本《阿尔卑斯山之旅》(*Voyages dans les Alpes*)既是地质学奠基之作,也是最早的荒野游记之一。一八〇七年伦敦地质学会成立,成员们清楚,自己的科学所阐明的与宗教教条相左,他们极不愿被看作老古板,也不愿当反传统者,最终他们自命"锤子骑士",即为求真知向荒野出击的科学骑士。罗伯特·贝克韦尔[†]在《地质学导论》(*Introduction to Geology*)中观察到:"对

---

[*] 直到二十世纪,地质学仍然是登山运动的动力之一——最早的三次珠峰探险(分别在一九二一、一九二二和一九二四年)都部分得到了科学考察的资助,目的是带回对珠峰地区地质学(和植物学)方面的认识。——作者原注

[†] 罗伯特·贝克韦尔(Robert Bakewell, 1767—1843),英国地质学家。

地质学研究的一项附加建议,是让献身者们去探索高山地区……"这部《导论》第一版的扉画就是贝克韦尔兴高采烈地坐在威尔士伊德里斯山顶的岩柱间,仿佛在证明自己的观点。

于是,地质学在十九世纪早期的公众看来既意味着一项健康的户外运动,也意味着一种浪漫的情感:可不仅仅是摆弄古老的骸骨和石头。除此之外,很多人还将地质学视为一种招魂术,如一位锤子骑士所说,它可以开启一段回溯过去的奇幻之旅,让人们邂逅"比小说中描写的还要美妙的奇观"。十九世纪二十年代之后,地质学的基本原理在欧洲和美国广为传播,越来越多的人意识到山脉是一个可以浏览地球档案的地方——人们把它称作"伟大的石头书"。

***

我小时候有两本关于石头的书。一本是薄薄的平装本《岩石及水晶指南》(*A Guide to Rocks and Crystals*),它图文并茂,描述了几百种不同的石头。我反复咂摸着它们响亮的名字,直到牢牢记住——红色和绿色蛇纹石、孔雀石、玄武岩、萤石、黑曜岩、烟晶、紫水晶。我会花上几小时在苏格兰海岸边挑挑拣拣,不是捡潮位线上偶然发现的好东西——邮轮上掉下来的一只人字拖鞋啦,鱼漂的霓虹球啦,发硬的海蜇啦,这些东西当然都很好,但我要捡的是散落在海滩上的石头。我手里拿着这本指南,脚下咯吱咯吱踩着那片地质学大杂烩,抓起一块又一块石头,收集起来放到背着的帆布挎包里，它们在包里丁零哐啷，嘎吱作响。这感觉就像可以在世界上最好的糖果店里为所欲为：我从来都不大敢相信竟然可以把这些石头带走。我把它们拖回家去，摆放在窗台的排水槽里，浇上水，让它们保持平滑光亮。

我喜欢这些石头的颜色和摸上去的感觉——大的扁石头正合手掌，暖暖一握，像个铁饼，烟灰的底子上蚀刻着蓝色或红色的环纹；沉甸甸的花岗岩卵石在大海千万年的按摩下变得溜光顺滑；还有燧石，说是石头，却更像宝石，半透明，深色蜂蜡一般，往里看去深不可测，像一幅全息图。而随着我对地质学涉猎渐广，我意识到每块石头都自带一个故事：一部可以回溯到数个纪元之前的自传，我这才开始真正为之着迷。我为自己的生命和这每一个古老得难以想象的物件有了交集而莫名骄傲；因为我，它们不再待在海滩上，来到了窗台上。有时我会拿起两块石头，握住一块，去撞另一块。啪的一声，出现一束橙色火花，腾起一团石头粉尘，霎时间，我会很高兴，觉得自己做到了地球物理的伟力积千亿年都没有做到的事情。

我在苏格兰的山里游走，穿行于凯恩戈姆山脉长长的峡谷，寻找矿石宝贝。我最热衷于从山腰搜寻大块蔷薇石英，它们被河流冲刷得圆圆的，有着粉白相间的白垩质地，从不同角度看去会有节律地闪着柔和的光。我还看重苏格兰花岗岩，肉红色的长石和油脂状石英斑点让它看上去就像一块地质学肉馅饼。我读了更多地质学相关的书，开始理解苏格兰地貌的"语法"——它的组成部分怎样互相关联，以及它的"词源学"，即它是怎样产生的。

我也赞赏它的行文笔触:深谷高峰是大写字母,小河溪涧是精雕细刻,山脊和谷底则是精彩的字体衬线。

每次随家人攀上山顶或行走在山坡间,父亲都会挑一块石头,放在橘红色帆布背包里带下山。他把几十块这样的石头堆在一起,要造一个石头花园。我记得有一块带结块的片麻岩;一方黑色的玄武岩枕状石;一片长约一码*的银色云母石板,像鲑鱼皮一样发亮;还有厚厚一块深色火成岩,嵌着几十枚细小的石英结核。我心目中最好看的则是一块黄白相间的石英卵石,摸上去像厚奶油一样,光滑又绵软。

小时候的另一本地质学读物是颇有点沙文主义的《男孩化石指南》(*Boy's Guide to Fossils*)。有一年我在靠近苏格兰海边的一间茅屋里过暑假,这本书便常在手边。当时九岁的我和七岁的弟弟爬到峭壁顶上,那里遍布棱角磨圆的沉积岩,我们就在裸露的矿脉中搜集像子弹壳一样又尖又硬的箭石。我们还在海边地层里搜寻过三叶虫†——现在我知道根本不可能找到。我们用刀从海崖上撬起岩石上的结块,再用锤子砸碎。我们爬上海边的高山,来到山里的湖泊边,带着鱼竿和很小的黑苍蝇做鱼饵,猛地把鳟鱼扯出水面——这些小黑鱼不足一掌长,在我新近大获延展的想象里,它们起码有十亿年的岁数,说是鳟鱼,倒更像是腔棘鱼。然而那一年除了箭石,我们并没有找到真正的化石,没有菊石,没有鱼龙,自然更没有始祖鸟和史前巨鲨。当然,

---

* 一码约等于零点九米。

† 三叶虫是一种已经灭绝的海洋节肢动物。

缺乏收获并没有让我的梦想止步，我畅想着从柔软的白垩土埂上拨拉出蛇颈龙的头盖骨；大步走过西伯利亚的永久冻土时，一脚踢到獠牙尖上；朝坚冰下张望时，看到一头颤抖的猛犸象正瞪着我。

苏格兰假期两年之后，我们一家出发到美国几个有沙漠的州去参观那里的国家公园。在犹他州我们看到了锡安国家公园岩石嶙峋的地表、拱门国家公园的大拱门，以及布赖斯峡谷国家公园里有回字纹装饰的粉色方尖碑，它们分布在山谷上下，像一众巴洛克风格的导弹。我记得是在锡安国家公园附近，我们驶进一家路边加油站，给那辆硕大的美式车加油。加油站布满石子的空地一隅，有个戴棒球帽的男人坐在一张餐椅上，面前放着一具架在支架上的电动圆盘锯，身体左侧是像橘子一样码成金字塔形的粗糙圆石。我们朝他走去，父亲和他说了几句，转身对我说："挑一块石头吧。"那人站起来，看着我研究石头堆。我纳闷这些是不是恐龙蛋，便拿起一个在手里掂量着，比想象的要轻。我小声对母亲说这石头不重。

"这是个好兆头哇！"那人说着，接过石头，坐回椅子上，两腿放在锯刃两侧。"轻就说明里面是空的。就拿这个。"

他发动电锯，银灰色的锯齿好像先是朝一个方向转动，再反过来，然后看上去方向不再分明，成了一片不动的刃，发动机则开始有节奏地往加油站的空气里喷出蓝烟。电锯轰鸣声中，父亲用口型对我说："看着。"我则想着万一电锯向前倒下去，割到那人的大腿怎么办。那人钳好我的石头蛋，抓着电锯手柄慢慢向下切到蛋上，电锯尖叫起来，过了一会儿才切进石头。切完之后，他关上发动机，把电锯从石头里抬起来。石头蛋从钳夹掉到事先铺在下面的毯子上，像一切为二的苹果一样分成两半。那人用一块黄色毛巾擦干净两个半球，递给我。"运气不错"，他慢悠悠地说，"你挑得很好，挑了个晶球。大部分人都没你这样的运气。"我一手拿着一个半球，看着它们。每个半球当中都是空的，像个洞，洞壁上排列着数不清的细小齿状蓝水晶。我们驶离加油站时，小石子跳起来打在汽车底盘上，咔嗒作响。我把两个半球合起来，还原成粗糙的石头球，然后再把它们分开，一次又一次对自己看到的一切惊叹不已。

***

大约一八一〇年到一八七〇年间，深邃时间的度量标尺建立起来，并被命名。看过地质学课本的人对此会很熟悉，那是像海上天气预报一样朗朗上口的一系列名称：前寒武纪、寒武纪、奥陶纪、志留纪、泥盆纪、石炭纪、二叠纪、三叠纪、侏罗纪、白垩纪、第三纪、第四纪……语言的压缩能力比它所描述的地球物理力量更强大，人们用它来概括地球的过往，数亿年的光阴被轻松装进几个字母里。地质学在科学领域是后起之秀，却在十九世纪以超常的速度迅猛发展，它命名着，标记着，越来越深远的时间随之铺展开来。畅销的地质学指南层出不穷，让好学不倦的公众日益了解山川大海、盆地高峰赖以形成的周而复始的抬升和侵蚀作用——一部分更具诗意的地质学家开始将其称为"地球的交响乐"。欧美各地的期刊上发表了无数关于地质学新发现的文章,每个人都对地球过往的秘密知情甚多。"风和雨为这一代人写了本带插图的书,"查尔斯·狄更斯一八五一年在周刊《家常话》(*Household Words*)的一篇文章里写道,"从这本书里人们知道阵雨怎样降落,潮水怎样涨退,早已灭绝的巨大动物怎样在远古攀上悬崖峭壁。对大自然的任一方面认识得越多,她在我们心中激起的兴趣就越深厚。"

除了为地质学揭示的时间跨度而激动,十九世纪人们的想象力还为地球物理的力量而兴奋——把砂岩像面团一样揉捏,让树木倾倒并逐渐堆积形成闪闪发亮的煤层,将海里的动物压进大理石块,做到这些必然需要无法想象的巨大力量。浪漫主义让十九世纪的集体神经系统适于欣赏过度的东西,当时人们对浮华巨大之物的渴望便由此而来,这可以在一定程度上解释地质学热何以大行其道。

在十九世纪中叶的英国,约翰·罗斯金广泛阅读地质学著作,之后开始对山峰景色的慢动作戏剧做出精彩论述。一八五六年罗斯金《山峰之美》(*Of Mountain Beauty*)的出版,如同一八三〇年赖尔《原理》的出版,成为欧洲风景史的重要时刻。"山峰是所有自然景观的开端和结束。"罗斯金在开篇写道,之后通篇都不容许对这一观点有任何异议。赖尔像老师般教授,罗斯金则如剧作家般讲述,在他的审视下,风景主动呈上它们诞生的故事。罗斯金思考着花岗岩的质地——它由多种矿物混杂而成,色彩纷繁，想象它形成时固有的猛烈狂暴。"这些微粒形状各不相同，却被某种激烈或洗礼般的过程融合成密不可分的整体，并且全都被净化一新。"在他看来，玄武岩在其一生的某个阶段一度拥有"液化的力量和地火一般蔓延的势头"。透过罗斯金的文章，地质学变成了战争或大动乱，从山顶俯视到的景观成了一幅战场全景画，山岩、石子和冰化身混战数个世代的军队，这场战争慢得不可思议，力量却大得无法想象。直到今天，读罗斯金关于岩石的著作，就会想起参与它们形成的各方势力。

而在美国，同样在一八二〇年到一八八〇年间，出现了以弗雷德里克·埃德温·丘奇（Frederick Edwin Church）为代表的一众风景画家，他们从美国大地上激动人心的自然景观中汲取灵感。这些画家虽然明显受英伦三杰（罗斯金、透纳和约翰·马丁*）的影响，却也充满对祖国风光表达赞叹和自豪的典型的美式渴望：他们要歌颂这片上帝选中的土地。为此他们创作出巨幅绚丽的美国荒野风景油画——有沙漠的几个州的红色岩石堡垒，安第斯山脉如王室正殿般雄伟的山峰，落基山里火红的天空和如镜的湖泊，要不就是尼亚加拉瀑布水汽迷蒙的壮丽景象。他们巨大的画作凸显出人类的微不足道和转瞬即逝：常常可以在角落里看到一两个极小的人像，在巨大景色的对比下显得愈发微末。这些画家也精通植物学和地质学，有些画作包含非常多的地貌细节，在首次展出时，甚

---

* 约瑟夫·透纳（Joseph Mallord Turner，1775—1851），英国风景画家，追求光与色的效果；约翰·马丁（John Martin，1789—1854），英国浪漫主义画家、雕刻家和插画家。

至会向观众提供观剧镜*来看清画面上令人称奇的精确的地质特征，由此可见地质学和山脉风景画之间的关系是多么盘根错节。

***

油画非常适合表现地质学进程，因为它天然就蕴含风景：它由矿物颜料绘就。油画最早发明于十五世纪，当时以凡·爱克（van Eyck）兄弟为代表的一些佛兰德斯画家尝试将亚麻籽油和各种天然颜料混合，结果制造出一个新品种，和传统的蛋彩画颜料相比，不仅色彩更鲜明，凝固时间也更好掌握。他们用来与油混合的很多颜料就源于矿物。未经燃烧的矿煤用来画肉体的阴影，十七世纪的佛兰德斯和荷兰画家尤精于此。黑色的白垩土和常见的煤用来绘制棕色调。用于描绘远景中薄膜般山脉的浅蓝色（比如像在克劳德和普桑†的画里那样），来自碳酸铜或银化合物。荷兰大师们在描绘天空时十分喜爱的"薄涂"效果，是用玻璃粉做颜料、灰做底色来实现的，使得天空有一种云层的质地，十分像连绵的卷层云。赭石，或红土，用来给面庞或衣服加上胭脂色，或者在石膏上画湿壁画时打底。地质学由此和绘画史密切相关，在风景油画里，人们役使着大地的产物来表现大地。

在中国唐宋时期盛行的文人案头石中，我们可以找到媒介与

---

* 观剧镜，又称剧院双筒望远镜，在剧院观看表演时用于看清表演细节。

† 克劳德·洛兰（Claude Lorrain，1600—1682），法国风景画家；尼古拉斯·普桑（Nicolas Poussin，1594—1665），法国古典主义绘画奠基人。

主旨之间更为紧密的重合。早在浪漫主义革新西方对山脉和荒野的观感之前七百年，中国和日本艺术家就在纵情赞赏荒野景观的精神品质了。十一世纪著名的中国画家、文人郭熙在《林泉高致·山水训》中指出，自然景色"滋养人性"，"尘嚣缰锁，此人情所常厌也。烟霞仙圣，此人情所常愿而不得见也"。文人案头石是被流水、山风和霜冻的力量精雕细刻、成就灵动之态的山石，东方对于自然的这份古老敬意正说明案头石何以大受欢迎。人们从山洞、溪畔和山边收集石头，安置在小巧的木制底座上。文人们在书房案头供着这些石头（很像我们如今放一个镇纸），因其所体现的历史和形成之力而对它们倍加珍爱。石头表面的每个细节，每一道沟槽罅隙，每一个气泡空洞，都明白显示出漫长的岁月，每一枚石头都是一只手就可握住的小小宇宙。文人的案头石不是风景的隐喻，它就是风景本身。

很多这样的石头保存到了今天，可以在博物馆里看到。如果盯着它们，离得够近，看得够久，你会失去对大小比例的感知，自然之力在石头上刻下的涡纹、洞穴、山峰和谷地会变得很大很大，大到可以容你穿行其间。

***

应该说，不是所有人都对十九世纪地质学的进步欢欣鼓舞。有一种流传甚广的看法，认为地质学像其他科学一样，在一定程度上放逐了人性。科学的探索和方法已经受邀进入人类活动的核心，并且用最无情又最无可辩驳的方式证明，人类和宇宙中的其他物质团块毫无二致，不比它们次等，也不比它们紧要，从而削弱了把人类作为万物准绳的文艺复兴世界观。地质学延展了时间，没有什么比它更能证明人类的无足轻重，这真让人难过。一旦认识到山脉尚且不免腐坏崩塌，就能意识到人类活动的危殆和必朽。如果山峰都经受不了时间的摧折，一座城池、一个文明又怎么能有更大的胜算？丁尼生在《悼念集》中为稳定状态写下挽歌："山陵是幻影，从（from）一种形体（form）流向另一种，无物可以驻留；它们雾一般消散，那坚实的土地，/ 像云，它们形成稍纵即逝的自我。"* 从 from 流动到 form；语言学展示了语言像其他任何东西一样臣服于无尽的变化，连词语都不会一成不变地指代一个意思。除了变化本身，没有什么能更持久。

不过总的说来，地质学的发现还是鼓舞人心甚于充满威胁的。除了阐释地球的力量，罗斯金还敦促读者大众不仅要了解现有的地貌，还要看到那些已然缺失的部分：大灾难或永不停止的侵蚀作用从山中去除了什么。在他的文字里，一座又一座想象的山峰在充满可能的梦幻中自眼前拔地而起——这都是些可能或确实存在过的山脉。罗斯金像一位杰出的普洛斯彼罗†，召来已逝山脉的魂魄，让它们在今日的天际线和山脊上方冉冉升起。他教导我们，荒凉的大自然是一个更为雄奇惊人的世界的废墟，是他称作"造物最初创建的宏伟形象"的遗迹。即使是马特洪峰，那壁立千仞

---

* 此处译文引自丁尼生著，《悼念集》，张定浩译，上海文艺出版社 2021 年版。
† 普洛斯彼罗（Prospero）是莎士比亚剧作《暴风雨》中精通魔法的米兰大公。

的辉煌吸引着数千名追慕者前往采尔马特谷,罗斯金也指出它不过是一座雕像:由地球狂暴的能量从一整块材料挖凿、雕刻、砍削而来。罗斯金教导他的众多读者,只要知道怎样观察,地质的过去随处可见。后来约翰·缪尔*在美国也是这样做的。

罗斯金还相信山脉是移动的,而这也许是他对我们心中之山的形成所做的最重要的贡献。在出版《山峰之美》前,罗斯金多年间踏遍了阿尔卑斯山下的小径,写生、观察、沉思。他推断,山脊上的嶙峋不平看似随意,实则不然。事实上,只要细致耐心地观察,就能看到山峰基本的构造形式是弧形,而不是粗略一观所看到的角状。山脉天然是弧形的,像波浪一样被塑造排列。它们是石头波浪——"蓝色山脉沉默的波浪",而不是水的波浪。

而且,罗斯金还说,山脉和水波一样容易运动。它们由巨大的力量拔升而成,并且仍然受这些力量驱动。正如詹姆斯·赫顿指出的那样,我们看不见山脉的运动,只能想象,这是人类短暂的生命所致。山脉并不静止,而是流动不居,岩石从峰顶滚落,雨水从侧翼倾泻。在罗斯金看来,正是这永恒的变动让山脉成为所有自然景观的开端和结局。他写道:

> 那些荒凉竦峙的黝黑山脉啊,世间几乎所有年代里,人们都仰望它们,怀着厌恶,怀着恐惧,避之唯恐不及,仿佛死亡之影永远在那里游荡,而实际上,它们恰恰是生命和幸

---

* 约翰·缪尔(John Muir,1838—1914),美国博物学家,倡导保护美国的荒野,被称为"美国国家公园之父"。

福的源头，比平原上一切明亮的富饶远为丰盛仁慈……

***

罗斯金凭直觉感到的山脉运动，在二十世纪出人意料地被证实了，那是西方想象山脉过往的最后一场巨大转变。一九一二年一月，一个叫阿尔弗雷德·魏格纳（Alfred Wegener）的德国人站在法兰克福一众著名地理学家面前，告诉他们大陆在漂移，这一事件如今已经成为地球科学界的传奇。他解释说，具体来讲，这些主要由花岗岩构成的大陆在海底密度更大的玄武岩层上"漂移"，好比一块块油浮在水上。魏格纳告诉那些越来越觉得不可置信的听众，世上的大陆块在三亿年前是连成一整块的超大陆、原大陆，他称之为"泛古陆"（意思是"所有的陆地"）。在各种地质力量的分离作用下，泛古陆被扯成很多块，随后四散漂离，在玄武岩层上奋力漂到现在的位置。

魏格纳主张，世界上的山脉不是因地壳冷却起皱形成（这个理论在二十世纪初叶又盛行起来），而是由一块漂移的大陆撞入另一块，在碰撞处周围隆起的褶皱。比如名义上把俄罗斯欧洲部分和西伯利亚分隔开来的低矮的乌拉尔山，在魏格纳看来就是由两块漂浮的大陆在很久远的年代撞击而成，年深日久，撞击部位造山运动的效果大部分被侵蚀夷平了。

若要找证据，魏格纳说，只消看看地球，看看大陆的散布，稍稍移动一下，它们就会像拼图一样拼合起来。把南美洲挪向非洲，它的东海岸正好嵌入非洲西部的边缘。用中美洲包拢象牙海岸，北美洲裹住非洲头部，你就有半个超大陆了。同样的诀窍也能用在印度西部倾斜的海岸上，那里能和非洲之角的直边严密地贴合到一起，正如马达加斯加可以利落地嵌回非洲东南海岸的小缺口。

魏格纳还有更有力的证据来支持他的论点。多年来在马堡大学饱览大批化石档案之后，他推断，正是在他认为曾连在一起的地方，岩石记录中发现了一样的化石样本：比如非洲西海岸和巴西东海岸的煤矿层和化石是一致的。"这就像我们根据报纸碎片的边缘，把它们重新拼到一起，"魏格纳写道，"然后查看一下拼接处印刷的痕迹是否正好对得上。若对得上，就能推断出这些碎片原本就是这样连在一起的，别无他论。"

魏格纳并不是第一个主张大陆相连的人。十六世纪的地图绘制家奥特柳斯（Ortelius）就注意到大陆拼图一样的组合方式，也提出它们从前连在一起，后来被剧烈的洪水和地震割裂。当时没人相信他。而无比敏锐的弗朗西斯·培根一六二〇年在《新工具》中提到，大陆可能曾经连在一起，"仿佛是从同一块模板上切下来的"，但好像也就到此为止。一八五八年，一个名叫安东尼奥·斯奈德－佩利格里尼（Antonio Snider-Pelligrini）的法裔美国人用一整本专著——《创世及其奥秘的揭示》（*Creation and Its Mysteries Revealed*）——专门阐述大陆曾经怎样连为一体。

但这样一番激进的理论革新在十九世纪中叶还真是生不逢时，无法融入任何知识体系。十九世纪地质学主流相信的是，各大洲之间曾由大陆桥相连，只是后来陆桥塌了，沉入海底。这解释了为什么不同大陆上会有相同的物种，也貌似比大陆漂移说更合理。

因此，一九一二年魏格纳的观点违背了当时的流行论调：如果他的观点是对的，那便否定了十九世纪地质学的诸多奠基观念。更糟的是，作为气象气球研究的先驱，魏格纳专攻气象学，他同时也是一名格陵兰专家，曾经多次成功到北极探险，最后一次没能回来；现在他成了入侵者，侵犯到地质学家的地盘。一个气象学家怎么可能擅自将十九世纪地质学复杂而宏伟的大厦一举击溃呢？

魏格纳的理论立即招来汹涌的反对之声，就像伯内特多年前遭遇的那样（"纯粹是该死的胡言乱语！"美国哲学学会会长言辞激烈地说道）。可魏格纳是个坚忍的预见者，面对最初的敌意，始终沉着冷静。一九一五年他出版了《海陆的起源》，仔细阐释自己的理论，从某方面来说，他对地球历史的重新设想，像伯内特的《地球的神圣理论》和赫顿的《地球论》一样具有启示作用。一九一五年到一九二九年间，魏格纳三易其稿，加入了地质学的最新进展，却仍然入不了地质学主流之眼。一九三〇年他再次踏上格陵兰探险之旅。在五十岁生日之后三天，他和探险队遇上一场极地暴风雪，气温跌至华氏零下六十度（约等于零下五十一摄氏度）。魏格纳和同伴失散了，在乳白天空*下冻毙于一处幽僻荒

---

* 乳白天空是一种天气现象，当地面积雪而天空又布满云层，天地白茫茫一片，使人难辨远近与大小。

野里。雪停之后，同伴们才找到他的遗体，他们用冰砖砌成墓穴，埋葬了他，墓顶上竖起一个二十英尺高的铁制十字架。不到一年，墓地连同遗骨消失在其下的冰川之中。这样的葬礼，魏格纳无疑是会认可的。

直到二十世纪六十年代所谓"新地质学"时代的到来，人们才认识到魏格纳的理论至少有一半是对的。深海探测器技术的发展推动了系统的海底探测，人们发现大陆的确移动过，也的确是从一块巨大的原大陆分散而来。不过各大陆并不像魏格纳想的那样如冰山漂浮在水面上一样，是漂浮在玄武岩之上的独立个体。据发现，地球表面其实由二十来块地壳片或地壳板组成，而大陆就是这些地壳板块充分隆起抬升到海面之上的部分。

新地质学家给这些板块起了名字，有非洲板块、科科斯板块、北美板块、纳斯卡板块、伊朗板块、南极板块、胡安·德富卡板块、澳大利亚板块、阿拉伯板块，以及无疑十分坚固的中国诸板块。这些板块受到对流和半流动地幔内部"腔室"的驱动，在自身质量的牵动下，围绕彼此做相对移动。海面下板块边界相遇的地方，要么形成洋中脊，要么形成潜没区。如果是洋中脊，两个板块边界在地幔运动的作用下不停被推向两边，岩浆上涌到裂隙中，冷却后形成海底玄武岩，于是洋中脊隆起，高于周围的海底，就像板球上的缝。相反，在潜没区，两处板块挤到一处，不易浮起的那块滑到另一块下面，岩石被压进地幔，融化后再以液体形式沸腾上涌，在地壳上形成灼热的伤口。这些潜没区形成了海沟，像阿留申海沟、爪哇海沟、马里亚纳海沟。在这些海沟的底部——其中马里亚纳海沟最深处的深度超过喜马拉雅山的高度——有巨大的气压，如果去到那里，你的身体会被压缩成罐头大小。

地球上大多数山脉都是在板块挤压碰撞后抬升而成的。比如阿尔卑斯山就是驮着意大利的亚得里亚板块挤进欧亚板块后形成的。如今最低的那些山脉反而是最古老的，因为要销蚀它们，侵蚀作用需要时间。乌拉尔山脉磨钝削低的山脊就说明它年代久远，苏格兰圆润的凯恩戈姆山也是如此。也许你会惊讶，喜马拉雅山是地球上最年轻的山脉之一，六千五百万年前才形成。那时印度板块向北运动，慢慢挤入欧亚板块——拱到它下面，将其边缘朝上抬升到五英里半之高。和地球上年迈的山脉相比，喜马拉雅尚是少年，它棱角分明，愣头愣脑，不像前辈那样，被磨平了棱角，头顶又秃又平。

它也和少年一样还在成长。喜马拉雅在不到二十万年前成为世界第一高山，如今还在以每年五毫米的超常速度长高。再用上一百万年——在地质学语境里这不过是眨眼的工夫，喜马拉雅的高度几乎可以是现在的一倍。只是这不可能发生，因为重力不允许如此庞大的构造存在。总有地方会支撑不住，如果长到那个高度，山脉会不堪自己的重量而坍塌，或者在某次大地震里四分五裂，而这样的地震每隔几个世纪就会袭击喜马拉雅地区。

***

而今，好多年过去了，我在山中依然会受到深时的震撼。有一次，一个阳光灿烂的日子里，我去攀登苏格兰本·劳尔斯峰。那里的山石富含云母，行至半路，我发现一方沉积岩，背后苔藓杂草丛生。退后几步，从边上望去，可以看到这方岩石由数百层薄灰岩构成，每一层都比床单还薄。我估摸着每一层都意味着一万年——三毫米薄的岩石里浓缩了一百个世纪的光阴。

我发现在两层灰色岩石之间有一线银色薄层，便把手斧的斧头凿进岩层里，试着撬开它们。石块裂了条缝，我设法把手指伸到沉重的岩石顶盖下面，向上一提，石头就开了。两层灰岩之间露出一码见方的银色云母，在阳光下涌出闪亮的光泽，很可能是几百万年来头一次见到阳光。这真像开启一个装满银币的箱子；也像翻开一本书，发现里面夹着一面镜子；或者像推开一扇活板门，露出一座时间宝库，深不见底，让人头晕目眩，搞不好我可能会一头栽进去。

追逐恐惧

阿尔卑斯的魔法依然充满诱惑，

向上吧，再向上，直到那不幸的行列，

那受哀悼和悼念的人群，又添了名字。

——弗朗西丝·里德利·海弗格尔，1884 年[*]

我向上看去。一面布满垂直雪沟的高耸峭壁斜插入渐渐明亮的天空。这就是我们要攀登的路线。顺着石壁向下看，只见它直落六百英尺，角度不曾变缓，坐落到一座弧形小冰川上。冰川的凸面看着很坚硬，陈年金属一样泛着银光，坑坑洼洼，凹痕就是峭壁上掉下的石块砸成的。再往下，冰川直泻一百英尺，表面变

---

[*] 弗朗西丝·里德利·海弗格尔（Frances Ridley Havergal, 1836—1879），英国宗教诗人、赞美诗作者。大部分作品在逝世后出版。

成一种凝重的灰色，冰川上部光滑的冰层到这里断成裂隙和团块。看得见底部冰川腹地中，蓝色冰层闪着微光，如果我们掉下去，那里便是葬身之地了。

那天早上我们从营地小屋出发得太晚了，出门时，东边山头的天空已经泛起鱼肚白，这说明当天会很热，也是我们不该晚起的重要原因：暖和的天气会让原本被冰冻紧的岩石松动，也会让冰川里的裂隙张开大口。时间紧迫，我们不用绳索，在地势渐陡的冰川上小跑了超过两英里，姑且相信余寒犹在，雪桥还冻得牢固。最后再奋力爬过一道长长的雪坡——不时调整方向以减缓坡度带来的影响，我们终于到达山肩，即此行登山之路的真正起点。

碎石岩屑是最主要的麻烦，它们是山边堆积的小石子和岩石碎片。登山者有两个理由不喜欢岩屑：其一，向上攀登时，上面的人容易把岩屑带下来，砸到你身上；其二，它让你的每一步都踏不实，若踏上薄薄一层岩屑，碎石和底下的岩石一刮擦，脚就会打滑。

我们在岩壁上持续向上爬了大约三十分钟。岩石状况糟糕，横向碎裂，裂缝密布。如果我想抓住一块石头攀上去，这石头会像抽屉打开一样朝着我被拉出来。有些岩脊边缘还覆着潮湿的积雪，于是越往上，我的手就越湿越冷。登山器械挂在身上，叮叮当当碰上岩石。这响声加上我们的呼吸声和岩石间的刮擦声，就是能听到的所有声音。

这时突然传来一阵喊叫。"碎石头！碎石头！"我听到上面一个女人叫嚷着。回声向下传到我们耳边，我抬起头，想看看是谁在喊。

人处于危险中时，时间不会停止，也不会变慢，一切都和平常一样瞬间发生。只是如果侥幸脱险，事后我们会格外仔细地回想这些危险时刻，于是得以更充分而精确地认识它们。我们是在将它们定格回放。我记得那一刻，眼前的岩脊上有一道水流隐隐流过，还记得我的防水登山服布面上细小的交叉织纹和一朵蜷缩在石堆里的黄色阿尔卑斯山地野花。还有声音——我绷紧身体准备挨砸时，脚下岩屑堆发出嘎吱嘎吱的碎裂声。

一开始只有两块石头从岩壁上弹跳着朝我们落下来，还在空中互相碰撞了一下。接着上空突然热闹起来，好多石块嗡嗡掠过，飞下岩壁，空中满是这样的声音。每块石头撞到岩壁又弹出时，都发出啪嗒声，然后在空中嗡嗡划过，之后再啪嗒一下撞上岩壁。撞击声的间隔一次比一次长，因为石头得到冲量，一次比一次弹得远。

我们上方，两位法国登山者正从两腿间向下张望。原来这两位不小心从岩脊上碰下一块石头，这块石头敲落了其他几块，那几块又敲落了别的，于是突然，一阵大大小小的石块闹哄哄地从岩壁上弹跳着滚落，俩人不由向下望去。他们看不清下面有没有人，因为一块凸出的石檐让他们看不到岩壁全貌。不过似乎不可能有人在下面，那天他们在顶上遇到一段难爬的绳距，便折回来，是第一队下山的。还没有人从他们出发的冰川上穿过，应该也不会有人蠢到在更晚的时候上来。但他们出于登山规范，还是喊出了警示,就像打高尔夫时,哪怕球场是空的,也要喊一声"前面当心"。

石头阵跳跃着朝我落下,而我继续向上望去。在学校时,有一位高我几届的男生教过我,岩崩发生时千万不要朝上看。"为什么呢?因为石头砸到脸上可比砸在头盔上惨多了,"他说,"脸朝里,永远要脸朝里。"在威尔士,他领着我们在马蹄型坡上徒步攀缘了一整天。当大家回到停车场小巴士边,筋疲力尽之时,他则肩上搭着根绳子,在浑浊的暮色里大步走回山里,要攀登到天黑透看不见道为止。一年后,他和朋友死在阿尔卑斯山的一场岩崩里。

我听到登山搭档托比在朝我喊叫,便望过去,他躲在一块悬伸出来的石头下面,倒是安全。我不明白他在喊什么,却紧接着感到沉重的一击,身子被拖着朝背后转去,就好像有人重重扳住我的肩膀,让我转身面对他。这一击不疼,但差点把我从所在的位置拉出去,而那块石头在击中我登山包的盖子之后,弹跳着朝下方远远的蓝色冰隙落去。

接着差不多有十几块石头旋转着从我身边掉落。我再次向上望去,只见有一块径直砸来。我本能地朝后,弓起身子离开岩壁,想护住胸口。"手指怎么办呢?"我心想,"如果砸中,肯定会被砸扁,我就永远下不去了。"就在这时,我听到正前方啪嗒一响,裤子被拽了一下,与此同时,托比大叫了一声。

"没事吧?那块石头刚好从你面前穿过呢!"

原来这块石头从我面前跌落,穿过我弓起身子留出的空当,从两腿间掉了下去,居然没有碰到我,但经过时钩到了我的裤子。

再向上望去时,我看着最后一块,也是最大的一块石头袭来,我刚好在它的坠落线上。它在我上方大约四十英尺处撞上一块岩石,远远跃出去,旋转着抛向空中。我眼睁睁看着它扑下来,越来越大,越来越黑,最后有我脑袋那么大。一声脆响,石头再一次弹到岩壁上,然后横向跳到我左侧,呼啸着从我身边掠过。

我这才发现自己死命抓着面前的岩石,指尖都发白了。我四肢发抖,就快撑不住自己的重量,心跳到了嗓子眼。不过一切都过去了。又一次,我暗暗发誓,再也不来攀登高山了!我朝着托比喊道:"我们下山吧!"

回程时我们小心翼翼地穿过冰川。我依然紧张不安,身体在肾上腺素的作用下还在发抖,每一步都在试探着踩下软雪,不知道下面是不是冰隙。这时山谷里有节奏地回荡起直升机特有的呼呼声。我开始大声唱起电影《全金属外壳》里的直升机之歌——"垃圾工"乐队(the Trashmen)翻唱的《冲浪的鸟》("Surfin' Bird"),然后停了下来。"别慌,"我对自己说,"你不是在越南,你在阿尔卑斯山上,不过是上山来找刺激,结果真把自己给吓着罢了。这直升机不是冲你来的。"

还真不是。直升机一路轰鸣着飞越冰川向东而去,朝着齐纳尔罗特罗山[*]的顶峰飞去,那儿有人遇难了。

---

[*] 齐纳尔罗特罗山位于瑞士南部,属于阿尔卑斯山脉。

***

回到山谷，夜里我久久难以入眠，便起身出了帐篷，小心地踏过地上的支索，到营地四处走走。有些帐篷里亮着手电，衬着黑魆魆的寒冷草地，看去像一个个橘红色的因纽特人圆顶小屋。夜空清朗，高处山坡上倾斜的雪原把月光反射下来，照到山谷里，像日光信号镜*一般。

我一边走，一边回想白天的一幕幕。傍晚我和托比在一家酒吧里喝了好几杯淡啤酒，庆祝自己逃过一劫。屋子里烟雾缭绕，挤满登山者，他们穿着沉重的塑胶靴子，在桌子和吧台之间噔噔噔地来回走动，高声讲着自己的经历，声音盖过了酒吧的音乐。我们坐在那儿聊着早上的事：如果最后那块大石头没有朝边上弹开，会怎么样？如果我被砸得掉下去了呢？你会拉住我吗？我会把你也拖下去吗？更老练的登山者可能根本不当回事，只是把它归入已经鼓鼓囊囊的"大难不死"文件夹，然后若无其事地继续前行。我却知道我忘不了。我们也谈到，这番恐惧在事后带来多大的满足。我们还谈到，为了一座高山冒生命危险有多荒唐，但这样的经历中，冒险和随之而来的恐惧又起了怎样的支配作用——这是登山者永恒的话题。

在《阿尔卑斯山之旅》中，德·索绪尔简单提到过阿尔卑斯

---

* 日光信号镜是用于发出求救光信号的镜子，镜子中部圆孔用特殊材料制作，可以将反射的日光对准特定目标。

山上捕捉羚羊的猎人,这群人干的活出了名地危险。他们在冰川上追逐猎物,那里处处有冰隙的威胁;羚羊喜欢在陡坡上出没,猎人从那儿摔下去便会身亡;阿尔卑斯山里瞬息而成的风暴也会要了他们的命。然而,德·索绪尔写道:

> 让猎人兴奋的恰恰是这重重危险,是交替出现的希望和恐惧,是这些感觉在心中不断搅起的紧张不安,就像这种刺激也会让赌徒、士兵、水手跃跃欲试。甚至在一定程度上,也正是它驱动着进山的博物学家;在有些方面,他们的一生和捕羚人非常相似。

尽管相隔几个世纪,我依然觉得这一段说得很有道理。正如德·索绪尔所说,冒险自有其奖赏:它让人心中始终保有"不断搅起的紧张不安"。希望,恐惧,再希望,再恐惧——这就是登山运动的基本节奏。在大山里,人往往到快没命的时候才会更使劲地活:我们从来不曾像濒死之时那样,强烈地感到自己活着。

当然,我和德·索绪尔笔下捕羚人的显著区别在于,风险伴随着他们的生计而来,不可选择,而我是自找风险,我将之招来,事实上还为之买单。这就是冒险史上发生的重大变迁。自古以来就有人冒险,但在很长一段时间里,人们冒险往往另有所图:科学进步、个人荣耀、经济收入。而两个半世纪之前,为了恐惧而恐惧开始变得时髦。人们意识到,恐惧也会带来奖赏,那是一种生理上的兴奋与激动,如今我们把它归于肾上腺素的作用。于是，冒险，即故意诱发恐惧，成了一桩值得去做的事，也开始变为商品。

***

这是一六八八年的夏天，欧洲史上的关键时刻。在鹿特丹，奥兰治的威廉[*]正集结起大批侵略舰船，准备驶向英国，掀起后来为人们所熟知的"光荣革命"。约翰·洛克[†]那个夏天也在荷兰流亡，思考着怎样处理他的反暴君小册子《政府论》。亚得里亚海沿岸，威尼斯人和奥斯曼土耳其人打着拉锯战。而在意大利北方，一个名叫约翰·丹尼斯（John Dennis）的英国青年（后来他成为有名的剧作家和美学家，并成了亚历山大·蒲柏的揶揄对象）刚翻过阿尔卑斯山，此刻正坐在客栈噼啪作响的炉火边，匆匆给英国一位从未踏足山地的朋友写信。

虽然日后会以写作为生，并因此赢得名声，但眼下丹尼斯苦于该用怎样的语言来表述自己经历的一切。"向你描述罗马或者那不勒斯是容易的，"他写道，"因为你多少见过和它们相似的地方，然而我无法在你眼前竖起一座目光几乎无法企及的山，而且它让攀爬它只为一睹真容的人也疲惫不堪。"丹尼斯遇到了一直困扰着游记作家的问题：在某物和读者见过的任何东西都不相像

---

[*] 奥兰治的威廉（William of Orange，1650—1702），即威廉三世，接受《权利法案》，确立了英国君主立宪制。

[†] 约翰·洛克（John Locke，1632—1704），英国哲学家。

时,要怎样说它像什么?他起初着重描述山脉的形貌,用当下时兴的各类抱怨反驳人们对山的厌恶,把朋友的注意力引向"悬空的岩石""悬崖下可怕的深渊"和"咆哮的急流"。

然而,当丹尼斯试着确切描述自己行至一处险境狭路,心中升腾的感受时,文风一变:

> 毫不夸张地说,我们走在"毁灭"的边缘上,一失足便瞬间形神俱灭。这一切感受在我心中却激起异样的震动,确切地说,是一种欢乐的恐惧,一种惊骇的愉悦,而与此同时我无比满足,我战栗着。

丹尼斯从未料到,自己会发现行走在"边缘上"——离惨死仅一步之遥——竟能带来奇异的快感。没有现成的词语来描述这种感受,他只得运用矛盾修辞法那不甚自然的逻辑,发明创造一个。他诉诸悖论,即赋予每种"震动"相应和相反的情绪,说自己感受到了"欢乐的恐惧"和"惊骇的愉悦"。

我们在这里看到的,是最早说出登山时愉悦与恐惧并存的现代记述之一。这番记录在我们这个习惯了肾上腺素飙斗的时代看来,显得有些过时而古怪。约翰·丹尼斯也许不是第一个发现高山晕眩愉悦之处的人,但正是他和那些同样从广阔的未知世界回来、急于述说新鲜经历的人,奠定了后世对山脉的反应,对高处和恐惧的反应。丹尼斯隐隐悟到的"晕眩中自有快乐",将在之后三百年里生根开花,滋长蔓延,到了我们的时代,已经演变成对危险一往无前的追逐——人们在身上绑上橡皮带子，从吊车上跳下去；系上绳子，从山崖边跳下去；或者什么也不系，无牵无挂，从飞机上一跃而下。

***

差不多在十八世纪中叶，发生了一件事情，将丹尼斯"恐惧自有乐趣"的认识发扬光大，并确立为正统。学术界提出一个新的学说，革新了人们对荒野风景的看法，以及当时社会对恐惧的态度。这一学说如今继续默默左右着我们与荒野在想象中的关系，左右着我们关于勇敢和恐惧的观念。这个影响深远的学说就是"崇高"（Sublime，一个意为"高尚""高雅"的词），它偏爱混乱、强烈、灾变、硕大无朋、不合规则——换句话说，偏爱在审美趣味上和前一时代的新古典主义恰恰相反的东西。这番动荡中涌现出一股对各类蛮荒风景的热烈的思慕，一度特别以英国人为主，他们追捧海洋、冰帽、森林、沙漠，以及最主要的——山脉。

一七五七年，前途无量的爱尔兰青年埃德蒙·伯克出版了一部著作。这本书篇幅短而名字长：《关于我们崇高与美观念之根源的哲学探讨》，主旨是解释他所谓"可怕的事物"在人心中唤起的种种激情。伯克感兴趣的是我们面对如奔涌的瀑布、暗穴、峭壁等事物时的精神反应，它们攫住我们、吓到我们，然而又由于极大、极高、极快、极鲜为人知、极强大、极不同寻常而令人难以理解，我们因而不知怎的又心生愉悦。这就是"崇高"的景象——狂乱、骇人、难以控制，用伯克的话说，它让观察者又欢欣又惊恐，并沉醉其中。相形之下，"美"则是由看上去规则、比例协调、可以预见的东西产生的。因此古希腊阿提卡雕塑是美的，帕台农神庙的均衡比例也是美的，而雪崩或者泛滥的河流则是崇高的。用伯克的生理学术语来说，美对身体的"纤维"有放松作用，而崇高会让这些"纤维"绷紧。他写道：

> 无论何种东西，只要能激起痛苦、危险的念头，也就是说，只要是可怕的、与可怕的事物相关，或者以某种方式与恐怖以类似的方式发挥作用，就可作为崇高的来源，即它激发出心灵所能体验到的最强烈的情感。

伯克论点的核心是，这些崇高的景象导致惊恐，而惊恐是一种激情，他写道："当它不那么迫近时，总会产生乐趣。"（这一点伯克是对的，任何人只要尝过真正的害怕，而且这害怕要持续一阵子，不能转瞬即逝，就会知道它是怎样逼得你全神贯注、心无旁骛。）因此，如果一个人正单手挂在悬崖边上，他是不可能欣赏崇高的。然而如果你离一道瀑布或悬崖非常近，近到想象得出自毁的情形，你就能感到崇高在心中奔腾。能联想到危害，却知道不会真的被伤害，正是这种状态产生出愉快的恐惧：不可能发生的事佯装出很可能发生的样子。英国医生、哲学家戴维·哈特利（David Hartley）在一七四九年的文章里一针见血："如果景色里有一部分是悬崖、瀑布、雪山等，就会让人产生害怕惊恐的念头，这念头逐渐加强，让其他想法也活跃起来，然后渐渐转为愉快，因为想到自己很安全，不会经受痛苦。"

伯克的专著写得高明，约翰·丹尼斯七十年前绞尽脑汁想表达清楚的朦胧感受，被伯克赋予了文字的形式和学识上的尊重。一旦伯克为崇高编好码——他提供了一整套整个知识阶层都可以援用的词汇和观念，这个概念便很快渗透到更广泛的想象之中。《哲学探讨》问世之后，凡森林都黑暗阴郁，凡山峰必冰封雄伟。某些形容词，像"崇高的""庄严的""令人敬畏的"，渐渐与"山脉""海洋""峡谷"这些名词密不可分。全欧洲的哲学家和美学家都向崇高问题投去大量关注，而它作为一个概念，开始一如其推崇的那般杂乱而放肆地四处蔓延，爬过古典美学整整齐齐的隔墙。

"崇高"这一概念并非伯克首创，公元三世纪，古希腊修辞学家朗吉努斯（Longinus）在专著《论崇高》（*Peri Hupsous*）中提出这一概念。之后布瓦洛*在一六七四年将该书译成法语，重新激发了人们对崇高的兴趣。然而朗吉努斯和继承他思想的知识阶层将崇高作为文学效果来关注，考虑的是语言如何显得高尚、宏大或鼓舞人心，而非风景地貌如何做到这些。伯克做的，则是将这存在已久的对崇高的关注，引向十八世纪最新体验到的乐趣：自然风景。他这本著名的小册子为看待和欣赏旷野提供了一副新的透镜。从前的惊叹之情面目含糊，乏味单调，伯克为它找到了实实在在的栖息之地（海洋、沙漠、山脉、冰帽），

---

* 布瓦洛（Nicolas Boileau-Despreaux，1636—1711），法国诗人、文艺理论家。

还给它起了名字("崇高")。

"崇高"在十八世纪风行一时,不仅改变了人们看待和描写风景的方式,也改变了他们在其间的行为方式。从前人们对荒野避之不及,如今却主动找上门,把它当作体验强烈情感的场所,在那里你可以暂时仓皇失措,或者获得危险临头的幻觉。"要让我受到惊吓,身边必须得有急流、岩石、松树、枯死的森林、山峰、上山下坡的崎岖小路和悬崖。"让-雅克·卢梭在一七八五年说,"我喜欢崎岖陡峭之地,这件事的奇特之处在于,它们让我晕眩,但只要我身处安全的地方,就会非常享受这种晕眩。"法国作家雅克·康布里(Jacques Cambry)则总要等猛烈的海上风暴吹到布雷顿海岸后才站上海边悬崖。"你觉得自己能感受到大地的震动,"他欣喜若狂地写道,"你本能地逃走;所有感官被一种惊人的感觉、被恐惧和一种无法解释的忧虑攫住了。"

"崇高"给了十八世纪观光业一个新动力。越来越多的旅行者在假日里不再去传统的旅游胜地,而是从崖顶游历到冰川,再到火山,一一游览崇高的风景。山川废墟也成了景点,和古代遗迹抢风头。比如十八世纪六七十年代,去维苏威火山的观光客人数大增,他们在那儿不再是恭恭敬敬地俯瞰古迹中的日常生活细节,猜测这个栓子、那个碗在古罗马主妇的寻常日子里做什么用,而是好奇地伸长脖子盯着山峰本身,心中惊叹不已。还有人决定再进一步,离峰顶更近,于是前去攀登。在霞慕尼这个掩映在勃朗峰冰川尖岩之下的小镇上,做登山向导成了赚钱的营生;当地人拖着外地人上山,这些游客渴望通过爬上蒙坦弗特山的观光岬角，体验一番崇高的险境。而在英国，人们同样孜孜追求"崇高"和它那略微温顺的表亲"如画的风景"，拜这些追求者所赐，一批山地风光区，像湖区、北威尔士和苏格兰得以开发。加里东之游（The Caledonian Tour）就特别受欢迎，囊括了景色秀美的海边胜地和苏格兰内陆的粗犷荒野。第一代踏上加里东之游的旅行者中，最著名的有塞缪尔·约翰逊博士，一七七三年他去"苏格兰西部群岛"游历了一番。

***

约翰逊博士身高六英尺，体重大概十六英石[*]，这样魁梧的身材本身就可算作崇高。抵达位于苏格兰东北海岸的巴肯前，他已经游览了斯塔法岛上的芬戈尔洞，在平静的海面上划船穿过那儿著名的哥特式拱道。如今他和鲍斯韦尔[†]横跨苏格兰，来看巴肯的布勒崖，这也是一处著名的岩石构造。约翰逊本来是想去中国看长城，因此苏格兰一直只是个不尽如人意的替代品。然而，布勒崖还是给他留下了深刻的印象。他这样描述它：

> 这是一片呈竖直管状分布的岩石，一边和高高的海岸相连，另一边陡然升起，超出海面很多。顶上很开阔，从那儿

---

[*] 一英石约等于六点三五千克。

[†] 詹姆斯·鲍斯韦尔（James Boswell, 1740—1795），英国传记作家，塞缪尔·约翰逊传记的作者。

可以看到一湾深色海水经过这圈岩石下部的一道缺口流进洞里。这看上去就像是一口被高墙围起来的大井。

很多来布勒崖的人都满足于从主崖边眺望这片风景，那儿很安全。他们可以安安稳稳地看大海在缺口中咆哮奔涌，看在面海峭壁上筑巢的暴风鹱来回滑翔，捕猎食物。

然而，更大胆的游人中，有一些会禁不住诱惑，沿着岩石拱顶走得更远。那儿并不真的危险。诚然，有些地方岩脊收窄，只有两三英尺宽，脚下也是杂草丛生，崎岖不平，边缘附近还摇摇欲坠；另外，如果朝下看着双脚，可以看到海水在拱顶下涌动，感觉拱顶本身像液体一样在前后摇摆，有可能把你晃出去，抛到水里淹死……但这正是走到那里去的初衷呀：哄骗你的心去想象自己的毁灭。换句话说，布勒崖的岩脊是体验"崇高"的理想之所。

让鲍斯韦尔惊愕的是，约翰逊坚持要从崖顶上穿过去。鲍斯韦尔是拖着脚慢慢挪过去的，并且声称"从那儿挪过来真是可怕"，约翰逊博士却大步流星走了过去，毫不犹豫吃力，就像他对待人生中许多其他事情一样。在高大壮硕的人中，他算非常灵活的了：走路一如行文，对自己的步子成竹在胸。事后约翰逊描述这次崖顶穿行，笔调冷静：

> 布勒崖的边缘本不宽，如果要穿行而过，看上去就非常窄。冒险往下瞧的人会发现，只要他脚下一滑，定会从这吓人的高处掉下去，要么往一边摔到岩石上，要么朝另一边掉

进水里。但是，没有危险的恐惧不过是想象力的一份消遣，是内心主动搅起的不安，而与此伴随的还有愉悦。

约翰逊和约翰·丹尼斯的显著不同在于，约翰逊让自己短暂地受些惊吓，是故意为之。在他和丹尼斯之间相隔的九十年间，在"崇高"概念的影响下，人们已经开始刻意追寻恐惧了。

然而，仅就山峰而言，十八世纪总体上还是远观的世纪。在大多数人看来，山峰主要的魅力不在于踏足那里，而在于隔着一段安全的距离打量它们。大山里充满真实可见的危险——不时有灾难性的岩崩和雪崩、暴风雪，以及悬崖，也因而是体验"崇高"的可靠场所。安处山谷，你可以仰望高耸入云的山峰，想象从峰顶坠落或遭遇雪崩的情形。"在瑞士，我最迷恋的自然奇观就是那令人惊骇的地质构造——阿尔卑斯山。"一位德国旅行者在一七八五年写道，"那里的景色让人心怀敬畏，并且渴望将这令人愉悦的恐怖告诉所有朋友。"珀西·雪莱喜欢炫耀自己童年就见识过阿尔卑斯山上的奇险。"我自小熟悉高山湖泊，"他得意地说，"在悬崖边逗留嬉戏的危险就是我的玩伴；我踩过阿尔卑斯的冰川，住在勃朗峰的眼皮底下。"这全是吹牛——雪莱其实一直与悬崖保持着审慎的距离，但他自称冒险家的愿望表明，人们越来越追捧大胆的冒险行为。

不过，十八世纪的观光客太过热烈地沉湎于山峰，没过多少年，山地风景就差不多过时了。一八一六年，拜伦在法国阿尔卑斯山区避暑，看到某些游客对山峰无动于衷，他大为光火。他在给朋友的一封信中义愤填膺地写道：

> 在霞慕尼，当着勃朗峰的面——我听到另一个女人——也是英国人——朝同伴喊道——"你见过比这更田园的风光吗？"——就好像这里是海格特或汉普斯特德——要不就是布朗普顿——或者是海斯。*"田园！"她竟然这么说！——岩石——苍松——急流——冰川——云层和远在云层之上、终年积雪的峰顶——结果，"田园"！

从拜伦的愤怒中，从那位英国女士对风景程式化的漠然中，我们可以看到日后十九世纪旅行的普遍动力，其精髓就是渴望不走寻常路。一旦从山谷观山景变得和观赏海格特、汉普斯特德公园、布朗普顿或海斯无甚分别，一旦观光者对霞慕尼嶙峋的绝色风姿也只是冷眼相待，就一定要找到新的途径来体验大山了：这些新途径必须重新燃起那种对"愉悦的恐惧"的崇高激情，光靠风景奇观已经做不到这一点了。

答案当然是进入大山，让自己面对更大的风险。一旦深入群山，你的观光旅行就会变得严肃得多：在那里，可能绊了一跤，后果就是坠落。

＊＊＊

---

* 海格特（Highgate）、汉普斯特德（Hampstead）、布朗普顿（Brompton）、海斯（Hayes）均为伦敦郊区乡村地区。

十九世纪头两年，塞缪尔·泰勒·柯勒律治发明出一种他称为"新型赌博"的活动，并承认自己已经"入迷成瘾"。不过柯勒律治天生就容易上瘾。他对谈话上瘾，对思想上瘾，还对鸦片酊上瘾，并深受其害。一度，他也对高山晕眩上瘾。柯勒律治追求的是刺激：这个好奇心爆棚的人对一切能延展或提升他灵敏头脑的体验都感兴趣，这些体验由峭壁激起也好，由鸦片烟带来也罢，都以某种方式拓宽他头脑的疆域，磨利他思维的尖峰。

柯勒律治的赌博是这样进行的：选一座山，任何一座都行。爬到山顶，然后，不要"迂回行进，找到一条小径或其他看上去安全的路径"，也就是说不要找一条现成的道路下山，而是继续游逛，遇到"第一个可能下得去的地方"就下去，至于"这可能性持续多久，全凭运气"。这就好比俄罗斯轮盘赌，山顶是枪膛，下山的路就是子弹和空弹。

一八〇二年八月二日，柯勒律治的赌博终于给他带来了麻烦。他爬上了位于湖区的斯科费尔山，此山海拔九百七十三米*，是英格兰第二高峰，因为登顶角度不对，他爬到了一片危险的窄小岩顶。那天天气多变，南方青灰色的天色预示着一场暴风雨即将来临，是时候下山了。柯勒律治后来也承认，当时他"过度自信，也过于懒惰，没有观察四周"就决定赌一把，往东北侧的山顶高地进发。没有比这更糟糕的方向了，因为这条路线将他带往今天

---

* 斯科费尔山的最新高度测量数据为九百六十四米，此处或为旧有数据。

被称为"大看台"的地方,那是一组由大片岩板和倾斜岩架构成的巨型陡峭阶梯。然而柯勒律治一心坚持自己的游戏规则("这可能性持续多久,全凭运气"),开始奋力往下爬。

一开始,从一块岩架迈向另一块还算容易。可是很快,岩架之间的落差变大了,他只能见机行事。在一面七英尺高的峭壁处,他双手抓着顶部,身子悬空,任凭自己盲目掉下去,落到下一个岩架上。身体被折腾得够呛:"我双手和双臂上的肌肉紧绷,落到下面时又震到了脚,于是四肢都在发抖。"这也逼得他非找到下去的路不可,回去是不可能了,开弓没有回头箭。柯勒律治继续往下爬,但情形很快变得更糟——每下落一次都"让我四肢发麻得更厉害"。

就在此时,他发现自己被困住了。他在一块宽阔的岩架上,风在耳边呼啸。往上是一片难以攀爬的石板,往下十二英尺则是一处非常狭窄的岩架,"如果落到那上面,我肯定会朝后掉下去,结果自然是摔死"。

怎么办?必须承认,还真没有人会像柯勒律治那么做:

> 四肢抖个不停——我平躺下来歇一会儿,开始按老规矩笑自己是个疯子。而就在此时,我被眼前的景象镇住了:上方险崖四布,悬崖上面就是狂暴的云层,如此骇人又迅猛地向北方疾驰。我躺在地上,处于近乎先知般的迷醉和愉悦中——为着理性和意志的力量,高声赞美上帝,只要它们还在,就没有危险能打败我们!

啊上帝，我大声赞叹——此刻我是多么平静、多么幸运，我不知道该如何前进，又该如何返回，却平静、无畏、自信——如果此刻的现实是一场梦，而我正在熟睡，那我遭受了怎样的痛苦！发出了怎样的惊叫！如果理性和意志不存在，留给我们的便只有黑暗阴郁，以及令人迷惑的耻辱和痛苦，它们会是主宰我们的君王。或许还剩下荒唐的享乐，扯着灵魂在空中游过，幻化出各种形状，甚至会变成风中飞过的一群椋鸟。

柯勒律治被困在峭壁上，即将到来的暴风雨会让岩石更滑、更加危险，但他并不惊慌。不，他仰面平躺，思考着自己理性之力的坚不可摧。肉体濒临极度危险之时，他退入精神的堡垒，从那里望出去，岩石、风暴和坠落都似乎只是幻觉。换句话说，他把自己想出了险境。

还真别说，从理性的"迷醉"里出来后，柯勒律治便注意到左边岩架几英尺之外，岩石当中有一道细细的豁口，就像一条烟囱，他可以从那里下去（今天这个地方被称作"胖子的险境"）。他卸下登山背包，"像在两堵墙当中那样往下滑，毫无危险，毫不困难"。就这样他活了下来，得以讲述这段历险，尽管这一天剩下的时间他都处于一种"紧张不安的精神状态"中。

一般认为，柯勒律治爬下"大看台"，是英国首次有记录的攀岩经历。在柯勒律治看来，他能脱险，证明理性比现实更伟大。他当然是错的。他的脱险和理性无关——他只是足够幸运，找到了摆脱困境的办法。无论你多么努力，都无法将悬崖巉岩想到消融无形。柯勒律治之后的很多人都发现了这一点。一九〇三年，即柯勒律治那次下山经历一百零一年之后，发生了一个著名事件，也是在斯科费尔山，四名登山者在试图攀登霍普金森堆石标下的陡峭岩板时遇难。他们被安葬在沃斯代尔海德的教堂墓地里，每个人的墓碑上都刻着相同的庄严的墓志铭："这一刻他们站着，像天使高高站在无所不在的无瑕空气中；下一刻他们已然不在，祖国已不知他们去往何方。"

***

柯勒律治的攀岩开启了一个进山冒险日渐流行的世纪。人们渴望货真价实、主动寻获的恐惧，这渴望渐渐取代了"崇高"带来的更为文雅的愉悦。欣赏危险所需要的附加条件——如卢梭所说必须"身处安全的地方"——越来越不受重视，进山的冒险者增多了。英国出版商和游记作家约翰·默里（John Murray）在一八二九年出版的瑞士旅行指南中津津有味地写道，在阿尔卑斯，"人会在撕裂的冰川中被可怕的深渊吞没，那深渊张开大口迎接他。即使躲过了散布在瑞士山峰峰顶的危险，峭壁也可能正在等着他"。玛丽安娜·斯塔克[*]在一八三六年也写了一本阿尔卑斯旅行手册，她建议女性游客"尽量从悬崖边上向下俯瞰"，这样，斯塔克解释说，想象力被恐惧喂饱，你就能沉着冷静地注视高处。极度的美、

---

[*] 玛丽安娜·斯塔克（Mariana Starke，1762—1838），英国作家，以写作旅行手册为英国大众所知，也创作戏剧、诗歌。

高度、幽僻，这些当然都是山峰新魅力的重要成分，但与之紧紧相连的还有一个要素——危险。山地提供了一个被危险撕裂的环境，很是带劲，你可以在那儿用充沛的艰难险阻考验自己。

这种以冒险为考验的理念尤其主宰了十九世纪人们对恐惧的态度。越到世纪后期，冒险的观念就越是和自我以及自知的观念纠缠在一起。当时的杂志、传记和探险报告中，反复出现某些关于荒野风景的主题和看法，最首要的莫过于胜利与失败、挣扎与回报。在这些作品里，自然通常被比作敌人或情人，被征服或占有，视你如何看待它。纵然人们对旷野的荒凉孤寂警惕犹存，一种新意识确乎后来居上：荒野景观尽管危险严酷，却是一处考验的佳所，一个照亮自我的舞台。穿越阿尔卑斯山的雪原，或者顽强跋涉于极地冻土，都揭示了你的质地——以及这质地是否优良。一八四七年十一月出版的《布莱克伍德爱丁堡杂志》(*Blackwood's Edinburgh Magazine*) 上有一篇讨论北极探险的社论就很好地体现了这种思想倾向："上帝将艰难险阻摆在人面前，明显是在磨炼他自己的技艺，好把人塑造得更出色。"

重要的是，直面荒野的危险和美，对个人品质不仅有揭示之功，还有提升之效。比如，看看这封约翰·罗斯金一八六三年从霞慕尼写给父亲的信。他这样开头：

> 危险有何道德功用，这真是个奇特的问题。但是我知道，也通过实践发现，如果你到了一个危险的地方，转身便回来，尽管这无可厚非，也相当明智，但你的性格仍然遭受了轻微

的破坏；你在那个程度上变弱了，沉闷了，女人气了，将来更容易感情用事，容易犯错。然而如果你在危险中坚持到底，尽管直面危险似乎鲁莽而愚蠢，但直面之后你会变成一个更强更好的人，更能胜任一切工作，经受任何考验。能产生这样作用的，正是危险。

罗斯金将女性气质等同于沉闷、弱小、谬误，这让人不甚愉快地想到，在那个时代，勇敢只和男子气概紧紧相连。不过，罗斯金的观点也明显是维多利亚式的，因为他相信克服危难能使人变得"更好"。尼采也是恐惧的形而上学论者，比罗斯金更为人所知，他后来贡献了一个更简洁有力的说法："杀不死你的，终将使你更强大。"只要你能挺过来，那么冒险，亦即让自己惊恐，就是自我提升的有力手段，而自我提升在维多利亚时代后期的人们眼中是魅力四射的理想，对喜好爬山的中产阶级而言尤其如此。一八五九年塞缪尔·斯曼尔斯[*]出版了《自己拯救自己》，此书立即成为经典。斯曼尔斯的主旨很简单，而且表面看来富于民主精神：只要有雄心、肯努力，任何人都能取得任何成就。"伟人……并不专属某个阶层和等级，"他在前言中宣称，"有时最贫穷的人获得了最高的地位，而在他们的道路上，看似最不可逾越的困难，最终也并不是障碍。"

斯曼尔斯信条的一个基础是，困难能激发出人最优秀的品质。

---

[*] 塞缪尔·斯曼尔斯（Samuel Smiles，1812—1904），英国作家、社会改革家。

"造就人的不是安适,而是努力,不是便利,而是困苦,"他写道,"逆境的作用何其甘美……逆境揭示了我们拥有的力量,唤起我们的干劲……若是不必面对困难,生活也许更安逸,但人的价值也就不会那么巨大。"从这里很容易迈向主动考验自我这一观念:人应该找苦吃,以最大限度地提升自我。按照斯曼尔斯的说法,阻力最小的路总是下坡路,而相反,那些承担并克服困难的人,最终超越了自己。

斯曼尔斯煞费苦心物色一个能准确阐明观点的比喻,最终确定用登山,这颇能说明问题。"只要遇到困难,人就必须出击,无论结局是祸是福,"他写道,"遭遇困难,能训练他的力量,规范他的技能,激励他进一步努力……通往成功的道路很可能陡峭难行,也考验着意欲登顶者的能力。"利用困难自我提升,斯曼尔斯的信条面向的人无分阶级——任何人都可以成为任何人,这点倒是让人佩服,但将它消化吸收得最好的当属维多利亚时代的资产阶级,其中不乏将之放到山地这一危险舞台上求证的人。

随着大英帝国蒸蒸日上,国内日趋安适富足,维多利亚时代的市民也日渐喜欢上冒险。可以说,中产阶级需要一个风险阀门,把他们在都市优渥生活里积聚起来的蒸汽放掉一点,而阿尔卑斯山正合此用,在那里人人能找到适合自己的危险级别。贝德克尔[*]的瑞士旅行指南在"冰川"条目下这样宽慰读者:"冰川的危险与其说是真的,不如说是想象出来的。"可不是,大多数游

---

* 指德国出版商卡尔·贝德克尔(Karl Baedeker, 1801—1859),贝德克尔亦是著名游记出版品牌。

客要的就是这个：他们可以想象，在阿尔卑斯冰川上，以及在他们如今汹涌而入的山地中，发生着各种可怕的事故，但事故并不常常发生。在安然无恙的人心中，偶尔有人遇难还是个鼓舞人心的事情，因为这至少保留了死亡的可能性，而这种可能性对山地体验来说，是不可或缺的。

看看艾伯特·史密斯的成功，就知道维多利亚时代中期，人们对高山晕眩有多热衷。史密斯是个精力旺盛的讽刺作家兼实业家，从一八五三年起他租下皮卡迪利大街上的埃及馆，在这个洞穴般又大又深的建筑里演出节目《攀登勃朗峰》("The Ascent of Mont Blanc")。史密斯生性并不擅运动，但一八五一年八月，在一大群向导和海量酒精的帮助下，他成功登顶勃朗峰。（此次远征的烈酒供给如下：六十瓶廉价葡萄酒、六瓶波尔多葡萄酒、十瓶圣乔治酒庄葡萄酒、十五瓶圣让酒庄葡萄酒、三瓶干邑白兰地，还有两瓶香槟。）回来后他在伦敦大肆宣传自己的胜利，并于一八五三年三月向公众开放此番攀登的剧场版：有穿着阿尔卑斯村姑式连衣裙的漂亮女引座员；有纸板剪成的瑞士小木屋（勃朗峰其实在法国，不过别较真）；舞台后面放着折拢的山峰立体模型；有一头长毛圣伯纳犬；最后，还有此次阿尔卑斯仿真秀的点睛之笔，一对岩羚羊，它们在镶木细工地板上四处跑动，还在演出当中不合时宜地拉屎。乐队在乐池中演奏《霞慕尼波尔卡》("Chamonix Polka")和《勃朗峰方阵舞曲》("Mont Blanc Quadrille")，史密斯则用洪亮的嗓音讲述着他那扣人心弦的攀登经历。

换句话说，这个节目就是一部阿尔卑斯题材的俗丽之作，然而它提供了一个间接体验冒险的机会。"你开始倾斜着向上爬,"史密斯会用低沉的嗓音向那些全神贯注的观众描述他攀登科特峰的历程,"下面除了冰层里的裂口,什么也没有。脚下一滑,或者手杖折了,就必死无疑。你会闪电般飞速从一个冰封的险崖滑到另一个,最后在几百英尺之下冰川的可怕深渊里摔得粉碎。""噢!"观众们颤抖着。在地势毫不险峻的皮卡迪利大街上,他们得以让自己置身虚拟的危险中,在勃朗峰的巉岩和陡峭冰层间待上一两个小时,然后,灯光亮起,他们起身披上外套,象征性地战栗着离开。兴奋点就在于当一个看客,而不是参与者。(这可是一种经久不衰的兴奋感:人们如今都还因为它为每部灾难电影、每条灾难报道买单。)

大众喜欢史密斯的这个混合着异国情调和恐怖氛围的节目,它连演六年,场场爆满,赚了三万多英镑。狄更斯曾赞许地写道:"史密斯本领高强又幽默诙谐,能融化(勃朗峰的)终年冰雪,让最胆怯的女士也能一天上去两回……而毫无疲惫之虞。"据《泰晤士报》报道,一八五五年夏天,整个英国都陷入了"勃朗峰热"。越来越多的人去阿尔卑斯山旅行,去看勃朗峰的绝美峰顶,也有越来越多的人试着亲自攀登上去。

***

十九世纪的中点是一八五〇年,关键点却是一八五九年。这一年,斯曼尔斯影响深远的书出版了,同年出版的还有达尔文的

《物种起源》。达尔文最引人入胜也最万能的理论是适者生存［这个说法其实并不见于《物种起源》，而是达尔文同时代的哲学家赫伯特·斯宾塞（Herbert Spencer）创造的］，有了这个前提，"以冒险为考验"的观念从十九世纪六十年代开始获得新优势。因为山地提供了一个实验室，那里上演着加速版的自然选择，而且可以看到它正发挥着作用。山峰之骇人又迷人，就在于即使最小的判断失误也会酿成严重后果。在城市街道上失足滑倒，也许只会崴到脚，在山里却可能致命，让人跌进裂隙，或者从悬崖边上翻下去。同样，未能及时返回，后果并不是赶不上饭点，而意味着天黑了还在途中，最终会被冻死。掉一只手套也会变成转折性事件，原本美好的一天会变成灾难日。

在山里，每件事都令人紧张地放大了，到处是选择的压力，选择的后果也来得更加迅即。于是，身处大山，能很有力地检验出一个人的能力和体力，最弱的人——对不起，最弱的就靠边站吧。马默里在一八九二年赞许单人徒手攀登时发狠说："一个登山者只要在任何方面表现得粗心无能，适者生存法则就足以让他灭亡。"同样的生存主义价值观也在美国确立起来，尤其在阿拉斯加，那里的雅座酒吧挤满了淘金者和伐木工人，为一种格外激烈而阳刚的达尔文主义提供了温床。吟诵阿拉斯加淘金热的诗人罗伯特·塞维斯（Robert Service）写过一首无情的歌谣，表达的正是这个主题："这就是育空河*的法则：唯有强者才能繁盛；/ 弱

---

* 育空河是北美洲主要水系，发源于加拿大育空地区，流经美国阿拉斯加州。

者必将死去，唯有适者才能生存。"美国西部开发和随之而来的拓荒者传奇从来都极为阳刚：开着装甲卡车，在高速公路上开战的骑士；对古希腊雕塑般身材的崇拜；以及低吼的荒野。

那么事实证明，成功的登山者或探险家需要拥有什么品质呢？也许人们马上会说：男子气概——这个维多利亚时代的概念，在二十世纪演变成大男子主义。登山证明了一个人的实力，是一份胆识和力量的宣誓书，担保此人足智多谋、能够自力更生又充满男子气概。约翰·丁达尔[*]忆及他初次登上魏斯峰[†]，用的是描述夺取贞操的语言。"我摁着这座山上最高的雪花，"他写道，"魏斯峰从此清名不再。"十九世纪末，H.B.乔治[‡]在探讨山地旅行时也称，正是"探索地球并征服它"的渴望"让英国成为世界上的殖民大国，并引领英国人深入各大洲最幽僻的角落"。

这里头还牵涉爱国主义。莱斯利·斯蒂芬称："真正的英国人喜欢整日徜徉于山岩雪地间，在良知允许的范围内，能多投入就多投入。"[§]不过，山地风貌所映衬出的品质中，最为人称道的莫

---

[*] 约翰·丁达尔（John Tyndall，1820—1893），英国物理学家，发现了光的散射现象（也称"丁达尔效应"），同时也是一位热忱的登山者。

[†] 魏斯峰位于瑞士南部，属于阿尔卑斯山脉。

[‡] H.B.乔治（Hereford Brooke George，1838—1910），英国大律师、历史学家，也是一位登山家。

[§] 希特勒十分相信山峰的神秘力量，登山者发奋图强、吃苦耐劳、体魄强健的形象也很适合法西斯主义，在法西斯审美中，刚毅和男子气紧密相连。二十世纪三十年代，第三帝国资助年轻的德国登山队员（即闻名于世的"纳粹虎"）去探索一次比一次危险的路径。最出名的就是去攀登艾格峰人称"死亡之墙"的路线，很多人为此身亡。登山队员也是尼采最喜欢用的比喻，他写道："吃苦——吃大苦的磨炼，难道你不知道，唯有这种磨炼才造就了人性迄今抵达的高贵？……这艰苦对于每个登山者而言都不可或缺。"——作者原注

过于复原力和缄默节制的结合,我们今天称之为"坚毅"。坚毅是一步一步前行、需要坚持多久就走多久的能力,是不停踩着先行者的足迹向前的能力,是知道何时担起领袖之责而足堪胜任的能力,以及最重要的,不抱怨的能力。也就是说,全力以赴,并尊重规则。丁尼生多次写到坚毅,在诗作《尤利西斯》("Ulysses")中,他写下这样的诗行:"去奋斗,去探索,去寻得,不要屈服。"坚毅的品质从大英帝国一代代公民幼时起就已深植于心——寄宿学校系统努力培养出一代又一代据说充满这种精神的少年。人们也认为,坚毅作为精神因素,支持着英国军事的胜利、探险热情的高涨,以及帝国版图的扩张——地图上的国界线一直在变更。

山峰对进山者的要求,也是坚毅。詹姆斯·福布斯在一八四三年将阿尔卑斯山旅行描述为"可能是寻常百姓能获得的最接近军事战役的体验"。丁达尔在攀登魏斯峰最后的雪坡时已然筋疲力尽,只能不停想着让英国人久富善战之名的品格,好使自己坚持下去:"主要就是不知何时屈服的品质,哪怕不再有希望也要为责任而战的品质。"莱斯利·斯蒂芬更喜欢把自己想象成极地探险者。他写道:"冬天挣扎着向棚屋走去,这不过是在和危险嬉戏玩乐,但在这样的时刻,人却理解了那些即便知道此行唯一的基础只有留在身后的船,也要朝着极点艰难推进的北极探险者。"山峰的冰冠和石坡在很多方面都面目相似,没有特点,杳无人迹,以至于成了人们肆意重新设想自身的完美场合,无论是把自己想象成一个拼死战斗的士兵,还是一名沉着无畏的探险家。

于是,在很多十九世纪的登山者眼中,进山不过是一种角色扮演游戏。山峰提供了一个神秘王国，一个可替换的世界，在那里你可以重新将自己虚构成任何形象。它们是"游乐场"——斯蒂芬给欧洲阿尔卑斯山起了这么一个名字，在那里成年人可以和危险嬉闹一番：这是一处众人消遣（recreation）场地，也是重塑自我（self re-creation）之所。然而，无论你如何想象自己、想象山峰，都没关系：这风光还是可以杀了你。

* * *

曾经我有差不多一整年没进山，被困在剑桥郡的书桌前埋头工作，休息无望，便开始对垂直构造心生向往。唯一的安慰就是不时出现在地平线上的几座黑黢黢的教堂塔楼，再就是剑桥大学一些学院的白色尖顶，像芭蕾舞演员旋转的脚尖那样指向高空。一月下旬的一天，我终于受不住了，搭上一辆公交车去了尤斯顿，从那里和一位朋友一起登上去苏格兰高地的卧铺列车。

我们醒来的时候，火车正哐当哐当疾驰过一道冰封的峡谷。铁轨两边都是积雪，露出深深的截面，像一件被雪犁拉开了拉链的白色外套。火车前方就是蜿蜒的峡谷。我从车厢走廊的窗户探出头去，寒风扑面，可以看到铁轨镀着朝阳，向远方延伸，仿佛两条渐渐靠拢的明亮钢丝。

我们从火车站搭便车到达凯恩戈姆停车场，从那里徒步前往北部凹地下黑白相间的参差壁垒。风温柔而有力地拍打在身上，这感觉真好。凹地顶端之上的高空中，一羽乌鸦紧绷翅膀，正顺着气流滑翔，轮廓毕现。到达凹地山脚后，我们找了一条三百英尺长、近乎垂直的窄沟，沿着它可以上到顶部的高地。到那里我们再看天行事，决定是继续深入腹地，还是打道回府。

即便有冰斧和冰爪傍身，沿着这道沟向上攀缘也相当缓慢而吃力。强劲的南风扫过高地上的积雪，将之抛进朝北的沟渠，有几百吨之多，像浓稠的白色河流般不停倾泻下来，在我们的膝边翻涌。停下来喘气的时候，我有一瞬间想到，这雪还真妙。缕缕积雪被抽打而上，在半空中起舞，编舞的是打着奇怪的旋、鼓满凹地的阵风。沟渠左右两边的岩脊蒙着厚厚的冰，锃光发亮，而每一道悬垂的岩石都挂着蓝色冰柱，像一盏僵硬的枝形吊灯。

一个小时之后，我们爬上高地时，天气已经变得很坏，下起大雪。能见度跌到几百英尺，气温也骤降。我觉得眉毛很重，好像有什么东西要把它们从额头上扯下来，而当我抬起戴着手套的手时，发现上面结满了冰。我们跪在离沟顶几英尺的地方，试着把登山绳卷起来，但绳子在严寒中像钢索一样难以弯曲，两头硬邦邦的，在风中四处甩动。几小时前看上去还在欢快嬉闹的风，现在已经变成了风暴。我不禁想起在一本指南里读到的关于这个地区的警告："凯恩戈姆高地上，有记录的最高风速是每小时一百七十六英里：掀翻一辆小汽车绰绰有余。"

往回走是不可能了，我们甚至都站不起身——如果站起来，狂风就会把我们从高地边缘狠狠拍下去。也没办法回到沟里。最后我们手脚并用，爬了几百码，挪到一处被风吹起来又冻住的雪堆边，花一个小时在上面挖出一个简陋的雪洞。之后十二个小时，我们就一起蜷缩在这个洞里,把手插在对方的胳肢窝里取暖,等待狂风平息。那天晚上,我整夜都在向往东部沼泽的温暖和平坦。

在剑桥,我忘了凯恩戈姆能有多凶险。我在想象中看到的,是它们最仁慈美好的一面:鲸鱼脊背般优雅的冰雪山脊,笼罩在冬日古铜色的阳光里。现实却完全是另一回事。在山里,想象和现实之间的鸿沟大到可以杀人,这真是讽刺。

***

整个十九世纪,阿尔卑斯山和其他山地逐渐热闹起来,而伤亡人数也在增加。其实从一开始就有不同的声音:比如约翰·默里关于瑞士游览的《手册》,就把勃朗峰的攀登者都判定为"精神不正常"。不过这样的告诫大都不受重视,越来越多的人碰上了爱德华·布尔沃－利顿[*]所谓的"无人能预知的突发危险":崩塌的雪檐、突如其来的落石,还有雪崩。

一八六五年,就在罗斯金给父亲写信,谈危险的道德提升功用之后两年,马特洪峰的一场著名山难惊人地凸显了登山的危险。三个英国人——一位勋爵、一位教区牧师、一名剑桥大学的年轻学生——以及他们的瑞士向导,在完成首攀后的下撤途中从一处陡峭的山坡上跌落,摔死在四千英尺之下的冰川里。同行的其他三名登山者之所以幸存下来,是因为连接他们和坠山者之间的绳

---

[*] 爱德华·布尔沃－利顿(Edward Bulwer-Lytton, 1803—1873),英国政治家、作家。

索崩断了。救援队抵达冰川后,发现三具残缺不全的赤裸尸体,这些人的衣服在坠落过程中被扯掉了。瑞士向导克罗的半个脑袋都不见了,他戴的念珠深深嵌入下巴的皮肉里,最后只能用小折刀挖出来。那位道格拉斯勋爵则尸骨无存,只留下一只靴子、一条皮带、一双手套和外套的一个袖子。

这个事件后来被称为马特洪峰山难,它带走了登山黄金时代的光辉。对这场践踏生命的灾难,英国的反应尤其复杂,人们既惊恐又着迷。不列颠的贵族之血竟然抛洒在追求高海拔的过程中,而且很多人确信,今后还会浪掷更多。查尔斯·狄更斯是个纸上谈兵的极地探险迷,他认为极地探险才是最明智的事业,而登山荒唐可笑。他在伦敦到处宣扬自己的观点。"吹吧!"他一声断喝,毫不同情,"爬到那样的高处……对科学进步的贡献,和让一群小青年去跨过联合王国所有大教堂尖顶上的风向标,是一样的。"报纸倒真像风向标,仅仅几个月前它们还在赞扬登山者的坚忍不拔,如今时风既变,便赶紧悲伤地探究起英国人何以一心"前往不可测的深渊,一去不返",要不就谴责登山活动,说它是"堕落的趣味"。

然而大众对这死亡的消息却入迷大于惊恐,并且不出所料,对灾难细节表现出十分严肃的兴趣。在很多人看来,葬身山间赋予这些人一种高贵感。A. G. 巴特勒[*]为遇难者作了一首挽歌,把他们抬高到半神的地位,也将登山比作一场宏大的战斗:"他们

---

[*] A. G. 巴特勒(Arthur Gray Butler, 1831—1909),英国学者、神职人员。

与自然作战，一如远古与众神作战的／提坦；他们也像提坦神一样坠落，／被赶下希望之巅……"死亡的凌乱细节——毫无阻力的下坠中惊心动魄的几秒，撞击之下摔得稀烂的骨头和器官——都无关紧要，在巴特勒的诗里，坠山者的命运化作直追往昔的壮烈传奇。登山并不是狄更斯所斥责的学生恶作剧的升级版，而是一项壮丽的事业，是在对抗终极的敌手——自然。为了这个，冒任何风险都是值得的。

马特洪峰山难是山地冒险史上的关键时刻。如果当时反对之声得势，成为正统观念，登山运动就不会像后来那样蓬勃发展。然而，最终是巴特勒的溢美之词而不是狄更斯的轻蔑，占了上风。登山运动日益兴盛，山峰和冒险对大众的诱惑得以巩固，哪怕这些大众从未登过一座山；因为不断有人在登山时死亡，阿尔卑斯小山村的墓地被渐渐填满。马特洪峰山难的幸存者之一爱德华·怀伯尔后来为此次灾难，也为登山运动本身写了一篇悼文。他写道："想去爬山的话就去，但是记住，没有谨慎，勇气和力量就一无是处。也要记住，一时的疏忽可能会毁掉一生的幸福。做任何事都不要轻率，看好每一步，并且从一开始就要想着，结局可能是什么。"怀伯尔守着自己的诀窍活到高年，一生奔放桀骜——很多人可没他那么谨慎，或者没他那么走运。

※※※

在大山里，有很多种死法：冻死，摔死，被雪崩掩埋，饿死，累死，被落石砸死，被冰崩砸死，以及死于会引起脑水肿或肺水肿的无形的高原疾病。坠落当然是始终在场的选项，重力从不走神，也永远恪尽职守。法国作家保罗·克洛岱尔（Paul Claudel）说得好：我们缺少可以飞翔的翅膀，却永远有坠落的力量。

如今，每年有成百上千人在世界各地的山中遇难，受伤人数则再多上几千。仅勃朗峰就夺走一千多条人命，而马特洪峰有五百人丧生，珠峰一百七十人，乔戈里峰一百人，艾格峰北坡六十人。一九八五年，瑞士境内的阿尔卑斯山脉地区就有差不多两百人罹难。

我在世界各地都见过登山遇难者。他们聚集在山镇墓地里，或躺在登山大本营的临时墓场里。取回遇难者的遗体通常是不可能的，甚至连遗体都找不到，有那么多死者只能用一些物件或象征物来代表：被整整齐齐地拧在岩坡上的铭牌，巨石上刻下的名字，石头或木头做成的粗糙十字架，被玻璃纸包成一簇的鲜花。伴随它们的是常见的哀悼词，这些话已经被用了无数次，然而再次出现时，震撼力与沉痛感也丝毫未减：这里长眠着某某，这里倒下了某某，纪念某某……所有那些未尽的生命啊。

把登山死难者浪漫化或崇高化并不难，可应该被记得，却常常被忘记的，是身后的人——所有那些被大山夺去挚爱的父母、儿女、丈夫、妻子、伴侣，所有那些创伤深重却必须继续走下去的生命。人们一定觉得，常常去山里冒险的人，不是极为自私，就是对深爱他们的人的感受漠不关心。最近我在聚会上遇到一位女士，她的表弟去年爬山时坠亡了。这件事让她又生气又困惑。"为什么他觉得必须去爬山呢？"她问我，但其实并不期待我回答。为什么他就不能打打网球、钓钓鱼？更让她生气的是，死者的弟弟还要去登山。她的叔叔婶婶已经痛失一个儿子，她说，另一个儿子还在拿要了哥哥命的事情当消遣。就在上星期，他还去登山，结果因为坠落摔断了两条腿。她说，听到这个消息时自己其实挺高兴，心想这下他不会再爬山了，这算是救了他的命，让他不再这么自私透顶——最后几个词她是气得从牙缝里挤出来的。后来我听说这位兄弟双腿复原，卸下石膏绑腿一个月不到，就又去登山了。

这样的情形难免让人觉得有某种邪恶魔法或催眠术在作祟，对山峰的热爱似乎变成了一种洗脑术。这个例子让我们看到登山有阴暗的一面，提醒我们它有潜在的巨大代价。没有什么不可拒绝的理由非要人去山边或悬崖边押上性命，登山不是天命——人不是非要这么做才行。

我现在差不多完全承认，死在山中并没有什么天然的高贵感，反而在某些情况下是对生命极其糟糕地践踏。我已基本不再冒险，几乎不再攀登需要用绳索保护的山。我发现在山里消磨时光完全有可能不招致危险，风险甚至比在城里过个马路还要小。我现在也更容易被吓住，恐惧点大大降低。真正的恐惧咝咝作响、令人恶心，且带着一丝色情意味，而今这种感觉能更迅速地攫住我。五年前，遇上悬崖边缘，我会欣然沿着它走上一段，现在却会保持距离。*对于我和绝大多数到山中游览的人来说，山峰魅力之

---

* 我新近获得的怯懦和马塞尔·普鲁斯特相比还算不了什么，他声称自己从凡尔赛回到巴黎之后，就饱受晕眩和高原反应的双重折磨，而凡尔赛的海拔只比巴黎高出八十三米。——作者原注

所在，美丽远多于风险，愉悦远多于恐惧，惊叹远多于痛苦，生命远多于死亡。

不过，禁不住诱惑去登山的还是大有人在，也仍有人在那里遇难。法国霞慕尼可能是全世界登山爱好者心目中最伟大的圣地，也是据我所知唯一旗杆上装着围领般的长钢钉，以防有人爬上去的地方。这是一个人口稠密的小镇，卡在阿尔卑斯群峰间的一个缺口处，由公寓楼、教堂和酒吧集结而成。我每次看到它都倍感惊讶。你从日内瓦沿着峭壁边的盘山公路上来，心想在这崎岖不平的土地上盖一座房子都难，更别说建一个镇子了，这时，霞慕尼悄然出现，让人始料不及。它突然冒出来，嵌在山谷中。镇子四周都是朝上的岩石山坡，夹杂着冰川，将人的视线一直引上勃朗峰闪闪发亮的顶巅，引上矗立在四周天际的一座座铁红色的岩石山峰。

在霞慕尼，每年夏天登山季，平均每天都会死一个人。这些逝者，你都不知道他们已经离去。那里的酒吧里没有红着眼睛的朋友守着空空的座椅，炎热的街上没有失神的父母四处游逛，气喘吁吁，伤心不已。唯一的线索是救援直升机在小镇上空往返经过时，旋翼叶片发出的呼呼声。直升机飞过，酒吧里人人都会朝上看，有那么一小阵子，大家都在猜测它往哪里去。

有一年春天，我徒步穿越巨人冰川，那是霞慕尼东南山地里的一处高海拔冰川盆地，绵延在法国和意大利之间，宽约五英里，可以从一个国家穿过盆地走到另一个国家去。途中会经过很多宽敞得能容下一整排房子的大冰隙。望向冰隙深处，你可以看到冰川的截面，那是多彩的冰层——靠近冰川表面的是白色，向下转变成深深浅浅的钴蓝和佛青，有些地方还有海绿色。这些大冰隙底部的冰层则由几个世纪之前落下的雪构成。

四周，勃朗峰山脉著名的针状群峰从闪闪发光的冰原上崛起，数千英尺高的赤褐色岩石直入苍穹。晴朗的日子里，这处冰川盆地的色彩组合——红的岩石、湛蓝的天空，雪白的冰面——正像法国三色国旗一样鲜明。大多数针状峰都有名字。有 Le Grand Capucin——高僧峰，穿着褐色岩石的修道服，默默履行着自己的教职。有 La Dent du Géant——巨人之齿，昂着头伸向天空，像一枚被咖啡因染黄的尖牙，也像它名字里 Géant 上的那个重音符号被放大到六百英尺高的样子。人们会去攀登这些针状峰。在冰川间行走，常常可以看到某处岩壁的缝隙里嵌着一个极小的红点或白点，离地有几千英尺。

那天我们从意大利穿越冰川盆地去法国。刚出发不久，我发现距人们常走的路大约一百码开外，有一簇东西，看起来像长在冰川上的耐寒花朵。但这似乎不可能，因为此地只有冰，并没有泥土供它们生长。我走过去看个究竟。

原来这是一个半埋在冰里的绿色黏土球，也可能是橡皮泥，大概拳头大小。上面插着一打绢花，花茎是金属丝做的。绢质花瓣原先一定是彩色的，但风霜摧残下所有花朵都褪成了深褐色。其中一枝花茎上挂着一张小小的卡片，卡片外套着塑料套子，就像妇产科医院里新生儿身上戴的身份标签。我用冰斧的尖头轻轻一挑，把它翻了个面。塑料套里进了水汽，卡片上的墨迹已经洇开，但还是可以认出几个模糊的词：谢丽……去世……群山……永别了。

我不知道发生了什么。她是怎么死的？死在哪里？谁在为她伤心？是不是她全家都上山来到这里，为她种下这方小小的花园？然后我回到原路，继续向法国前进。

我们安然无恙地穿过冰川，两天后我回到家里。电话答录机上有一条留言，说一个我认识的人在山里遇难了。当时他在本内维斯山[*]上，刚刚结束一段攀登，正在顶部更平缓的路段上解开绳索，突然一阵微小却反常的雪崩把他朝后推去，让他翻出崖边，直跌下刚刚攀过的一千英尺沟谷。他才二十三岁。一架苏格兰登山救援队的焦黄色直升机把他的遗体从奥尔特穆维林谷里打捞出来，这幽谷向上延伸直至本内维斯山和卡恩莫德亚格山的马蹄形花岗岩台地。

答录机里的留言播完了，我握着话筒站在那里，额头贴上冰冷的墙壁。自从一个新年前夜一同攀登过爱丁堡亚瑟王座山的峭壁之后，我就再没见过他。我们曾喝醉后大笑着在雪夜里穿过爱丁堡的街巷，看着雪花在每一束路灯的锥形光柱里落下。我们曾经一起行进在亚瑟王座山崎岖的山麓上，攀登了大约一个钟头，或是直接爬上冰封的岩壁，或是设法横穿过去。我还记得在离地十英尺的地方，我俩肩并肩，从冰冷的石壁朝外探出身去，寻找下一个支撑点，重力把我们的头发向后梳去。

---

[*] 本内维斯山位于苏格兰高地，海拔一千三百四十五米，是不列颠群岛最高峰。

冰川与冰：时光之流

一八六〇年盛夏，霞慕尼的冰川中衣裙窸窣，很是热闹。在"冰海冰川"之上，阿尔卑斯的天宇之下——只有附近的针状群峰像优雅的宣礼塔一般，打断这天空的无垠，一些有男有女的小团体在冰原各处攀登。男的穿深色粗花呢衣裳，女士们则身着宽大黑裙，帽子边缘垂下平纹细布缝制的薄网纱，以呵护肌肤不为阿尔卑斯的骄阳所伤，这阳光会从冰面反射上来，晒伤鼻孔内侧和眼皮下缘。无论男女都足蹬防滑靴，每人紧握一根四五英尺长、底端镶着金属尖牙的登山杖。

每队都由一位向导照看，向导是霞慕尼人，会为游客指点冰川上的风景，也负责不让他们累倒，或掉入张开大口的冰隙（尽管不时还是有人掉下去）。在冰海冰川较低处，冰层断裂得最厉害，探险队伍沿着险峻的冰坡小心翼翼地向上攀登，两侧是蓝色深渊，游客向里面喊话，能听到自己的声音从深渊中回荡上来，像歌剧里庄严的男低音。而到了冰川高处，接近巨人山口，太阳把冰雪融刻成一组奇异的造型，像传说中的动物或其他东西。"像古代神庙里残缺的塑像，"一位游客写道，"像新月，像张开翅膀的巨鸟，像龙虾的爪，像带角的鹿。"冰川表面散布着比房子还大的巨砾，当地人称，它们是雷电从四周山上劈下来的。有些游客每年夏天都来霞慕尼，他们喜欢观察自己最中意的那几块巨石在一年间往下游移动了多少。如果一连几天天晴，冰川表面会被太阳的光辉融化，只剩下巨砾下面的冰还高高扣在粗壮的寒冷基座上。胆大的人会在巨石的阴影里吃午饭——他们称之为冰川之桌，更大胆的则爬到平坦的石顶上用餐。

冰川上的裂隙引起游客极大的兴趣。妇女中胆子壮一些的会在腰上拴根绳子挪向裂隙边缘，更多则是由向导粗壮的手臂拉着。到了边上，她们可以朝冰隙里仔细端详，看看肮脏的白雪如何在更深处变了质地，颜色也转为一种半透明的蓝色；如果光从不同的角度射进去，还会变成深绿。装备更精良的，会掏出一个天空蓝度测定仪，来测量冰墙的色彩。她们已经用这个仪器测量过天空那非凡的蔚蓝，也测量过她们用登山杖在地上扎出来的小洞里漏进的淡蓝色光线。

到了晚上，游客们坐在英格兰酒店的炉火旁，交换冰上死难者的逸事：在格林德瓦冰川上，一个法国新教牧师滑进一处仅一人宽的狭窄冰隙，向导随后顺着绳子爬下去，发现牧师的遗体以别扭的姿势躺在冰窟一角，那冰窟"又壮丽又宽敞，地方很大，还有个雅致的拱顶"。或者讲起就在上一年,一名年轻女子被冰拱上掉下来的一大块冰压死,那冰拱标志着布瓦冰川的末端,每年都吸引大批游客前往。

对于那些不愿费那么大劲爬上冰海冰川的人,波松冰川就近在谷边,它越过山谷边缘,穿过坡上的深色松林一径向下——冬天这些树林可以制止雪崩,几乎一直延伸到霞慕尼和塞尔沃兹之间的公路。小溪夹带着泥沙,从冰川脚下流出,沿着它们在路北切割出来的沟渠汹涌而下,最终汇入罗讷河的源头碧水。

这里路边就盛产各种不可思议的事,来见证奇迹的小团体更加认定,没必要把自己弄得太累。穿着马裤的霞慕尼人会为他们指出奇迹所在——冰川推倒古老的松树,就像放倒小树苗,然后劈碎它们,仿佛它们只是些引火柴;日头高悬的炎热天气里,可以听到冰层吱嘎呻吟,宛如风暴中的红木船板;靠近末端的地方,冰川四分五裂,瓦解成上千个方尖碑似的冰柱。

很多游客都注意到,波松冰川的位置有些不对劲,怪吓人的。它缓慢而又猛烈地侵入山谷,比正常海拔低了好几里格*。山民生活在这巨大冰团近乎恐怖的凶暴阴影之下:农人得估摸着冰川可能向哪里移动,盖小屋或楼房时好避开它的道。可冰川还是毁了很多人,因为他们日日喝冰川融水,导致结石撑破了肾,甲状腺肿块在颔下疯长。

当然这些对游客来说都不成问题,他们醉心于在阿尔卑斯山

---

*　一里格约等于四点八公里。

的灌木丛里搜索酸涩的小草莓，这些果实在冰的阴影里余烬一般发出微光。他们也热衷于寻找深蓝色的龙胆花丛，这种植物生长的地方离冰川常常仅几步之遥。毕竟，只要车夫一甩鞭子，游客的马车辚辚离开，驶向日内瓦、火车站或者没有冰川的英格兰，这些移动的巨冰激起的愉快惊恐很快就会被抛诸脑后，尽管故意诱发这种感觉正是游览霞慕尼的初衷。

也不是所有人都对冰川着迷。早在十九世纪三十年代，一个怏怏不乐的游客在帝国饭店的留言簿上作了一首四行诗："来一份塔托尼做的冰糕，拿走你的冰海冰川，我宁愿吃下他的冰和糕点，也不要再穿越那冰海一次。"那页留言簿现在已经快被翻烂了，因为这首小诗也成了一道风景——据传此人翌日死于贾丁附近的一场雪崩，小诗成了他的绝笔。

哪怕他没有像传说中那样去世，这一页也还是会引人注目，毕竟在一本边边角角都写满惊叹敬畏的留言簿里，这样的情绪太不寻常。帝国饭店的宾客留言簿和霞慕尼其他每家酒店的一样，都是冰川和险峰的纪念文集，"壮丽"和"崇高"这类字眼反复出现，正如白天在群峰之间的圆形凹地里回响着同样的称赞。对于大多数游客——无论是攀登者、闲逛者，还是旁观者，这些宏伟冰河带来的震撼都在他们心中留下了深刻而长久的印痕。卡尔·贝德克尔的《瑞士游客手册》(*Handbook for Travellers to Switzerland*)从一八六三年开始便被每位去瑞士观光的游客列为必备参考书，他在前言中明确表示："冰川是阿尔卑斯地区最显著的特点，是最纯净的蔚蓝坚冰构成的庞然大物。在瑞士，没有其他东西像冰川一样美得如此惊人又不可思议。"不过这是多么古怪的执迷啊——人们竟然迫切想要崇拜这些大冰块，并以站上这些冰块为乐，真是稀奇。

然而在那个受困于机械化和物质主义、因而十分渴望神秘的时代，冰川其实就是一些壮丽的谜团。人们对它们的历史和运动知之不多。没人确切知道它们如何在地上挪动庞大的身躯，也不知道它们到底是液体还是固体，抑或是难以归类的混合物质——既像液体一样流淌，又像固体一样开裂。从十九世纪四十年代开始，人们发现在地质史上的某些时段，冰川的分布显然远比如今更广泛。要证明这一点，只消看看遍布欧洲的被磨出深沟、磨得光滑的岩层，它们看上去好像被一种难以想象的巨力犁平。那些四散在地表的棱角分明的大石头也是明证，通常它们距来源地最近也有几十英里。

***

我二十二岁时参加过一次天山登山探险。这座高耸而偏僻的山脉向西越过中国边境，进入中亚的吉尔吉斯斯坦和哈萨克斯坦。我们进山乘坐的直升机是一个哐当作响的老家伙，它在地面短暂停留，放我们下来后，就又升入薄雾飞走了。

中国在我们东边，隔着一道优美的山脊；哈萨克斯坦在北边，掩藏在更庞大狰狞的山峰后面。我们缓缓向大本营跋涉，那里有一众帐篷和披屋聚集在伊内里切克冰川黑色的冰碛之上。

伊内里切克是世界第三大冰川——一条深深的冰河，楔入天山山脉大约五十英里。冰川呈 Y 形，字母上端分叉的两臂上，又有几十条支流冰川缓慢涌入；一些小冰瀑也为它供血，冰瀑之下，轿车大小的冰块以庄重的"步速"顺流而下。我在伊内里切克冰碛上住了几星期，晚上在帐篷里可以听见冰川上演着全套有声节目：岩板在冰川庞大体系的调整中发生位移，一片从另一片上滑过时的声音；冰与冰分开时，冰川深处传来的低吟声。詹姆斯·福布斯一八四三年描写勃朗峰时说得好："一切都处在移动的前夜。"

与冰川的律动相比，我们在营地四周的行动——在面朝上的岩石上用一双巧手发纸牌啦，太阳下山后跺着脚保持暖和啦——就显得十分匆促，几乎无足轻重。不时也会来一场灾难，这是山脉在秀自己的手段：从冰瀑上断裂的巨大冰块发出的尖啸，或者雪崩的爆裂和倾泻声。

有一回，大白天从遥远的东边传来一阵轻微的撞击声，接着是低沉而响亮的咆哮声。我们抬头望去。从远处看，一切都像是懒洋洋的慢动作。感觉只有几分钟，雪崩就冲下了波别达峰的山坡。这场雪崩很大，是我见过最大的一场，几万吨积雪和石头无声滚落，在山坡底部撞上冰川，像一张白色地毯铺展开来。雪崩带下的粉尘碎石排空而起，在水平方向蔓延了近半英里，二十分钟之后这团白色的云烟还飘浮在冰川上空。我们知道西班牙探险队当时正在波别达峰北坡，不由喃喃祈愿他们平安无事，然后就又回去打牌了。

第一眼看去，冰川似乎了无生气，毫无趣味，吸引人的只是它们特有的荒凉和空无。它们看起来静止不变，像是被严寒和稀薄透明的空气冻住的照片，十八世纪的游客惯于将其与沙漠对比。但是和沙漠一样，只要仔细观察，冰川就会向你敞开。赫拉克利特说人不能两次踏入同一条河流，如果他当年到纬度高一点的北方去看看，也会对冰川说同样的话。冰川也适用于那个古老的悖论——一种永恒的流动。

在伊内里切克冰川上，每当我走出冰碛，踏足冰面时，总会发现一些变化。冰川在一天里的每个时段都有不同的特点。在寒冷的早晨，它呈现出一种洁净的白色。中午时分，太阳将冰面雕刻成一丛丛很快凋零的小小冰树，每株都仅有几英寸高，形成一片银蓝相间的微型森林，在冰川上下绵延好几英里。下午的光线则深沉又明亮，照得冰面上的暗褐色大石头好似茶色的动物，也让洼地里汇集的融水黑漆般闪闪发亮。有一天晚上，我在冰川上时，天上开始飘下又大又沉的雪花，在风中四散。从头灯的光束向前看去，我觉得自己好像正在深空里高速移动。

黄昏是我在冰川上最喜欢的时段。太阳总是落得很快，突然就掉到起伏的山峰后面，所以日落很短暂——四十来分钟里，石头下的阴影迅速转浓，气温也骤然下降。在冰川边上，能感到寒冷正在将它封固，好进入漫漫长夜，而把手放在冰面上一两英寸的地方，能体会到寒气震荡起伏，宛如大理石一般。远处宽阔的融水洼上，冰贴着水面呈锯齿状凝结起来，然后逐渐转厚，最终变得像沉重的锅炉钢板一样，把更深处的水封在下面。我有一次弯下腰仔细琢磨凹处聚成的一洼浅水，在几分钟内，看着冰从水洼边缘参差爬入，然后在中间结成一片，像婴儿囟门闭合，又像一个微缩的冰期。

***

攀登冰川并不只是十九世纪的一时风尚。早在十七世纪六十年代，就有消息开始慢慢传回伦敦，说在欧洲腹地可以看到一种奇特现象："海尔维第*冰封的晶莹群山"。这些传闻中，最早的出自一位缪拉图斯先生（Mr Muraltus）的来信。这封信于一六七三年二月九日发表在英国皇家学会的《哲学会刊》（*Philosophical Transactions*）上，该学会是当时首屈一指的学术机构。和信一起刊出的，还有一幅占据整个版面的格林德瓦冰川低处的粗糙插图，图上大批冰雪尖峰正向下挺进一处峭壁环伺的山谷。"这冰山值得一观。"缪拉图斯在开头自信地写道。他接着又说：

> 山本身很高，每年还越来越多地侵入邻近的牧场，所到之处，伴随着巨大的爆裂声。冰雪崩裂时会形成大坑和洞穴，这在此地时时发生，但以酷热的盛夏尤为多见。暑天里猎人把打来的野味挂起来晾晒，以保存肉的香甜。阳光灿烂之时，四下望去，色彩斑斓，好似透过棱镜看出去一样。

---

* 海尔维第（Helvetia）是瑞士的旧称，源于古罗马时期居住在瑞士高原上的部落名称。

这座间歇性毁坏周遭土地，还用"巨大的声响"声张自己企图的山；这座把阳光散射成七色，而自己会毫无征兆地崩裂成碎片的山——当时在伦敦，人们该是怎样看待它的呢？别忘了，伦敦人可是了解冰雪的——泰晤士河大半个冬天都结着冰，冰层厚到马车可以从兰贝斯桥一直驶到黑衣修士桥。但这是可控的冰，容易触到的冰。人们在冰的边缘搭帐篷；滑冰者可以到冰的中央划出"8"字形印痕，冰靴上结着小冰晶。和欧洲那座"蔓延成巨大裂隙，还以可怕的声响让整个地区害怕"的咄咄逼人的冰峰相比，伦敦的冰真是一头迥然不同的驯兽。

十八世纪初叶，冰川在英国已经声名远扬。一七〇八年十月十二日，威廉·伯内特（William Burnet，索尔兹伯里主教之子，与托马斯·伯内特无关）出手了。"我决定亲自去看看瑞士的冰山，"他写信给著名博物学家、时任英国皇家学会秘书的汉斯·斯隆博士（Dr Hans Sloane），后者把这封信发表在当年的学会《公报》上。"于是我去了格林德瓦，那是一座距伯尔尼两天路程的山。我在那里看到两山之间有一条冰河，分流成两支。冰河流经之处，从山顶直到山脚，都汹涌着巨大的冰堆，有些比圣保罗大教堂还要庞大。"

伯内特和之前的约翰·丹尼斯一样，都面临一个困难：要向他的读者，也就是伦敦那些科学家，描述一处他们从未见过的景象。他迁就读者选了个比喻，而对英国皇家学会那些久居都市的成员来说，没有什么比圣保罗大教堂更形象易懂了。一七〇八年，雷恩设计的圣保罗大教堂已经造了三十三年，还有两年就能竣工。每个伦敦人都见过它优雅的灰色穹顶如何为这座城市低矮的天际线添上弧形轮廓，提升了它的高度；每个伦敦人都惊叹于大教堂的体量。这下伯内特的读者对格林德瓦冰川像什么就有了很形象的画面——"一条冰河"，对它的尺寸也有了清楚认知——比雷恩的大教堂还大。冰冻河流这一形象，在之后好几十年里成为冰山的标准比喻，它如此贴切，毫不费力地进入了公众的想象。

然而，尽管伯内特提供了一个非常形象的比喻，他所做的却只是旁观。他从未想过走近巨冰，去触摸它们。直到三十年后，才会有一个英国人出于吹嘘自夸而涉足冰川，并写信回国，讲述此番经历。

***

一七四一年夏，在日内瓦和霞慕尼之间的萨朗什小镇，六月的太阳刚开始给小麦和黑麦地染上明亮的颜色。田地附近，数顶白色帐篷组成了一个小营地。帐篷外面的桩子上拴着一对驮马，它们背上的驮篮鼓鼓囊囊，满载物资。天色渐晚，三个男人手持枪在边上站岗，费力朝越来越浓重的暮色里望去，好看住那些当地人，每半小时就有越来越多的当地人围观过来。他们来窥看的那个年轻人偶尔会从其中一顶帐篷里掀起帆布厚门帘，出来营地逛一圈。他头上紧紧裹着头巾，身上罩着黎凡特君主式样的宽大袍子，腰里佩一把弯形匕首，匕首弧度和他脚上夸张的拖鞋相得益彰。他的朋友陪他散步，俩人看着围观者惊讶的脸，一起哈哈大笑。那几位看守习惯了东家的怪癖，对此一言不发，一心只在确保没有不安分的手溜进马背上的鞍囊。

这个冒牌苏丹就是理查德·波科克（Richard Pococke），一个旅行狂人，也是个志向远大的牧师。他的同伴是威廉·温德姆（William Windham），诺福克郡温德姆家族——一个可以追溯到十五世纪的家族——现任大家长威廉·温德姆的长子，也是兄弟中脾气最暴的一个。父亲对小温德姆很是恼怒，便把他送到日内瓦，希望他在那里学会政治世家子弟应有的仪容德行，可儿子只学会了嫖娼，还惹事打架，而且没落下任何可能的消遣。

是温德姆想去看霞慕尼的冰川——伦敦的二手传言不是说它们惊人极了？虽然日内瓦离冰川很近，却鲜少有人游览过，城里大多数忠实的加尔文宗信徒都相信，上帝认为霞慕尼目中无神的乡下山民应当受罚，于是造访在山民所居大地上流淌而过的冰河，叫他们染上一种发作缓慢却无法痊愈的瘟疫。没有人准备陪温德姆去冰川，直到他遇到理查德·波科克。波科克是一位绅士——温德姆在后来出版的探险记录中这样描述，他"从黎凡特和埃及旅行回来，刚刚抵达日内瓦，那两个国家他都深度游历过"。

两人兵精粮足，还有三个日内瓦侍从，一七四一年六月七日，他们带着一支小马队向霞慕尼出发了。先从日内瓦骑行四里格到博讷维尔，再从那里沿阿尔沃河行进，一路上两人"欣赏着各种宜人风光"。第一晚他们在萨朗什的田野里扎营，也就是在那里波科克扮成一个大人物，让当地人瞠目。（他这身衣服是从埃及带来的。一起带出来的还有一口棺材，里面装着一具从塞加拉弄来的木乃伊。他还带了一尊伊西斯石像。）

温德姆和波科克想涉足冰川的消息在山谷里传开了。他们骑马踏入午后勃朗峰投下的修长影子，就快到霞慕尼时，有一位修道院院长来访，劝他们相信这么做是愚蠢的。尽管第一眼看到冰川他们几乎毫无感觉——温德姆失望地发现，冰川的边缘"看上去就像是些白石头，更确切地说，像山上流下的水冻成的巨大冰柱，但他们还是不想改变心意。就像温德姆后来说的："凭着力量和决心，我们决定去征服高山。"

两人带上兑了水的酒，用来在海拔高的地方提振精神。嘱托那几个日内瓦侍从留下来照看营地后，他们便出发从冰川边缘开始攀登，先是经过"好几个像房子那样大的冰块，一开始我们还以为是岩石"，然后又沉默着匆匆行过被雪崩摧毁的河道，那里的大冰块和粉碎的树干诉说着过境的暴力。五个小时艰辛且偶尔危险的攀爬之后，他们终于抵达一处高高的岬角。两人站在那里，凝视着眼前欢腾起伏的冰海，拔开瓶塞，薄酒相祝。

温德姆的探险记述发表在皇家学会的《公报》上，也刊登在英国和欧洲大陆其他一些学术期刊上，他的这番冒险举国皆知。理查德·波科克则似乎不想对自己的参与多说什么，他甚至都没有在自己的旅行回忆录第二卷里提到这场远征。波科克一七六五年在爱尔兰中风谢世，但他的声名比寿命长得多，一来因为冰海冰川上有一块缓慢移动的巨砾以他命名（当地人为了纪念这位他们最喜欢的帕夏*，用锤子和凿子把他的名字刻上石头），二来是因为他在爱尔兰阿德布雷肯播下了一些黎巴嫩雪松的种子，它们的后代今天还屹立在那里，成为沼泽密布、树木稀少的土地上，一道出乎意料的深色垂直风景。

"我完全不知道该如何理解冰川，"温德姆写到冰川时说，"因为我没见过与它有丝毫相似的东西。"和早他三十年的伯内特一样，温德姆得把一种与他物毫不相似的东西"讲明白"——这是一种几乎击溃了所有现成比喻的景致。最终他用迂回的描述，借助另一种意象达到了目的。"最接近的，似乎是旅行者对格陵兰周遭大海的描述。"他写道，"你要想象眼前是一片狂风搅动的湖水，然后瞬间冻结。"这个比较选得高明。当时有少数旅行者出普利茅斯港向西航行，再折向北，前往北方未知的大片疆域，回来时带着奇闻：大海因寒冷而结冰，空气酷寒，呼出的气息都会冻住，掉在甲板上叮当作响——温德姆就利用了这样的旅行见闻。

温德姆的这个意象——一片躁动不安又冷冻成冰的水——后来成了描述冰海冰川甚至全世界所有冰川的标准说法。温德姆是第一个将冰川视作一种戛然而止的伟力的人，在他夸张记述的影响下，欧洲人越来越觉得高山与众不同，自成天地；在那里不同元素轮回转世：水变成冰，冰又变成水；那里的积雪藐视阿尔卑斯山的烈日，终年不化。三年后，法国工程师皮埃尔·马特尔（Pierre Martel）踏上相似的冰川之行，意欲描写所见时，却"想不出更

---

* 帕夏（pasha）是奥斯曼帝国行政体系里的高级官员，如总督和将军。波科克在萨朗什扮的就是一个类似的形象。

合适的"意象。温德姆的比喻操控着马特尔对世界的解读，一切比喻都会产生这样的影响。

一七六〇年，霍勒斯-贝内迪克特·德·索绪尔认定阿尔卑斯是一个新世界——一个"人间天堂"，于是开启了系统性的探索。他无疑读过温德姆的信，还去看了冰海冰川上的波科克巨石，要描绘冰川的面貌时，他便非常巧妙地援用了温德姆的意象。在德·索绪尔笔下，冰川看上去像"一片突然冻住的大海，不过并非在风暴正盛时结冻，而是凝固于风已平息、浪虽高却和缓平滑之际"。卡尔·贝德克尔在每一版瑞士旅行指南中都引用这段文字，于是在维多利亚时代，这个意象在千千万万前往冰川观赏盛景的人心中定了型：他们已经无法用别的方式来看待冰川了。生活在一个多世纪之前的温德姆仅仅用一个比喻就煽动起冰川游客的想象，又把他们的想象力都冻结了。

虽然"冰川"一词并未收入约翰逊博士一七五五年出版的大部头《词典》——后来它还是从法语正式挤入英语的，但"凌乱冰海"的概念从那时开始就抓住了很多英国人的想象，对他们而言，冰川的外貌与行动似乎正响应了某些强烈的文化需求。温德姆和波科克开了路，大批旅行者便兴高采烈地踏上朝圣之旅，去冰川，去勃朗峰——这座"白色高山"无疑是旧世界的最高峰，人们认为它的高度仅次于新大陆安第斯山脉的巨大山巅。

一七六五年，去霞慕尼旅行的人还只能借宿堂区神父的私宅，而到了一七八五年，那里已经建起三家颇具规模的客栈以招待每年夏季来观赏冰川的一千五百名游客。霞慕尼开始发展起来，当地人也收入颇丰。他们自制的蜂蜜澄清金黄，游客买走带回家，名声一直传到远在巴黎的老饕耳中。村民们会在家门口铺上毯子，摆上当地的自然珍宝，主要是化石和水晶——柱状的烟晶和白水晶、苔纹玛瑙、大块缟玛瑙穿成的项链、晶球、微小的碧玺，也有岩羚羊的角，以及带螺纹的山羊角，这里的山羊头上长着菊石一般螺旋盘起的犄角。

观看冰川的游客来自欧洲各地，但英国人无疑来得最多，也最狂热。一七七九年冬季，正在瑞士游览的歌德前往霞慕尼，想"踏上冰面，从近处细观这些庞然大物"。他"在波浪般起伏的晶莹悬崖上走了将近一百步"，才退回"坚实的土地"（一个世纪之后的维多利亚时代晚期，一位游客慌张地在酒店留言簿上写下一句双关俏皮话："土地越越坚实，越少恐慌。"显然冰上之行让他惊魂未定*），继续向蒙坦弗特山攀登，那是一处岩石露头†，是观赏冰海冰川的最佳位置。歌德在那里遇到一个英国人，他只介绍说自己名叫布莱尔，没有说全名。他"在这个地点建起一座便利的小棚屋，可以和宾客从窗口观察这片冰海"。歌德在日志中记录说："这是有多热爱冰雪奇观啊！"

***

---

* 此处"坚实的土地"为拉丁文 terra firma，后引申出双关语 the more firma, the less terra，常用于表达飞行或航行后平安着陆的心情。该旅客写的原文 the more firmer, the less terror 应为现代英文转写，但他用 more 来修饰 firmer 的语法错误（译文处理为"越越坚实"），又凸显了他的紧张心情。

† 露头（outcrop）是岩层、矿脉露出地面的部分。

史上徒步穿越伊内里切克冰川南岔的人，也许不过数百。这是一段艰难的旅程。冰川中央陡然升起几百座冰丘，上面没有岩石做扶手或栏杆，只有圆弧状凸起的光滑坚冰。融水汇成碧流，汹涌咆哮，在冰丘脚下环绕，又突然消失在宽阔黝黑的落水洞里，这洞窟是水流在冰川上钻出来的。一座座冰丘之间连接着细细的蓝色冰垒，像屋脊上的瓦片一样呈圆弧状。我们像杂技演员走钢丝一般走过这些冰垒，张开双臂以保持平衡，然后一丝不苟地把一只脚放到另一只前面。实在走不过去时，就绳降到溪谷里，跳过溪流，再凭借冰斧和冰爪重新向上，爬到下一座冰丘顶上。这处冰川宽仅两英里，穿越它却花了七个小时。天黑后，我们在一座山脚下的嶙峋岩石上支起帐篷，头顶的月亮扁平得像个白盘子。我时睡时醒，被稀薄的空气和坠落的幻觉惊扰，醒来时发现帐篷四处已经结上霜冻。

第二天，天空蔚蓝，寒冷的空气在阳光下无形地燃烧着。这是危险的天气——只消半小时，暴露在外的皮肤就会发红，然后一夜之间鼓出水泡。我们用力戴上手套，用几码长的平纹布薄纱把脑袋裹起来，再用绳子在眼前绑好冰川护目镜，然后静静沿着冰川北翼走了几英里。下午三点左右，到达一个面积有几英亩的冰川大湖后，我们在岸上扎营，把帐篷的短桩敲进湖边的蓝色冰面，用厚厚的冰碛石板压住帆布棚顶。一队参差的小冰山缓缓漂浮在湖面上，酷似周遭的顶峰。

支好帐篷，我们横七竖八地躺在湖畔温暖的岩石上，用页岩堆小塔玩。其他人去睡觉了。下午这个点，空气静止而炎热，我能看见热量像厚厚的胶水，呈波浪状在岩石上律动着。小冰山已经不动了。水面色似铁砧，平静如钢，仿佛我若尝试扎进湖水，就会像扔到冰上的一粒石子一样，从湖面上弹开。一方方金锭似的阳光洒在干净的湖底，只有它们吐露着湖的深浅，让眼睛能觉察出湖的维度。我坐起身，双臂环抱膝头贴在胸前，盯着湖水直看了像有好几个小时。坐在那儿，时间仿佛停止了。阳光好像岩化了风景和湖泊，唯有头顶上几英里高处，虚幻聚散的浮云还保有些许行动或节律，让人觉出时间在流逝，不然的话，我可以认为自己身处任何一个漫长的地质年代。那一刻我觉得，没有什么比这炫目的冰面、黑色的石头组成的画面更永恒不变了——这是长存至今的景致，也必将继续长存。这景色远远超乎我之上，我只是碰巧到了那里，是一个真正无足轻重的旁观者。仅此而已。

然后，出人意料地下起雨来，饱满的雨点洒到我们坐着的浅灰色岩石上。雨划破空气，击打着石头，让湖水荡漾，看上去好似一片百合花田。

***

《圣经后典》*中有几节，每个敬畏上帝的英国人读了都会脊背发凉。它清清楚楚描绘了一幅神明降罪的景象，以冰冷的死亡惩罚恶贯满盈的大地："北方的硝石"笼罩、冰冻了世界。开头

---

* 《圣经后典》（*The Apocrypha*）原是基督教《圣经》的组成部分，中世纪以后，新教徒将这部分作品排除在正典之外，称为后典。

是这样的，坚决而狂暴：

> 当寒冷的北风呼啸。水凝成了冰，神将白霜倾泻到地上。霜冻在每片水面逗留，为它覆上一层胸铠。它吞没高山，冻伤旷野，野火一般焚尽碧草。

什么都逃不过这末世冰冻，它急切而残忍地消灭一切，威力堪比《启示录》里的可怕烈焰。

在十九世纪的一百年间，人们会渐渐意识到，《圣经后典》中这番全球冰灾的景象是真实存在过的。地质学将揭示，冰期在地球史上至少出现过一次，物理学则显示它在未来还会发生。十九世纪晚期的人们不得不接受一个观念：人类生活的时代处于两个冰期之间。这个观念太可怕也太彻底，大众的想象要花上几十年才消化得了，尤其是在气候温和、林木葱茏的英国。至少对基督徒来说，只有认为此事会成为一种神圣的净化，即通过严寒来涤罪，心中的恐惧才得以缓解。

珀西·雪莱在一八一六年名存实亡的夏天*去了萨瓦的冰川，却并未用这层宗教绝缘体来保暖。柯勒律治曾在《日出之前的赞歌，于霞慕尼山谷》("Hymn before Sunrise in the Vale of Chaumoni")的序言中问："谁能在这奇观之谷中做一个无神论者呢？谁又愿意呢？"七月中旬，雪莱抵达霞慕尼，在酒店宾客留

---

* 一八一六年，北半球天气极其反常，欧洲、亚洲和北美均出现夏日飞霜的奇景，这一年被称为"无夏之年"。

言簿上签下名字的是 Atheos，即"无神论者"，以此来回应柯勒律治自信满满的提问。

抵达当日，雪莱在傍晚去了波松冰川。阿尔卑斯山之行遇到的各种自然形态中，冰川似乎对他影响最深。他给小说家朋友托马斯·洛夫·皮科克（Thomas Love Peacock）写了两封饱含深思的长信，讲述山间经历。信中的想法值得在这里大段引用，一来因为这两封信后来出版了，在英国广为流传；二来因为信中惊人地预见到未来冰期的情景，这幅景象一直萦绕在十九世纪后期人们的想象中：

> （冰川）持续涌入山谷，行进缓慢却不可阻挡，沿途毁坏牧场和四周的森林，干着它千百年来的活计——制造荒芜。这活儿如果交给一道熔岩巨流，一个小时就能完成，但冰川会造成更无可挽回的后果：冰川所经之处，最耐寒的植物也不再生长……冰川不断前行……它们从出发地一路拖来各式山体残骸、巨大的石块和堆积成庞然大物的沙土石子……原先长在冰石交界处的松树被放倒碾碎，四散在冰川基部。近在冰隙边缘，几株枝条全无的树干还站在连根翻起的泥土里，样子有种无法形容的恐怖。
>
> 如果形成这冰川的积雪必然会积得更多，如果山谷里的温度不足以妨碍这业已侵入的巨大冰体的恒久存在，那么结果很明显，冰川会扩张，并一直存在，至少会存在到它挤满整个山谷的那一天。

> 我不会追问布封那崇高而悲观的论点——我们居住的这个世界会在将来某天，被来自极地或各处高山顶峰的冰雪侵占，变成一大块结了霜的土地——

雪莱就这样絮絮不休地铺陈着这个噩梦——世界变成一片冰雪坟场。他写信时想过日后会发表，言辞也偶尔故作夸张，然而心中被冰川搅起的忧虑不安无疑是真实的。他想，只要时间够长，世间没有什么能阻止这些不断前行的冰川越出正当的憩所，泛滥到谷中，与冰帽联手把世界包裹到冰层里。而时间——我们也看到了，地质科学最近发现时间无穷无尽。

这番地球冰冻的未来景象，在一八一六年夏天显得格外可信。上一年，印度尼西亚坦博拉火山爆发，升起的尘土和火山灰烟雾被信风带往世界各地。残渣微粒混合成怪异的形状，飘浮在欧洲和美洲上空，有时还会上演飞舞的光影秀，就和极地探险者经常描述的极光景象差不多。尽管白天比往年冷得多，血红的晚霞却又日日可见，就像透纳的风景画一般。全球气温最低时下降了两摄氏度，庄稼歉收，成千上万人冻馁而死。那年没有夏天。甚至连太阳也像被扰乱了一般——大颗太阳黑子肉眼可见，在伦敦的大街上，人们眯着眼睛，抬头透过小片烟色玻璃观察它们。

无怪乎在那个出奇寒冷的七月的一天，世界末日在雪莱的想象中就是冰川使然。拜伦那年夏天和雪莱一起在欧洲大陆度假，他也从"冰川那躁动的寒冷巨体／日复一日向前挪移"中看到了一种可怕的势不可当。漫天笼罩的灰尘也让他心中升起一幅相似的冻毙景象：冰雪把世界变成不毛之地，它已不再是人类的家园。他的名诗《黑暗》("Darkness")就作于那年夏天，这首诗这样开头：

> 我做了一个梦，又不全是梦
> 明艳的太阳熄灭了，群星
> 在永恒的太空中摸黑游走
> 毫无光彩，没有轨道，而冰封的地球
> 盲了眼，暗了身子，在无月的空中摇荡

当然有人对雪莱和拜伦的"世界速冻"图景嗤之以鼻，认为那不过是诗人闲得发慌，假想出来的。然而，后来的科学发现证明，他们的想象并非伤春悲秋，反而准确得可怕。

冰期的观念并不是慢慢普及到人们的文化观念中的，它突如其来，仿佛一艘邮轮出人意料地进了港。人们普遍认为，让大众知道冰期的人是瑞士科学家路易斯·阿加西斯（Louis Agassiz），此人充满幻想，性情古怪，在十九世纪三十年代涉足萌芽的冰川学之前，曾是个小有名气的古生物学家。为了更好地开展研究，他在伯尔尼高地上建了简陋的实验室：一间坐落在温特拉冰川页岩冰碛地上的小木屋。后来这间木屋本身也成了他冰川运动试验的一部分——它随着岩石地基被冰川带下山，每年帝王般地走上了不起的三百四十九英尺（阿加西斯算过），直到于一八四〇年春天坍塌，当时里面没住人。(那年夏天阿加西斯去往这间实验室，却只发现一堆瓦砾,有趣的是,四散的残片开始向不同方向移动。他只能另找住处。)

就是在这片高地上,阿加西斯的惊人论断成形了:冰川一度范围广阔。"自从见到冰川,"他在给一位英国地质学家的信中写道,"我的性情也变得如冰雪般冷酷,我想让整个地球表面都盖满坚冰,先前的生灵全被冻死。"这并非随便吹嘘,一八四〇年阿加西斯出版了《冰川研究》(*Études sur les Glaciers*),英国人叫它"冰书",传说这本书是在高涨的创作热情中一晚上写就的。那年夏天他去英国游历,开讲座阐释自己激进的新理论:仅仅一万四千年前,欧洲,甚至很可能全世界大部分地区,都还包裹在厚厚的冰层里。在阿加西斯看来,阿尔卑斯山的冰川当时大范围扩张,北极的冰帽则向南跨越很多纬度,一路挖掘、剥离、重塑、扫荡东欧的平原,让山冈谷地同样遍布冰川。布封那崇高而阴郁的理论被证实了,至少可以用来解释发生过的情形。

阿加西斯秉持着科学严谨的目的,文风却和他的性格一样富于戏剧性,这从他一八四一年为《爱丁堡新语言学期刊》(*Edinburgh New Philological Journal*)写的一篇文章中可见一斑。他在文中宣称,地球曾被抛入——

一种哪怕今日的极地也几乎无法产生的气候——突然降临的冻僵一切生命的严寒。世间已无处庇护生灵躲过这无所不在的寒冷。无论逃到哪里,山洞(多少生灵曾在洞中藏身)还是树丛,任何地方，它们终将屈服于酷寒毁灭性的威力……一层冰壳很快笼罩地球表面，用它僵硬的斗篷裹住生物的遗骸，这些生灵片刻之前还活蹦乱跳……地球上一切有机物都被毁灭了。

对于深受"崇高说"影响的维多利亚早期时代的人来说，阿加西斯的图景足以让他们打个激灵，其毁灭之彻底，让人胆战心惊。冰雪竟曾把生命逼到最后的藏身之所，摧毁"一切有机物"，重写了大地的面貌。人们最初认为阿加西斯的提议荒诞不经，对此不屑一顾，然而他有目击证据——带有条痕的岩石、嶙峋的漂砾、令人费解的冰碛，让人无话可说。渐渐地，他获得了一些支持。阿加西斯在格拉斯哥做了一场演讲之后，一位苏格兰科学家写信告诉他："您让这里所有的地质学家都为冰川疯狂，他们正将大不列颠变成一座冰窖。"

今天我们很难理解，冰期这一观念怎样猛烈改写了十九世纪的世界观。它几乎影响到每一个科学学科——博物学、化学、物理学，还迫使人们重新思考人类学、博物学和神学的许多方面。更直接的后果是，人们得用一种完全不同的眼光去审视熟悉的风景。在威尔士的兰贝里斯，在湖区的温德米尔，在凯恩戈姆山脉或者瑞士，人们现在都可以看到冰川经过的证据：挖空的凹地、U形山谷、巨大的砾石，以及由冰川运动塑造的刀刃般的山脊。约翰·罗斯金在《现代画家》第四卷中描写道，阿尔卑斯的山谷中"还能看到古代冰川的踪迹……它们可以说是冰川的脚印，历历可辨，就像一匹马行过松软的泥路，在上面留下的蹄印一样清晰"。罗斯金的这个意象——冰川就像马，坚硬的山脉像松软的泥路——让遥远的古代一下子近在眼前，将幽深的过往坍缩为人们熟知的当下。

冰川成了大新闻。当时的文化评论大家，像罗斯金、约翰·丁达尔，纷纷探讨起它们的重要性，各类季刊上则登载着关于冰川移动原因及其冰层确切物理属性的讨论。怀着结束这些琐碎纷争的愿望，性情沉稳的约翰·罗斯金断言冰川不过是"一大堆积聚的冰激凌倒在山顶上，一路流到了山脚下"。

※※※

十九世纪四十到七十年代，大量专栏版面贡献给了冰川，加之冰期的发现，去冰山考察观光者大增，人人热望目睹这些塑造了地球表面的巨大冰块。就像丁达尔说的："今天的小冰川和冰期的大块头比起来，不过是些小矮人。"但那也不错呀，动用想象把矮人放大成巨人，也颇令人愉悦。去苏格兰峡谷的游客想象着，这些幽谷由早已融化的冰川雕刻而成，赶往阿尔卑斯山现存冰川的人则可以遥想当年风貌：那可都是覆盖着地球的浩大冰河。

而让维多利亚时代后期的人深深惊恐的——雪莱就被吓到了——是冰期可能再度降临，这回就是灾难了。一八六二年，物理学家威廉·汤姆森（William Thomson，也就是人们所熟知的开尔文勋爵）发表了一个观点，认为太阳已无法更新能量，正在冷却。不仅"太阳底下无新事"，连太阳自己都不再新鲜，正一天天老去。由于熵正在缓慢而不可逆转地渗漏，太阳系已经被判极刑——"热寂"。这是布封星云假说的又一个版本，只是这次不是地球在冷却，而是地球的明灯和暖炉——太阳。科学已经证明，宇宙能量瓦数有限，脉冲渐弱，冰封的地球终将在未来某天盲了眼，暗了身子，在太空中摇荡。

从十九世纪五十年代开始，太阳物理学就在维多利亚时代口齿伶俐的英国人中成了热门话题。开尔文的发现［直到二十世纪初叶，卢瑟福（Rutherford）发表了有关放射性镭盐的新发现后，才被证伪］制造了一个宇宙性的寒冬——另一个冰期，鉴于历史，可预知其必会到来。地球的两极，那"晶莹的大陆"，当时尚不可及，但阿尔卑斯山、高加索山、喀喇昆仑山的冰川，还是能让维多利亚时代的人直面灭绝的恐惧，了解未来的死法。他们感受到的惊恐畏怯，和如今我们参观弹头森列、寒光闪闪的核武器库产生的感觉如出一辙。是啊，冰期重临就是他们的核冬天。

***

我在翻阅约翰·罗斯金《作品》（*Works*）三十九卷中的第二卷时，第一次看到他描绘布瓦冰川的画作，此人之勤奋令我震撼。这是一幅惊人的素描。罗斯金拿定主意：坚冰本身的形式质地是无法复现的，在它面前传统现实主义束手无策，不如转而描摹观察者和被观察物体的关系，要表现的不是冰本身的样子，而是他看到的样子——他要画出自己对世界的感知。

一八四二年，罗斯金推崇的画家透纳完成了画作《暴风雪：汽船于浅水中发出信号，在引领下驶离港口》(*Snow Storm: Steamboat off a Harbour's Mouth Making Signals in Shallow Water, and Going by the Lead*)，这是他最出色的帆布油画之一。乍看之下，画中并没有汽船，只有暴风雪。画面上，暗沉的颜色旋转着，一片黏稠的乌云打着旋倾斜而上，直到变得垂直。要看上几秒，再加上标题的提示，才能看到汽船，很难从海浪的泡沫中看到它圆圆的深色明轮，锅炉的火焰也仅将小小一方汹涌的海面染成金色。一旦看到汽船，就能明白，那棕黑色的并非雷暴云砧上伸下的风暴长臂，而是大烟囱喷出的滚滚向上的浓烟。最终，你可以在旋涡正中认出拯救的希望——一丝蓝色，这是风暴染了色的虹膜，眼睛般的一个小孔，从中能瞥到晴朗的好天气。那片缺口很小，还不够补荷兰人的裤子*，但毕竟是蓝天。

罗斯金的冰川素描显然模仿了透纳描绘的暴风雪，同样能感觉到猛烈的旋涡和向心力。风扬起松散的冰雪颗粒，形成雪粉，呜呜扫过每一处表面。图中，一只山鸦或乌鸦从这处黑洞表面飞过，那儿还有一根粗糙的老树干，鸟儿和树干显然正不可避免地被卷入太阳那辐射状的微弱光束里。甚至连左下角罗斯金的签名都在这引力下弯曲了，末端被拽着朝充满牵引力的画面而去。背景中耸立着山脉的轮廓，像片片白色刀锋，与冰川尖锐的表面遥相呼应。在这幅画里，罗斯金抓住了置身冰川之中的感受，比我

---

* 荷兰水手常穿十分宽大的蓝色裤子，由此延伸出该谚语。出海时，如果天空中出现蓝天，大到足够补水手的裤子，就预兆着会有好天气出现。

所知的任何一位画家都要准确。他把冰川那静止与巨力的矛盾精彩地糅合到一处。在冰川上，人们时时能意识到静中之动，正如杰拉尔德·曼利·霍普金斯观察阿尔卑斯山中一处冰河时所说："那里给人一种行动被打断的感觉。"

我掉进过冰隙一次。那时我正走在瑞士一座被雪覆盖的冰川上，吹着大门乐队《突破到另一边》（"Break on through to the Other Side"）的调子——我爬山的时候常常吹口哨。我还真的突破到了另一边，先是听到嘎吱一声，然后感到脚下一阵塌陷，好像踩开了一扇活板门。

我垂直掉了下去，卡在肚子那里，只觉得肺里的空气在下坠时被猛地挤出来。下半身进入了另一个自然环境，那里很冷，比上面冷得多。我的双脚穿着靴子和冰爪，感觉很沉，腾空踢蹬着，直到我意识到那样会让我掉下去，于是由它们垂着，脚趾朝下，双臂张开，穿过冰隙顶上的雪层。我能感觉到下方未知的深渊，一股可怕的眩晕攫住了我。这和十三岁时一次遇险的感觉一模一样。那时我从游艇边缘跳进海里，船已经开出科西嘉岛数英里远，底下是一道海沟，地图上标着有四千英尺深。海水澄碧，我和弟弟朝海里扔了两枚银色分币，然后戴着潜水面具，在水里看它们缓缓翻了个跟斗，正面朝下，沉了像有几小时之久。突然我被惊恐抓住了，带着失去浮力的恐惧，无助地扑腾着跟着硬币沉下去。是父亲把我从水里拽出来的，他用双手托住我的腋下，一个流畅的动作就把我捞了起来，身后拖出一道海水的尾巴。

登山伙伴把我从冰川里拽出来，像从泳池里拖出一具尸首，样子毫不优雅；而我躺在雪地里大口喘气，几乎吓得哮喘发作。那天夜里，在阿尔卑斯山的一间棚屋里，我很安全，却睡不着，床垫很薄，睡在边上的登山者们不住地翻身。我的思绪又回到了白天发生的事，尽情遨游在假想中。如果我掉下冰隙，冰川肯定会照常行进，就像我没掉下去一样。它的内部机制会将我的尸体消灭。如果我像那位法国新教牧师那样，掉进一处"壮丽又宽敞的"冰隙，几个月后，冰隙两壁就会缩拢，空间会从舞厅大小缩小到卧室大小，再到壁橱那么大，最后变成一具棺材。

***

冰川融合了两个对十九世纪人们的想象来说特别刺激的概念：巨大的力量和恒久的时间。在《萨瓦的阿尔卑斯山游记》(*Travels through the Alps of Savoy*) 中，苏格兰冰川学家詹姆斯·福布斯把人们的注意力引向第二个方面。"冰川是一幅无尽的画卷，"他写道，"是时光之流，事件接连镌刻到它无瑕的底子上，年代之久，远远超出活人的记忆。假设一条冰川的长度大约是二十英里，每年行进五百英尺，那么如今从它表面卸载到目的地冰碛上的巨石，可能在查尔斯一世统治的年代就从源头出发了！"因此，沿着冰川"宽敞闪亮的大道"走，就是在时光中回溯；下到冰隙中，则是去邂逅南北战争正酣时沉积的冰层。看到宏大的雪崩或冰崩，更不啻目睹无数时代的崩塌，就像十九世纪第一个十年后期，英国贵族、士兵罗伯特·克尔·波特（Robert Ker Porter）在高加索山游览时见到的那样:"数个世纪的冰雪倾泻而下,无边无际又支离破碎!"冰川和周遭的群山迫使人类以不同的方式思考,也必须以不同的速度思考。

马克·吐温一八七八年携家人去瑞士,在那儿有一桩趣事。他们攀登到采尔马特山谷东侧高处,然后考虑沿最简单的路线下去。马克·吐温在《海外浪游记》中回忆道:

> 我决定取道伟大的戈尔纳冰川回采尔马特。我沿着陡峭而单调的骡马道踏上征程,尽可能在冰川中间占个好位置,因为贝德克尔说中间部分速度最快。不过为了经济起见,我还是将一些较重的行李放在冰川近岸的部分,就当是搭载货运慢车。我等啊等,冰川却没动静。夜晚快到了,天黑下来,我们还是纹丝不动。这时我突然想到,也许贝德克尔旅行指南上有时刻表,还是查一下发车时间为好。我很快在指南上找到一句话,一切真相大白。它说:"戈尔纳冰川以平均每天不到一英寸的速度前进。"我很少感到如此愤慨,罕有人如此肆意地辜负我的信任!我大略算了一下:一天一英寸,那么一年是三十英尺;这里到采尔马特估计是三又十八分之一英里,乘着冰川去那儿需要五百年多一点!这冰川的客运部分,也就是中间部分——可以说是闪电快车部分——直到二三七八年夏天才能到达采尔马特,而行李所搭乘的慢的那端,还要再过上几代才能抵达……我认为,作为一种客运交通工具,冰川是失败的……

马克·吐温以惯有的迷人谐谑,讽刺了一种开始变得主流的自然观:我们期望自然服从我们,和我们步调一致,不然的话就用技术压倒它,让它自有的节奏不再必要。对速度的需求促使我们在所有事物中推崇那些高效的、动力十足的,这使得我们加速向前,不再与自然世界同步。

然而缓慢和静止自有其好处,自有其美感,幸而我们时不时还能看到这一点。早春的一天,我搭乘一辆小巴士出了北京城。车向北行,经过冰封的密云水库(那是北京的主要供水源,这个时候还是大片大片的银色冰面),驶上一片起伏的地带,长城就在它狭窄的山岭上绵延。三小时之后,巴士驶下柏油路,一个急转弯,吃力地拐上一条碎石小道。

终于,车在一处峡谷背阴的谷底停了下来。我们上方,峡谷北壁高处,有一座低矮的瞭望塔,八百年来一直监视着周围的土地。一道冰冻的瀑布从峡谷边缘垂下,浊水凝成的黄色冰块呈粗管状,有三四百英尺高,粗管之间是清水结成的蓝色冰条。整面冰瀑看上去就像一架哥特式管风琴,管身和风口夸张地向上向外伸展出来。空气很暖和,融水从冰柱底端淌下,汇成连绵的细流。

我们绑好冰爪,每人抓起一对冰斧,在冰瀑上攀登了一整天。一次休息中,我卸下登山装备,爬下去探究这瀑布投入的冰冻河流。斜着看去,蓝莹莹的冰面上有一条条银色隆脊。我一下子跳到上面。

岸边石头间填满的冰呈急瀑般的乳白色。常驻河道当中的大石块在夏天会形成漩涡和急流,这会儿则被光滑透明的冰面包围着。透过冰望下去，我可以看出河的深浅，标志物就是悬停在冰里的白桦树叶，以及珍珠般成串上浮的饱满的白色气泡。突然哐当一声，我抬头一看，一头水貂从河流一侧的阴影里蹿了出来，敏捷地跳过潮湿的冰面，飞快跑下河另一侧的平坦石头，然后不见了。它在石头上留下湿漉漉的爪印，如同黑色的转印贴花；在干燥的空气中爪印很快淡去，石头又恢复了原本的颜色。

冰冻的瀑布和暂停的河流让我感到不可思议，是因为一个平常绝对汹涌澎湃的事物却在此时变得绝对静止。也许，我们对速度日趋浓厚的执念，与心中的末世观有关，这是现代特有的观念，我们总是隐隐感觉大难在即，要么是冰（太阳消亡），要么是火（核屠杀）。我一直对此感到好奇，但没发现谁有同感，直到通览泰奥菲尔·戈蒂耶的报道时发现了一篇一八八四年的文章：

> 世界各国人民在同一个短暂瞬间开始疯狂渴望快速旅行，这多么奇怪啊。民谣里唱："死人走得快。"难道我们都死了？抑或是某种地球行将灭亡的不祥预感，支配着我们迅速增加交通手段，以便在所剩无几的时间里行遍这星球表面？

***

冰川因其缓慢无情而恐怖，又沉甸甸满载历史，还充满惊险刺激的危险（至少在时人通常的想象中如此），无怪乎它在十九世纪吸引了那么多热切的游客前往。最重要的是，冰川让人置身一片彻底不同的地方。正如罗斯金在文中赞赏兹姆特冰川时所说：

"整幅画面如此永恒而阒然,不仅脱离人而存在,甚至也超出了人类的想象。"一八二八年约翰·默里和妻子长途跋涉,进入塔雷弗雷冰川腹地。他们在七十英尺高的冰棱锥间席地而坐,大口喝着白兰地,思索所处之境的壮丽:

> 在这庄严僻静的冰雪中,除了我们自己的声响,再无别的声音。死一般的寂静笼罩四野,间隔很久才会被轰鸣的喧哗声打破,宣告远处发生了雪崩,或是威猛的冰川在撕裂着什么。在这巨大的露天剧场里,雪山环绕,到处能看到针状峰的尖顶刺向天空,永恒的冬天、数个世纪积累起来的白雪、破裂滚落的岩石,以及这可怕荒凉的所有壮丽化身统治着此地……

***

偏僻、死寂、贫瘠、枯索、蛮荒——这些就是这片风景的质地,浪漫主义却将它变得如此引人入胜。极地荒原才是这类风景的表率,但是在十九世纪,只有最坚定不移且资金充裕的人才得以亲近极地,直到今天依然如此。而欧洲、南美洲和亚洲的冰川提供了最近似极地的环境。人们前往冰川——他们今天仍然去那儿,我也去过,成千上万的人去观赏盛景,数十人会命丧其间。他们涌向坚冰,吸引他们的是和冰川一样在悠久时光中积攒起来的情感。

高处：顶峰与风景

> 现在我们离开，向山顶进发。许多平静细小的声音在召唤："再上去些吧。"
>
> ——约翰·缪尔，1911 年

"他们坐在那儿，像菩萨一样坐在雪地里，"萨沙告诉我们，"我自己就见过十多个。"他说的是尸体，登山者的尸体，绝大多数是俄罗斯人，死在波别达峰的峰顶山脊上。波别达峰意为"胜利之峰"，是天山山脉的制高点。萨沙的话并非耸人听闻，他知道没必要吓唬我们。一年里四分之三的时间，他是莫斯科一所学院的数学讲师，每到夏季三个月的"天气窗口期"[*]，他就来天山攀登，

---

[*] 天气窗口期指适宜登山的天气时段。

路线一次比一次艰险。他说得一口几乎无可挑剔的英语，戴着有酒瓶底那么厚的大镜片眼镜，身上总穿着件皱巴巴的薄羽绒外套，底下是一条缀着补丁的工装裤。

我们抬头朝五英里外的山脊望去。在高海拔地带，气压降低，空气有如透镜，让远处的物体看似更接近。从我们在冰川上驻足的地方，能看到波别达峰隆起的庞大轮廓；七英里峰顶山脊上的每一片冰塔和雪原都清晰可见。傍晚的天光泼洒在雪地上，把雪变成粉红色，看来异常柔和，就像草莓冰激凌。我们一行五人站在那里，鼻息在寒冷的空气中升腾，心里想着那些尸体。我想象他们随意靠在雪堆上，仿佛只是睡着了，仿佛还可以被摇醒。我想象他们沿峰顶山脊坐着，像一排堆石标，标记着登顶的道路。

然而事实更可能是这样的：他们的遗体因为酷寒而扭曲，衣裳在暴雪和日晒中破损，烂成碎片掉在身旁。他们的皮肤脱了色，被风雨从骨头上拍打下来。

"我记得听说过一个人，"萨沙抬手指了一下山脊说，"他登上山顶时天气很糟，下着大雪，和他一起上去的还有两个人。他们观察到另一场大风暴正从东边过来，便立即调头，沿着山脊原路返回。走了五分钟，他的一只眼睛瞎了。就像这样：咔嚓一下，眼前就黑了，像关灯似的。是视网膜脱落。再走几步，又是咔嚓一下，另一只眼睛也瞎了！两只眼睛的视网膜都因为气压太低而剥落。另外两个人领着他走了一阵，但他绝不愿瞎着下山。最后他一屁股坐到雪地里，等死。"

萨沙耸了耸肩膀："他现在还在上边。高山上就是这样的。"

***

高山之上，人往往只剩视觉，其他感官都失灵了。冷到什么都感觉不到；海拔太高，什么味道都闻不到；你的味蕾迟钝了；而除了自己的呼吸声，再无其他声响。于是视觉必不可少：你需要用双眼认出披巾般的卷云，那可能是风暴的护卫队；也需要眼睛来指导自己在暴风雪中有条不紊地迈步向前。更需要眼睛来欣赏风景——观景可能是你的初衷之一，正是为此你才攀得这么高，到如此危险缥缈的世界里来。

记忆和高度一样，也能让一些形象格外清晰。我清楚地记得七岁时，外祖父给我看过一张黑白照片，大概十英寸长，五英寸宽，照的是阿尔卑斯山脉一道白雪覆盖的山脊——贝尔尼纳峰的比昂科格拉特山，那是他攀登过的地方。山脊异常尖锐，仿佛把阳光都劈成两半：山脊一边白得炫目，另一边则笼罩在阴影里。背景里只有天空，山脊在峰顶逐渐收窄，成了一座雪锥，锥尖上一抹白色旗帜般的云彩舒展开来。外祖父用小指头点着这面旗帜，告诉我那是风从山里扬起的一串冰晶。在当时的我看来，这座直刺长空、飞扬着冰旗的山峰像是天外来客，很难相信外祖父爬上去过。

小时候，几乎每年夏天我们都会驱车向北，去苏格兰高地看望外祖父母，再以他们家为营地，出发去山里待上几天。外祖父的登山装备存放在一间车库里，那里常年阴冷，有股机油味。装备包括滑雪板，有好些年它们比我还高。另有套在滑雪板底部的海豹皮，外祖父向我解释，那皮子的绒毛在雪地里只能朝一个方向滑动，因此在爬坡时，可以防止他往后溜。笔直的滑雪杆是木头做的，尖端是金属，带着宽宽的圆形藤制雪轮。挨着滑雪板的是两个冰爪，灰色金属上了油，铰链扣合，还带着尖牙，就像两头坐在一起的小怪物。此外，还有外祖父的冰斧，长三英尺，沉得像桨，冰斧的木柄上了清漆，钢制的斧头用旧了，遍布瘢痕。

外祖父在日内瓦湖东岸的蒙特勒长大，上下学总会路过一座英国父子的纪念碑，这对父子在阿罗拉附近的山峰上坠崖身亡，当时俩人正从山峰较低处的草坡下来。每年夏天，外祖父都会和"大块头拉比"结伴登山，拉比是荷兰人，我家的世交，块头一点也不大。九岁时外祖父就爬上了平生第一座海拔三千米的阿尔卑斯山峰——密迪齿峰，还在峰顶遇见了查尔斯·布鲁斯（Charles Bruce）将军，那可是一九二二年和一九二四年率队远征珠峰的人。威严的老将军长年在英国陆军服役，历经枪林弹雨，身上伤痕累累。他与拉比和外祖父轻声说了几句话，就轻松地沿山峰陡峭的那一侧下去了。外祖父则小心翼翼地从好走的一边下山，默默回味着刚才的相逢。他一直认为，那次偶遇标志着自己登山生涯的开端。

时间久了，我渐渐对外祖父冰斧上的瘢痕有了更多了解。外祖父曾在喜马拉雅山脉、北美和欧洲各地登山，土耳其阿拉达格山脉中有一条冲沟线路以他命名，他利用战时休假去那里探险。外祖母也是位涉足颇广的登山行家，去过不列颠群岛、委内瑞拉境内的安第斯山脉，以及西印度群岛的火山。新婚不久，外祖父带着外祖母去瑞士瓦莱地区登山度假。那一周才刚开始，风雪骤至，他们被困在图尔特曼塔尔偏僻的棚屋里整整三天，两个人只能分着吃一个大洋葱。他劝我度蜜月可不要安排"这种游览"。为了纪念七十大寿，他和外祖母加入了一支不丹山地探险队，结果被反常的大雪堵在海拔四千多米的山谷里，最终不得不说服印度军队，用直升机将他们运出来。我还记得，当时在英国家中那些担忧的下午——我们漫无目的地啜着茶，心不在焉地说着话，等待电话铃声响起。

外祖父对高山的崇敬从未动摇。在他看来，这根本不成问题，尽管屡屡有朋友在山中死亡或身受重伤。他的一位朋友被迫在喜马拉雅山脉的雪洞里待了一个晚上，由于冻伤，失去了十六个手指和脚趾。那年他才二十二岁。五十年后，我见过他一面。我本能地伸手去和老先生握手，却吃惊地摸到一个球茎般的手掌，那些被磨得发亮的残端就是从前长着手指的地方。

我有一次试着和外祖父探讨，他为什么喜欢登上高处，会终其一生——并且甘愿冒生命危险——奋力抵达那么多顶峰。他并不真正理解这个问题，甚至不觉得这是个问题。对他而言，高处的魅力无法解释，抑或根本没有解释。然而顶峰和那里的景观怎么就对众人的想象产生了如此巨大的吸引力呢？或者就像丁尼生略带不解地问道的那样："高山上……那又高又冷的地方有什么乐趣呢？"虽然山峰时不时就出现在丁尼生的诗里，但他身体孱弱不宜登高，度假时也更乐意去怀特岛。

人想要探索空间、攀登得更高的冲动是天生的——只要这么说，或许就能回答丁尼生的疑问。法国专门研究空间和物质的哲学家加斯东·巴什拉（Gaston Bachelard）认为，对高度的渴望乃是人的普遍天性。他写道："人在青春年少时，正处于上升阶段，精力旺盛，就想脱离大地飞升而上，这种腾跃是快乐的基本形式。"毫无疑问，在我们的语言中，"高处"等同于"美好"这一认识根深蒂固，进而我们的思维方式也深受影响。英语中的动词"胜过"（to excel）就来源于拉丁语 excelsus 一词，意思是升高的、高的；名词"优越"（superiority）来自拉丁语中的形容词比较级 superior，意思是位置更高；"崇高"（sublime）本意为高耸的、出色的，或者抬高的——如此种种，不一而足。相反，"深处"（depth）则与一连串贬义词为伍：低微、劣等、卑下……类似的词还能找出几十个。我们借用坡度构建发展模式：上升抑或下行。上升比下行艰难，但正是这种难度让上升更值得敬佩。在任何语境中，人都不会"向下进步"。大多数宗教都认为世界在一个纵向坐标轴上运行，上面是天堂或类似的所在，相反的境地则在下方。因此"向上"从某种根本意义上来说就是靠近神性。

最近，山峰更成为一种努力与回报的世俗象征。"登顶"就是抵达努力的顶点；"在世界顶端"则意味着心情好到无与伦比。毋庸置疑，伴随登顶而来的成就感历来是人们渴望高处的要素。这毫不奇怪——有什么能比登上高山更简洁地寓示成功呢？顶峰设置了清晰可见的目标，通往那里的陡坡就是挑战。我们走上或爬上山峰时，穿越的不仅是具体的山地，也是奋斗与成就的抽象地形。抵达顶峰明显就是战胜逆境：你征服了某样东西，尽管它毫无用处。让登山蓬勃兴起的，正是人们臆想中顶峰的意义——而顶峰其实不过是一小片岩石或雪地，由于偶然的地质作用，抬升得比同类地貌高一点而已；它只是一组空间坐标值，一个虚构的几何图形，一个没有意义的意义。*

然而成就感并非高处唯一的乐趣。对高度的感官体验也能产生快乐，这种无上的快乐无关竞争和成功，而带着沉思的况味。高度能让最熟悉的景观变得陌生。从高塔上俯瞰生活了一辈子的城市，你能重新认识它。伏尔泰的朋友、诗人乔治·济慈写到，在高处"新天地扑面而来"，说得真到位。自山顶看风景地貌，风光迥异——河流仿佛丝带，湖泊有如银刃，巨砾则好比微尘。大地分解成抽象的图案，变作出人意料的景象。

有一年十月，我登上了布拉文峰，那是斯凯岛†上的一座高山。天气晴朗，但山峰最顶上三百米云雾缭绕，直到步入云中我才发现，顶峰也覆盖着厚厚的积雪。上到山巅，我立定站了一会儿。白云四合，银装素裹，任何方向都看不到二十英尺开外的景物。辨不出大地在哪里终结，天空自何处开始，只见黑色的石头耸立在一片雪白之中。我正站在那儿，一大群雪鸦出其不意地从前方掠过，拐弯时整齐划一，翼下的黑色羽毛映着白雪，好不醒

---

* 当然，并非人人都喜欢登山。有一位风趣的先生——我忘了是谁——睿智地说过："如果某人的周长和海拔之比超过一定数值，那他灵魂深处一定更青睐平原。"话虽如此，缆索铁道、缆车、登山升降椅，以及所有其他重型登山机械的发明都依然证实，即使天性不爱爬山的人也有登高的渴望。——作者原注

† 斯凯岛是苏格兰内赫布里底群岛最北的岛。

目。黑与白，高山上的色彩组合就是这棋盘素调。

倏地，周遭云雾暂时散去，南北向的海岸线地图一样铺展开来，陆地犹如深色手指，和大西洋的银色手指交缠。远处海面上，云中一窗洞开，阳光倾泻而下，在水面上投映出一方金色岛屿。随即，窗便合上了，云雾也重新在我四周围拢，我转身开始下山。

如今，飞机和卫星航拍的照片铺天盖地，高空视角已不再那么令我们惊奇。然而早期的登顶者一定觉得它极为惊人，他们从未见过这般高空景象，只是突然发现自己正俯瞰天下。于他们而言，这高处的广阔仿佛已接近神明的视野。读一下早期登山者的记述，不时能看到成功登顶的人把自己比作古希腊人所谓的kataskapos——俯瞰之人，天国的观者，突然间他们不可思议地以地图绘制员的视角瞭望大千世界。

***

有很长一段时间，挪亚保持着世上的登高纪录。《圣经》记载，洪水退却后，方舟搁浅在阿勒山的山坡上，此山的地点和高度还存在很大争议，而根据探险日志（也就是《创世记》），挪亚也从未攀上山顶。不过他无疑登上过相当高的地方。十八世纪剑桥一位宇宙起源论者威廉·惠斯顿（William Whiston）算出，方舟停靠的山体高达六英里，也就是将近三万两千英尺，比珠穆朗玛峰还高出约三千英尺。如果惠斯顿的计算正确，而方舟也像《创世记》记述的那样满载乘客，那么这些人和动物很快就会死于体温过低、缺氧，以及极高海拔的其他致命影响。闪、含、雅弗和挪亚其他那些极能生养的子女就活不下来，无法繁衍，地球上也不会重新遍布动植物和人类。

所以惠斯顿可能在高度上弄错了。不过早年对于高度的估计，就像当时对地质时间的估计一样，是极其混乱的。这也不奇怪，当时并没有精确计算高度的必要。几乎没人去登山，而对于极少数登山者来说，那也不是什么美事。与计算山脉高度相比，测量海深或海岸线长度必要得多。于是老普林尼*称世上最高的山脉比海平面高出三十万英尺，超出实际情况达二十七万英尺。直到十八世纪，人们还以为特内里费岛上的山峰是世界顶点，因为它位于贸易主航道上，从海面陡然升起，非常显眼。事实上它远远不及珠穆朗玛峰的一半高。

对于那些不得不登高的早期旅行者（比如商人，以及必须翻越阿尔卑斯山口往返罗马的朝圣者）来说，他们遭受的恶心、晕眩和头痛就明显说明，人体不适应高海拔。早期登山记述中有大量此类描写，这些症状今天被称为 AMS——急性高原病。何塞·德·阿科斯塔[†]的日记写得最为生动，正是由于此病侵扰（当地山民称之为 puna），他在一五八〇年未能完成安第斯山脉之行。"我很惊讶，痉挛和呕吐会这么痛苦，"他写道，"我呕出先前吃的肉，呕出黏液和又黄又绿的胆汁，只觉得再下去连心都要吐出

---

* 老普林尼（Pliny the Elder, 23—79），古罗马作家、博物学者，以《博物志》一书留名后世。

[†] 何塞·德·阿科斯塔（José de Acosta, 1539—1600），十六世纪在秘鲁传教的西班牙耶稣会会士。

来了。"旅行者们用浸了醋的海绵罩住口鼻,抵抗高原反应,但收效甚微,也完全无助于增加旅行的乐趣。

鲜有证据证明,十八世纪之前,欧洲人对自然景色已形成普遍的审美趣味。那些必须登山的人往往更在意能否活下去,而不是眼前的风景。如今我们见到山川风光,再自然不过的反应就是认为自己看到了"美景",这种观念在当时的日常意识中却并不流行,至少高山不会让人作此感想。恰恰相反,事实上直到十八世纪中叶以前,硬着头皮翻过阿尔卑斯山口的旅行者还常常故意蒙上双眼,以免被山峰的样子吓倒。哲学家乔治·贝克莱(George Berkeley)一七一四年骑马穿越塞尼山,他写道,自己"被最恐怖的悬崖弄得心情糟糕"。连《瑞士的乐趣》(*Les Délices de la Suisse*,此书一七三〇年出版,或可算最早的瑞士旅行指南)那身份不详的作者也对阿尔卑斯山"惊人的高度"和"终年积雪"惊恐不已,他在书中断言:"大地的这些巨大赘疣,外表看来既无用处,又不美观。"他转而大力推荐整洁的市镇和欢乐健壮的瑞士牛。

***

通常认为,意大利诗人彼特拉克对自己登上旺图山的记述是高山史的起点。旺图山位于沃克吕兹省[*],海拔一千九百一十米,

---

[*] 沃克吕兹省是法国东南部省份。

是一座宜人的山丘。彼特拉克一三三六年四月来到此地,同行的还有他精力旺盛的弟弟盖拉尔多。登上山顶之后,眼前的景色让彼特拉克惊诧不已:

> 我就像恍然从梦中醒来,四下张望,然后出神地盯着西方。我认不出法国和西班牙边境上的比利牛斯诸峰,不是有什么障碍遮挡视线,只是因为肉眼凡胎,目力有限。不过我可以极清晰地看见,右边远处是里昂附近的群山,左边是马赛的海湾,还有冲刷着艾格莫尔特*海岸的海水,尽管这些地方其实非常遥远,从这里要走几天才能到达。

暮色渐浓,彼特拉克和盖拉尔多下山,在山脚的客栈投宿。就着烛光,诗人匆匆记下当日行程。此次登顶对高山的历史无疑有重大意义,然而彼特拉克执意将自己的经历塑造成宗教寓言,这削弱了它的重要性。他笔下的一切——上山的路径、峰顶的景观、身上的衣裳——都不再是本来面目,而是充满象征意味的叙述中一个个饶有深意的细节。有些学者甚至认为这次登山根本不曾发生,它只是一个方便合用的虚构框架,好让彼特拉克挂上自己的玄学沉思;或者只是一个可得出一番虔诚寓意的良机。彼特拉克总结道:"为了把世俗本性中涌起的欲望踩在脚下,而不是为了站上山巅,我们应当付出多么认真的努力。"

---

* 艾格莫尔特是法国南部市镇,毗邻地中海。

要看到人们不只是因为巅峰的精神象征意义，还因为山顶的动人景色对山峰这一物质实体产生兴趣，我们必须来到十七世纪。当时，著名的"壮游"模式开始成形，也就是遍览欧洲大陆的名都大川，以期获得教化启迪的旅行；十七世纪后期直到十八世纪，有钱（或避风头）的年轻人常作此游历。这些"壮游者"对风景，尤其是山峰有了新的文化见识，并将新见识带回祖国，广为传布。日记作家约翰·伊弗林（John Evelyn）就是第一代践行"壮游"的英国青年，他的日记让他在身后名气大增。（日记写于一六四一年至一七〇六年间，一八一七年有人在一个洗衣篮里发现了它，并于次年首次出版。）

一六四四年十一月的一天夜晚，在意大利北方山中，伊弗林和两位同伴正从罗卡城堡的外墙下快步走过。晚风中传来教堂的钟声，那是附近博尔塞纳湖中小岛上，嘉布遣会*僧侣在撞击一口大钟。仅仅数星期前，在翻越阿尔卑斯山进入意大利时，伊弗林对山脉"怪异、丑陋、吓人的"面貌还十分憎恶。他在那几天的日记里抱怨阿尔卑斯山的群峰，列举了十七世纪盛行的对山峰的种种反感之词：它们的陡峭遮挡了原本一览无余的视野；它们是"沙漠"——寸草不生，毫无用处。

让伊弗林惊讶的是，在这么不愉快的经历后不久，自己居然会因为身居高处而激动不已。因为在他骑马继续登高时，山峰赠予了他高处最惊心动魄的美丽成果——逆温，登山者发现自己一

---

*　嘉布遣会（Capucin）是天主教方济各会的分支。

下子身处云层之上。

我们进入了非常浓厚的、实心的深色云层，从稍远处看，这云朵就像岩石，伴着我们向上走了差不多有一英里。它们是干燥的雾气，绵延而稠密，悬浮不散，将太阳和大地一并遮住，于是人就像在大海中，而不是在云雾里。之后我们终于突破云层，来到宁静的天堂之境，仿佛置身一切尘世喧嚣之上；山看上去更像阔大的岛，而不与其他群山相连。我们能看到一片浓稠的云海在脚下巨浪般翻涌，间或有别的山头隐隐显露，看得出它们远在几英里之外。从云层的裂隙可以窥见下方地貌和村庄。我必须承认，这是我平生见过的最愉悦、新奇且格外惊人的事物之一。

翻阅十七世纪和十八世纪早期的旅行记录，时常会邂逅这样的时刻：一个心灵吐露出与某种风光的本能联结，短暂挣脱了成见的束缚，创造出崭新的感受方式。然而伊弗林在高处感受到的激动当时仍被视为异数，一直要到十八世纪中叶，这种感受——只为高处本身而仰慕高处——才突然备受瞩目，成为正统，并至今占据主导。而这种感受一旦确立，要做到对高处无动于衷，反而要像从前青睐它一样需要足够特立独行。

***

十八世纪，高山日益受到尊崇。教会当然总能确保自己在地理位置和道德精神上都占领高地。在意大利炎热的山丘上和瑞士峭壁环立的山谷中，大大小小的教堂、礼拜堂和十字架耸立其间，审视着脚下的大地。在欧洲各大城市里，教堂尖塔满怀渴望地伸向基督教高高在上的天堂，寓意对天国的向往。不过对高山的感受也正在世俗化，人们开始因高山本身而获得愉悦和兴奋，不再把它视为天堂的象征。

这一全新的态度是一场激进的心灵转变。从文学、建筑到园艺，它几乎影响着每个文化领域。十八世纪初，所谓的"山岳诗"发展成一派流行的亚文体，诗人先是描述登山的实际行为，然后抒写顶峰景色在心中激起的思索，很像四个世纪之前彼特拉克所做的那样。山顶和那儿的开阔视野对寻求闲适的人也很有诱惑力。整个欧洲，包括在埃特纳火山、维苏威火山和那不勒斯，观景点和观景站逐渐正规起来，也越发寻常。高山之上，你的目光能愉快地跨越生活的不同界面——通常分散在时空各处的事件、物体和现象，在此地只需一瞥，就能同时感受到。高处让"全景"成为可能，这个词来自古希腊语，意思是"全视角""包罗万象的景观"。瑞士博物学家康拉德·格斯纳（Conrad Gesner）写道，在阿尔卑斯山的峰顶，一天之内能观赏到四季风光。据十七世纪法国伟大的旅行家马克西米利安·米松（Maximilien Misson）记载，在高踞那不勒斯之上的圣马丁加尔都西修道院，观景者站在粗糙的石头阳台上，可以眺望那不勒斯全城的轮廓——港口、防波堤、灯塔和城堡；然后视线沿着海岸向南，来到布满白色岩石的扇形海岸线，再向北，看看维苏威火山庞大的黑色身躯，火山口腾起粗壮的烟柱，盘旋向上，有如印度苦行僧的绳子[*]。

十八世纪下半叶，在"如画运动"[†]影响下的英国，一种毫不规则却十分雅致的设计渐渐取代了启蒙时代讲究匀称的园林布局。启蒙运动给英国大庄园留下一套整饬的园艺几何学——玫瑰花坛砌成图案；沙砾小径以喷泉为中心，轮辐一般延伸开去；喷泉里清波跳荡，从泉源到池塘，周而复始；摆放着棋牌桌的草坪一直延伸到看不见的隐篱，望去干干净净。然而十八世纪晚期，人们摒弃了这种精心打理过的庄园，认为它太整齐、太规则。许多时髦的庄园主故意将自己精心修饰的庄园改造成象征性的旷野。洞穴、瀑布、隐士、残破的方尖塔、幽暗的矮树林、嶙峋的圆土丘——忽然间荒芜景象备受推崇，远远胜过修剪整齐、直线排列的方块树篱，或者华丽壮观却千篇一律的草坪。庄园主们实施这番改造时，通常还会要求加上一处微型悬崖或类似的险要地形，从顶上可以将整片凌乱却景色宜人的领地尽收眼底。

理查德·希尔（Richard Hill，后来人们都叫他"大山"[‡]）就是这样一位庄园主。他于一七八三年继承什罗普郡的霍克斯通庄园，并很快启动了一场历时十五年的改造工程。理查德一边精心规划，让人挖出一片长达两英里的湖泊，一边继续通过"精打细算"（同时代某人意味深长地如是说）赚大钱。他那两个兴致勃

---

[*] 印度苦行僧可以让一根绳子在没有可见支撑的情况下立在空中。

[†] "如画运动"（picturesque movement）是对新古典主义的一种反拨，崇尚不规则的景观布局、自然纯朴的岩洞、不对称的建筑等。

[‡] "希尔"（Hill）一词也有"山丘"之意。

勃的姐姐——两位著名的"希尔小姐"——则搜罗化石、贝壳和其他大地珍奇,镶嵌到园中一组山洞的松软内壁上。他们花了三年将山洞重新装点一遍,完工之后,理查德雇来一位隐士住在洞里,要求他(根据合同规定)"效仿焦尔达诺·布鲁诺*的举止"。

霍克斯通王冠上最璀璨的珍宝,莫过于庄园里三百英尺高的白色砂岩——岩洞山。风和日丽的日子,从岩洞山顶望去,十三个英格兰郡县的全貌一览无余。访客纷至沓来(至今依然如此),只为体会高山眩晕带来的兴奋与愉悦,并对这景观赞叹不已。约翰逊博士是最早登上岩洞山顶的客人之一,但他的感受十分老套。这位可敬的博士庄重地说道:

> 每个登上霍克斯通庄园峭壁的人都惊讶自己是怎么上来的,也担心该如何下去……他不曾获得宁静,只感到伴随孤独而来的恐惧,感到一种介于惊恐和赞赏之间的猛烈的快感。这峭壁在心中激起的,是崇高、敬畏、浩大的观念。

要知道这只是一座三百英尺高的山崖,四周是什罗普郡羊群四散的连绵田野,而不是救援无门、后退无路的阿尔卑斯峰顶。但约翰逊的夸张是时风使然。一些人远走他乡、在更雄伟的山间才能感受到的乐趣,如今在英格兰乡下,就能获得至少相似的体验。

---

* 焦尔达诺·布鲁诺(Giordano Bruno,1548—1600),意大利文艺复兴时期哲学家、数学家、诗人、宇宙学家,同时也是玄学术士。因坚定支持日心说而为大众熟知。

对于高山的新的感受风格确立起来，"大山"岩洞山的走红就是这一现象的诸多表现之一。"什么样的自然景色能最大限度地提升人的精神，让人产生崇高的感觉？"十八世纪六十年代，休·布莱尔*在爱丁堡开讲座时发问，"不是那些色彩鲜艳的风景、繁花似锦的田野、欣欣向荣的城市，而是古老的山脉……以及倾泻到岩石上的急流。"十八世纪后半叶，真正振奋了风雅阶层精神的是高山。越来越多的人开始体验高山的乐趣——以及危险，以顶峰本身为目标的观念也开始出现。十八世纪后期，一个闷热的夏日午后，塞缪尔·泰勒·柯勒律治登上了坎布里亚的一座山。黄昏时分，雷暴扫过湖区，他得以饱览一番风雨景色：锯齿状的闪电仿佛蓝色细丝，亮起又熄灭，雷声则有如远处击打着的定音鼓。下山后他兴高采烈地写道，那是"我在尘世中见过的最激动人心的事物"。一七八六年一个寒冷的日子，在阿尔卑斯山间，法国人米歇尔-加布里埃尔·帕卡尔（Michel-Gabriel Paccard）和雅克·巴尔马（Jacques Balmat）征服了勃朗峰。巴尔马在山顶上朝着远在许多英里之下的霞慕尼山民挥舞帽子，帕卡尔则徒劳地试着记下山顶的温度，墨水还没落到纸上就结了冻。第二年，干练的英国军官马克·博福伊（Mark Beaufoy）轻松登上勃朗峰。人们问他为什么爬上这座高峰，他回答说每个人都有登上世间最高处的渴望，他的动机正是如此，就好像这是尽人皆知的真理。山顶热开始扩散开来。

---

* 休·布莱尔（Hugh Blair，1718—1800），苏格兰牧师、大学教授。

＊＊＊

瑞士。凌晨四点。天空清朗，预示着即将到来的白昼是个高温天。我们从搭在冰川一处平地上的帐篷里出来，踏进寒冷的黑暗。头灯亮着，每人有一束小小的光锥照路。冰晶在光线中飘进飘出，仿佛一群浮游植物。月色格外好，但我们还是需要这些灯光，而它们的明亮又折损了我们在黑暗中的视力。关上灯后朝周围望去，先是一片漆黑，然后，周围的山峰渐渐对准焦点，就像在化学药水中逐渐显影的照片，影像逐渐鲜明起来。

群山中为首的，是西南方的纳德尔峰，还有它那身量稍小的近邻兰斯峰。两峰海拔都超过四千米，由一道城垛般的狭长山岭连接，这些山丘像冰雪岩石质地的冰冻海浪，有数千英尺之高——一场被地质力量终止的海啸。

黑暗中，就着头灯的强光，我们做好登山准备：迅速套上装备，将绳索打圈扎紧，把冰斧系到手臂上。不止一次，我在这样的时刻会想起为战争做准备的中世纪骑士，我们都遵循一套仪规，像扈从伺候主人一样帮对方穿上行装：反复确认搭扣和绳结已经捆扎停当，抽紧绑带，急切而轻声地发问。这感觉就像即将奔赴纳德尔峰顶的战场，多么激动人心。

我们在半明的天光里出发，慢慢穿越在这片石头巨浪底部绵延开去的冰川盆地。冰冻的积雪在脚下嘎吱作响，绳索拖在身后，偶尔被冰块绊住。南方更远处，我能看见两只"萤火虫"——那是一组更专业的登山者的头灯。他们直接攀上巨浪弧形的内侧，靠着冰斧和冰爪爬到三千英尺高的地方，脚下几乎没有岩石，完全是冰。他们大概是想快点行动，赶在阳光炽烈之前登上峰顶山脊，到时阳光会像喷灯一样烤化冰面，让冰踩在脚下如同黄油。

天很冷，也许只有零下十摄氏度。我感觉走得额头冒汗，但汗水立时冻住。抬起手来，能感觉皮肤上罩着薄薄一层冰，绷得紧紧的。身体的其他部位也结了冰：我的巴拉克拉瓦帽*冻成了钢盔，手套也像是铁打的。

现在首先要稳步穿过冰川盆地，然后从盆地另一侧爬上一座坡度渐陡的雪坡，到达温德约赫高山口，那儿因强劲扫荡的西北风而出名。两小时的跋涉后，夜色逐渐褪去，我们到达山口，果然强风呼啸。天越来越亮，我们在东北山脊上继续攀登。每块岩石都蒙着一层冰，反射着清晨的阳光，看上去滑溜溜的。山顶是一座由岩石和冰雪构成的锥体，看上去小巧轻盈。我们到达的时候，周遭的空气已经变得炎热。

我们双手交握枕在脑后，在暖风中躺了大约半个小时。我抹去脸上结晶的盐粒，朝四周望去。南边是另一座大山的坡面，山顶上鼓着一个个冰雪拱顶。拱顶后方的天空一片湛蓝，只有一大朵时时变幻的积云飘在空中。我抬眼望去，看着它仿佛从内部缓缓爆裂开，冒出众多光洁的浮饰，让本就交缠错乱的表面更加错综复杂。似乎我只要松开脑后的一只手，朝上伸去，就能抚过那

---

* 巴拉克拉瓦帽源自一八五四年巴拉克拉瓦战役中英国骑兵为抵御寒冷海风而统一佩戴的羊毛帽子，后来发展为登山滑雪的装备。

云朵的表面,感受上面的每一个螺旋,每一道隆脊和沟谷。而向下望去,凌晨摸黑穿过的冰川盆地里毫无动静,好像一个空阔静止的巨大水池,有那么一瞬间,我甚至想一头扎下去。

哪怕是最狂热的平地拥趸也无法否认,高处有一个作用:它可以让你看得更远。从苏格兰西海岸的山顶上可以眺望大西洋,看到地球的弧度,瞧着海平线深色的边缘在两端偏折下去。从高加索山脉的厄尔布鲁士山顶,向西可以观望黑海,向东则可以看到里海。站在瑞士境内的阿尔卑斯山上,说起整个世界,你开始高谈阔论,地形单元从郡县突然转变为国度:意大利在我左边,瑞士在右边,正前方是法国。真的,只要天气晴朗,唯一能限制你看得多远的只有你的视力。否则你完全可以拥有卫星般的视野,将天下一览无遗,成为一个无所不见的"我"——看着马歇尔·麦克卢汉(Marshall McLuhan)所谓"广阔的、包容万象的视觉空间",又是激动,又是害怕。这样的感受永难忘怀。

雄奇的高山给你更宽阔的视野:顶峰的风景赋予你力量。可是从某方面说,它也在消减你。自我意识因为视野开拓得以增强,却也遭到打击——山顶凸显了时空的宏大与深远,相形之下自我如此渺小,备受威胁。一八七五年,在喜马拉雅山脉,旅行家兼探险家安德鲁·威尔逊(Andrew Wilson)对此深有体会:

> 夜里,身处这大山中,四周环绕着繁星般难以计数的闪烁冰峰,再抬头看看苍穹的深渊里,那些熊熊燃烧的伟大天体,你会意识到自然的存在茫无际涯,这感觉如此强烈,近

乎痛切。我算什么？和巨大绵延的山脉相比，周遭的藏民算得了什么？而和众多恒星相比，这些山脉乃至整个太阳系又算得了什么呢？

这就是人类对高山持有的悖论：它提振又消减了人的精神。那些攀登高峰的人，一半爱着自己，一半恋着湮灭。

***

十八世纪逐渐增强的山顶崇拜，到十九世纪初的几十年里，在欧洲到达顶峰。德国浪漫主义画家卡斯帕·大卫·弗里德里希（Caspar David Friedrich）有一幅作于一八一八年的风景画，通常被叫作《云海上的旅行者》(*The Traveller above a Sea of Clouds*)；拜贺卡行业所赐，如今它几乎尽人皆知。弗里德里希的《旅行者》为眼界卓绝的登山者绘制了一幅经典肖像，这一形象在浪漫主义艺术中十分普遍，但在今天看来，显得不合情理，甚至有点荒谬：小小的岩石山丘从主人公脚下的云彩里伸出来，而他的姿势也特别老套——抬起一只脚，像一个捕杀猛兽的猎人踏在死去的战利品那深陷的胸口上。不过这幅名画作为观念的结晶，多年来在西方的自我认知层面拥有巨大的象征力量，这个观念就是：站上山顶令人高贵，应受景仰。

就在弗里德里希画出这一经典形象前两年，约翰·济慈担心自己遇到了创作瓶颈。他认定高山可以让人放松心情，便在意欲创作时想象自己正身处高山上——可谓失眠数羊的浪漫主义版本。这办法还真管用，或者至少为他提供了一个写作主题：

> 踮着脚，我站上小丘之巅，
> ……凝望片刻，只觉轻盈自由
> 仿佛墨丘利鼓荡的双翅
> 长在了脚后跟：我无忧无虑
> 乐事如许，纷至沓来……

济慈认为，他阻塞的思路正需要高山来做一剂疏通药，至少想象一下也是有效的。这又一次证明山巅不仅是地理上的高处，也是精神上的宝地。* 雪莱同样深受高山特性的影响，他宣称"风，光，天空在我心中激荡起强烈的情感"。天空是雪莱诗中的独特元素（正如水之于拜伦）。他的文字朦胧优雅，一次又一次写到"高空""劈开苍穹的锐利山峰""白鼬皮毛般的雪"，以及"寒冷的天宇"——诗篇升华成灵气，雀跃着盘旋而上，直入虚空。一八一六年雪莱沿着霞慕尼和塞尔沃兹之间的道路，乘马车进入阿尔卑斯山地，第一眼，便为之倾倒。他幸而不用执缰赶车，得以睁大眼睛四顾群山。在一封著名的信中，雪莱描述了自己当时的反应。"我从来不知道，也不曾想象，山峰是什么样子，"他写

---

* 济慈攀登真正的高山时，却发现它们未必能顺从地提供灵感。一八一八年他试图登上湖区的一座山峰，关于这次旅行，我们读到的记录是："我觉得自己本可以爬到顶上，可是一条腿不巧滑进了泥潭，败了兴。"这是想象的山峰和现实的山峰之间又一处无伤大雅的裂痕。——作者原注

道,"这些高耸的山峰突然跃入眼帘,它们的宏伟巨大,激起如痴如醉的惊叹,甚或不无疯癫意味。"

站在今天的角度,不难看出高山何以如此吸引弗里德里希、济慈、雪莱等一众浪漫主义艺术家。它作为一种观念,完美契合了浪漫主义对个人的颂扬。顶峰是个人得以凸显、得以"出众"的地方。山峰还为浪漫主义的自由理念提供了图腾——有什么能比巅峰更明确地代表自由和开放呢?卢梭说:"人类并非生来就该在蚁冢里挤作一堆……人越聚集,越会相互腐蚀。"在城市化日益加剧的十九世纪,这番评论可谓切中时弊,振聋发聩。城市中满是商贾盗贼,但是群山!——群山里没有丝毫罪恶。困于闹市的灵魂不约而同地选择山巅作为解放的象征,它是浪漫主义田园梦的结晶,可以借此逃离破碎割裂、众人沉沦的都市。喧嚣闹市里你会感到孤独,在山巅却能找到独处的幽僻。

当然,也只有在山巅之上,幽僻之中,浪漫主义对沉思的喜好才能得到满足,并大受鼓舞。在浪漫主义文献中,我们一再看到旅行者惊呼,高山激发了崇高思想的喷涌而出。一八〇〇年,皮维尔·德·瑟南古[*]宣称:"站在山巅的哲学家,灵魂中充满了怎样雄伟的奇观啊!"二十年前的霍勒斯-贝内迪克特·德·索绪尔则更加喜不自禁:"站在顶峰上的哲学家,灵魂中充满瑰丽奇观(即山脉),什么语言能够再现这种感受,描述这些想法呢?他似乎主宰着我们的星球,发现了地球运行的源头,至少是找

---

[*] 皮维尔·德·瑟南古(Pivery de Senancour,1770—1846),法国浪漫主义先驱。

到了影响它变革的主要动力。"浪漫主义的高山想象中融合了一种新的魅力元素:人只要登上高山,就几乎肯定能受到启示,获得精神和艺术的顿悟。*人们公认,山巅和那里的视角引发深思,唤醒创造力,无论从实际意义还是哲学意义上来说,在那里你都会不由自主地看得更远。从到英格兰北部丘陵野餐、顺便眺望伦敦城的维多利亚家庭,到朝着未登峰顶峰跋涉的登山先驱,所有登高者都多少受到一种信仰的吸引:高山不仅能让他们远眺,也必回报以深刻的内省;心景和风景都会向他们敞开。

***

一八三六年,查尔斯·达尔文已经可以颇为自信地说:"每个人都必须体会高峰上的壮丽景色给予人心的欣喜和自豪。"而乔治·贝克莱一七一四年穿越群山时,对"恐怖的悬崖"尚且颇为不悦,这期间发生了多大的变化啊。仅仅一个多世纪以后,高山已然让人联想到一大批迷人特征,它等同于远离喧嚣,等同于幽然独处,等同于精神和艺术上的顿悟。人们还认为高山能改善身体健康——高山上空气更洁净,可以做净化剂。约翰·丁达尔在一八七一年称:"山间的氧气必定饱含道德。"十九世纪五十年代之后,欧洲阿尔卑斯高山中建起无数疗养院,结核病和哮喘病

---

* 关于阿尔卑斯山激发灵感的作用,最后也许得提一下瓦格纳。他把阿尔卑斯号角用到了《特里斯坦与伊索尔德》(Tristan und Isolde)的配乐里。歌剧首演之后,瓦格纳羞赧地说:"在宁静壮丽的瑞士,我看着金灿灿的美丽群山构思出来的作品都是杰作。在其他任何地方我都写不出这样的作品。"——作者原注

人纷纷入住，其中就有凯瑟琳·曼斯菲尔德和罗伯特·路易斯·史蒂文森*。他们晒着山里的太阳，呼吸山间的空气，在晚餐桌上高谈阔论。当年我的曾外祖父被诊断出慢性支气管炎，医生建议他迁居瑞士。山里的空气没有奏效，他死于一九三四年，葬在一处能望见群峰的公墓里。不过正因如此，我的外祖父在瑞士长大，并在那里爱上了山峰，而我又从他那里继承了这份热爱。

到了十九世纪末，崇仰高山几乎是理所应当的了。那些不愿冒险进山，或负担不起旅行费用的欧洲人，可以有很多其他方式来获得登高体验。印着风景照片或版画的图书、报道远征活动的刊物、平价版浪漫主义诗集，都至少间接地为宅家者提供了登山细节和感受。跟随萨尔瓦托·罗萨和约瑟·德·蒙佩尔这样的早期欧陆山景画家，十九世纪的艺术家们，包括菲利普·德·卢泰尔堡、透纳、亚历山大·科曾斯和约翰·马丁等†，在画布上绘满了峭壁风景，用扭曲的比例、脱俗的视角和中断的地平线令观者不安，把他们拉进画面中令人眩晕的世界里。十九世纪二三十年代，在莱斯特广场圆形大厅或斯特兰德大街上的全景画馆，观众们可以在光线暗淡的圆形中央平台上漫步，周围是一幅三百六十

---

* 凯瑟琳·曼斯菲尔德（Katherine Mansfield, 1888—1923），出生于新西兰的英国作家，患有肺结核；罗伯特·路易斯·史蒂文森（Robert Louis Stevenson, 1850—1894），英国作家，患有肺结核。

† 萨尔瓦托·罗萨（Salvator Rosa, 1615—1673），意大利巴洛克画家，以狂野的浪漫主义风景画闻名；约瑟·德·蒙佩尔（Josse de Momper, 1564—1635），佛兰芒风景画家；菲利普·德·卢泰尔堡（Philippe de Loutherbourg, 1740—1812），法裔英国画家、舞台设计师；亚历山大·科曾斯（Alexander Cozens, 1717—1786），英国水彩风景画家。

度全方位多灭点*勃朗峰巨画——一幅"阿尔卑斯全景"。在里头待上一两个钟头,观众的脑海中便充满令人惊叹的山景几何结构:闪光的冰雪,黑色的岩脊。阿尔卑斯全景追求的是高度写实,它确实做到了,据说很多参观者一下子迷失了方向,甚至感到晕眩。十九世纪五十年代之后,被某位乘客称作"快乐速度"的火车让往返采尔马特的旅程从六十六天缩短到十四天,而托马斯·库克†先生(绰号"旅游界的拿破仑")的生意更带大众去亲眼观赏马特洪峰。对于看惯了不列颠低矮天际线的英国人来说,这是多么振奋人心的体验啊。

一种共同的情感传统代代相传,广为散播。牺牲在攀登路上的登山者、参加托马斯·库克公司旅行团去阿尔卑斯山的游客,以及只是读读登山报道、看看照片的市民,他们之间没有本质区别,不过是程度不同。人人都难以招架高山的蛊惑,人人也都参与施蛊。渴望关注的登山者和渴望高山的民众真是一拍即合。大众的想象长期以来对高山充满敌意,如今却渐渐染上一种新的高山症候:因为不在高山上而反胃呕吐。约翰·罗斯金承认自己在完全平坦的地方会感到"一种恶心和疼痛",暗指的就是这个。

***

---

* 灭点(vanishing-point)是透视画中平行线条向远处伸展的汇聚点。
† 托马斯·库克(Thomas Cook,1808—1892),英国商人,创办了托马斯·库克父子旅行社,开创了现代旅游业。

一八二七年,刚从剑桥大学毕业的年轻人约翰·奥尔乔(John Auldjo)听说阿尔卑斯山的种种之后非常激动,便去了霞慕尼,想成为第七个登上勃朗峰的英国人。到达镇上没多久,一个当地人就找到他,此人一七九一年在勃朗峰的岩崩中幸免于难,但头盖骨被严重砸伤。老人把自己凹陷的脑袋凑到奥尔乔面前,告诫他不要去登山。奥尔乔对此嗤之以鼻,不过他还是采取预防措施,雇了六名向导以保证自己安全登顶。

然而大批向导并不能让奥尔乔在山上免受折磨。登山路上,高原反应、体温过低、雪盲症和发作性睡眠病*接连袭来,下山途中又添上了中暑、消化不良、运动失调,乃至最后彻底昏倒。奥尔乔登上了顶峰,但完全是靠六名向导的共同努力才活了下来。失温最严重的时候,他完全无法动弹,是向导们偎偎在他身边,用体温温暖他,他才得以走完最后几个钟头的下山路。奥尔乔步履蹒跚地回来了,霞慕尼的人像欢迎英雄一般迎接他。他整整休养了两天,才含泪与向导道别,启程返回伦敦。

一到伦敦,奥尔乔就把自己的登山经过详细记录下来,分为两部分:一部分记叙此行遭受的极大痛苦,另一部分描述山中的绝美风光。在痛苦这部分,他勇敢地承认攀登异常艰辛,天气又"冷得过分"。不过他同时宣称,勃朗峰顶的景色完全值得吃这么大苦头,因为它展现了"非凡的壮丽,让人目不暇接,要描述其雄壮,任何语言都力有不逮"。

---

* 发作性睡眠病是一种睡眠障碍,患者在日间过度嗜睡,会无预警地突然入睡。

在游记结尾，奥尔乔总结道："区区简短记述，或可供受探险精神召唤、愿仿效一行的同道借鉴，但愿如此表述不被视为冒昧傲慢。"人们当然不认为这是冒昧傲慢，奥尔乔的游记结合了英勇的探险和崇高的感受，很受欢迎，他的书随即大卖。他的记述不仅让勃朗峰在大众想象中更加迷人，也普及了一种观念：风景——亦即他在峰顶看到的"非凡的壮丽"——值得押上性命去追寻。一八二八年之后，去各处登顶的英国人骤增，奥尔乔的书迷住了所有英国人的想象。

读者中有一位伦敦青年，名叫艾伯特·史密斯。奥尔乔的描写点燃了他的想象，令他大受触动，于是他也亲自前往霞慕尼登山。史密斯在一八五一年成功登顶，一路上的艰难困苦比偶像奥尔乔少得多。后来他以此为蓝本创作了畅销剧目，一八五三年三月在伦敦上演。勃朗峰的消息也传到美国，很多人读过史密斯的登山记录，又看了山顶无双美景的剧场版演绎，亨利·比恩（Henry Bean）就是其中一位。一八七〇年九月五日，比恩与美国朋友兰德尔先生（Mr Randall）、苏格兰教士乔治·麦克科肯戴尔（George MacCorkendale）结伴，又雇了三名脚夫和五名向导，出发攀登勃朗峰。

开头一切顺利。天空澄澈，一行人攀登无碍，晚间在大穆勒小木屋过夜，第二天早晨沐浴着暖阳再度出发。下午两点半，霞慕尼的人们从望远镜里看到他们登上山顶，随即调头，开始下山。这时，一片雷雨云包围上来，速度快得吓人，然后就看不见他们了。

现在设想一下，如果我们可以在二十四小时之后出发，沿着比恩和兰德尔先生走过的路径上山，我们会穿过陡峭山麓上的茂密松林，踏过佩雷林斯冰川开裂的冰面。风暴团此时仍包围着山体，我们在这儿进入云层低处，紧张地快步穿过南针峰下回声荡漾的谷底，那儿不时有石块从两边滚下，好似枪炮齐射。最后我们会走入席卷勃朗峰顶的暴风雪，风狂雪骤，一旦进去，周围只剩下白茫茫一片。

就在这儿，在穹顶山口漠漠雪原上的某处，我们找到了比恩先生。他弓着身子蜷缩在雪洞里，那是他和一名脚夫用登山杖和冻僵的双手当铲子挖出来的。他坐在靠外一侧，面朝里，勉强握住一枚铅笔头，手指因为严重冻伤而发白发青，僵直难曲。人字呢衣服已经冻成一具硬壳，穿着它，任何行动都会变得困难。那名脚夫随他一起蹲坐在雪洞里，比恩靠着脚夫的背，在随身带进山的笔记本上，给妻子写下几句话。铅笔在纸上移动得很慢，很僵硬，粗糙的铅笔芯摩擦着粗糙的纸面，沙沙作响，在狂风怒号里却根本听不见。他接着先前的内容，继续写道：

> 九月六日，星期二。我登上了勃朗峰,和十个人一道——八名向导，麦克科肯戴尔先生和兰德尔先生。两点半到达顶峰，一下来就被雪云包围。我们在雪里挖出来的洞中过了一夜，只能勉强容身。我整晚都很不舒服。

> 九月七日，早晨。冷得要命。大雪不停地下。向导们没有歇息。

晚上。我亲爱的海茜,我们在勃朗峰上困了两天。周围是可怕的暴风雪,我们迷路了,此刻待在雪地里铲出来的一个洞里,海拔有一万五千英尺高。我对下山不抱任何希望了。

此时比恩先生的字迹变得更大,更为狂乱,也不再稳定:

或许人们会发现这个笔记本,把它交给你。没东西吃了,我的脚已经冻僵,我累极了,只有力气再写几个字。我留了点钱作为 C 的教育费,知道你会好好用的。我要死了,带着对上帝的信仰,和对你的眷恋。永别了。我们会再相逢……在天堂里。我一直惦念着你们。

***

这一连串事件既迷人又恐怖,因为它让我们清楚地看到,某种诱人又危险的高山观接力相传,直到最后以悲剧告终——就像罗伯特·路易斯·史蒂文森《金银岛》里的那份"黑点"。这些事件表明,对于"高度""景观""顶峰"之类暧昧不明的观念,我们的情感态度是如何流传散布的。那些见到或登上阿尔卑斯山的人写下游记,激发约翰·奥尔乔去攀登勃朗峰;奥尔乔的记录激发了艾伯特·史密斯去效仿这一壮举;史密斯用登山经历排演了他风靡皮卡迪利大街的剧目,又激发成千上万人亲自跑去观赏勃朗峰。这些人当中就有亨利·比恩，他被引得抛下妻子，投身极大的冒险。奥尔乔和史密斯幸存下来，而比恩、麦克科肯戴尔、兰德尔和那八名无名的助手却命丧其间。所有这些人都在两股交织的理念的引诱下去往山中：其一是抽象的观念——登上山顶本身就很有价值；其二是相信顶峰上的风景，即奥尔乔笔下"非凡的壮丽"，美得让人甘冒生命危险上去一观。

和其他葬身山中的人一样——波别达峰顶那些冻僵的俄罗斯菩萨、外祖父上学路过的石碑所纪念的那对父子，把比恩送向死亡的是一些早在他死前多年就已经启动的感受方式。因为我们看待风景、对它们做出反应时，已然深受先行者的推动、指点和提醒，没有一场山难能脱离历史单独存在。我们也许更愿意相信自己的登山行为完全属于个人，但每个人其实都继承了一个复杂且多半隐匿的感觉王国：我们透过无数无名前辈的目光来看待这个世界。伊弗林在高山上意外发现的乐趣，弗里德里希画中站在石崖上的经典旅行者形象，雪莱空灵的诗作，奥尔乔在勃朗峰上如痴如醉的感受——所有这些合力重塑了人们对高山的想象。二十一世纪初的今天，万千民众依然无力抵抗登山家兼作家乔·辛普森（Joe Simpson）所说的"高山上诱人的宁静"：这就是登山运动那反向的重力作用，一种牵引你向上的吸引力。

走下地图

所有最令人兴奋的海图和地图上,都有地方标注着"尚待勘察"。

——亚瑟·兰塞姆*,《燕子号与亚马逊号》,1930 年

我拿过的最带劲的地图是张复印件,画的应该是天山山脉最东边的地貌,接近吉尔吉斯斯坦与中国及哈萨克斯坦接壤的地方。说它带劲,是因为这张地图画得很是简略——打个叉表示一座山峰,画个圈代表一个湖,一条线就是一道山岭。山脉周围没有一圈圈等高线,也没有明暗变化来注明险要的悬崖。当然,英国地形测量局使用的那些予人安慰的缩略符号——代表人行

---

* 亚瑟·兰塞姆(Arthur Ransome,1884—1967),英国知名儿童文学作家。

桥的FB，代表邮局的PO，代表酒吧的PH之类，[*]更是绝不会在上面出现。

地图中央，大致勾勒出伊内里切克冰川在山里切割出来的Y形山谷。这条天山中央干道大名鼎鼎，最早由俄国探险家P. P. 谢苗诺夫（P. P. Semenov）在一八五六年和一八五七年穿越——依照十九世纪俄国人讲究事实的命名法，谢氏从此以"谢苗诺夫－天山斯基"的名号行世。他无惧伊塞克湖一带的吉尔吉斯游匪，一路向东，深入到桑塔什山口。此处历来是中国和中亚平原各任君主间的必争之地：相传当年帖木儿出征中国，就是在这个山口下令，让每位士兵在一个石堆上放一块石子。大战之后，他的残部原路撤回，再次穿越山口时，每人又从石堆上拿走一枚石块。帖木儿数着剩下的石头，就确切知道他有多少将士战死在中国。

正是谢苗诺夫的记录吸引后来的俄国探险家和地图测绘家来到此地，其中就有不怀好意却才华出众的尼古拉·普尔热瓦尔斯基（Nikolai Przhevalsky）。普尔热瓦尔斯基是波兰裔俄国人，有哥萨克血统，以自己的欧洲祖先为傲，尽管长期混迹于亚洲民族间，却对他们心存憎恶。他曾在自己的最后一本书中建议将蒙古人赶尽杀绝，由哥萨克人取代。后来斯大林在一定程度上践行了这个方针，有传言说斯大林正是他的儿子。不过普尔热瓦尔斯基充分克服了自己对非欧洲人的厌恶，率队进行四次横跨中亚的考

---

[*] FB 即 footbridge；PO 即 post office；PH 即 pub。

察，其中一次到了吉尔吉斯斯坦最东边。他最终也死在亚洲人中间，那是一八八八年，在伊塞克湖东边一隅的卡拉科尔，如今这座城市的俄语名称就是普尔热瓦尔斯基。城里有他一尊黑亮的塑像，俯视着身下尘土飞扬的广场。还有一座冷清的普氏博物馆，里面陈列着他远征用过的小物件——马裆裤、地图、武器。说来奇怪，还有一批动物标本。

普尔热瓦尔斯基之后，来的是出生于慕尼黑的探险家戈特弗里德·默茨巴赫（Gottfried Merzbacher）。他没有普氏那样的政治动机——普尔热瓦尔斯基在"大博弈"*中扮演重要角色，而默茨巴赫的远征是出于求知热忱。他读过谢苗诺夫对这个地区的记述，倾心于游记中天山山脉"巨大的中心点"：一座纯洁无瑕的粉色大理石高山，犹如巨大的金字塔，谢苗诺夫为它取名"汗腾格里峰"，意为"天堂之王"。其后到来的俄国地质学家证实了谢苗诺夫的猜测，然而他们和谢氏一样，都缺乏登山技术，无法深入艰险的山地，到达峰顶。

一九〇二到一九〇三年，默茨巴赫由两名蒂罗尔向导和一队哥萨克护卫相帮，试图从迷宫般的山脊和冰川中开辟出一条通往汗腾格里峰的路。大山可不会轻易交付自己的秘密，默茨巴赫遭遇雪崩，被大黄蜂群袭击，被坏天气阻挡，经历了随行人员的哗变，还差点在地震中被压死，这场地震又引发了一场冰崩。就他本人而言，最糟糕的莫过于在一次渡河时掉了牙刷。

---

* "大博弈"（the Great Game）指十九世纪大英帝国与沙皇俄国争夺中亚控制权的战略冲突。

但他没有被这些困苦打倒，于一九〇三年八月发现了伊内里切克冰川，随后在冰川尽头，几乎抵达中国边境的地方，找到了"天堂之王"。

伊内里切克冰川给了默茨巴赫一条进山的路。无数世纪以来，这座冰川将所经之地悉数荡平，用无穷耐心磨尽高逾两万英尺的山脉。若不是这座冰川，默茨巴赫根本不可能接近汗腾格里峰。然而即便有它的助力，登上冰川本身也需艰难跋涉多日。

我们去天山的时候，是由直升机快速运上伊内里切克冰川的。短短四十分钟航程，先是沿着冰川口咆哮涌出的灰色融水河，再飞越冰川主体的蓝色脏冰。虽说便捷，旅程却并不舒心。

直升机从天山深处某个山谷里的俄罗斯军事基地起飞。基地建于二十世纪六十年代，当时中苏关系紧张，这是个潜听哨，专门窃听中方通讯。现在想来，那次在吉尔吉斯斯坦，我所在的小队没什么经验，其实挺冒险的。我们怀揣登上未登峰的憧憬而来，坐飞机到哈萨克斯坦首都阿拉木图，再花几天换乘火车、巴士、出租车，乃至徒步，来到卡拉科尔。从那里我们登上一辆八轮卡车，在山脉西部的粗石矿路上颠簸了七个小时，才来到基地。抵达当晚，我们和两个相貌坚毅的高个子美国人聊天。这两位刚从冰川上搭直升机下来，告诉我们在这里乘直升机比登山危险得多，他们已经在冰川南岸的石堆里看到三架直升机残骸了。

搭机那天清晨六点，我掀开帐篷帘子，一眼看到机长谢尔盖（Sergei），他显然正在用透明胶带把尾桨粘回直升机上去。谢尔盖开心地朝我笑了笑，跷起大拇指。半小时之后，地勤人员似乎确信飞机并不适航，但对此颇满意，我们十五个人还是站上一台老式屠宰秤——过秤（这可真不是个好兆头），然后被领上飞机。和我们一同飞行的看来还有五十个西瓜、几十托板食物，外加一头死山羊。最后，地勤人员举起一个一百磅[*]的红色煤气罐放进机舱。旋翼叶片缓缓转起，轰鸣声越来越大，此时，这煤气罐就搁在我两腿当中。机械工头使劲关上舱门，在门口大喊一声："万一飞机掉下去，就像抱紧你老妈一样抱紧它！"这显然是他每次都会说的退场辞。

一路上我像摔跤手一般顽强，用两条大腿紧紧夹住这个煤气罐，觉得自己运气还不赖——出事的话我至少死得最快最干脆。飞临冰川凸起的前部时，一股寒冷的上升气流袭来，整个直升机剧烈抖动起来，我一瞬间以为我们要从天上栽下去了。不过飞机稳住了，继续前行，终于降落在汹涌起伏的冰面上。舱门一开，只听得到旋翼嘭嘭嘭的轰鸣，我们一个接一个跳下飞机，重重落到冰川上，下沉气流吹得冰晶四散乱转，鼓起越来越大的圈子。

这座冰川就是我那张简略地图上的 Y 形区域。伊—内—里—切—克，这几个字一连串标在图中这个区域里。冰川边上的山峰标着名字和高度，除了这些，细节便渐渐模糊，没有地名，也没有标高，只有一处处叉、线、圈。这些以外，就是彻底的空白——就是未知。

那天稍晚，一搭好帐篷，我就沿着一条隐约可辨的小径走去，

---

[*] 一磅约等于零点四五千克。

它向上通往中国方向的一片冰碛。走了半英里左右，路转到岩石山嘴后面，伸进一片圆形冰斗。我站着看了一会儿冰斗中的热闹景象：大块大块的冰塔从高处悬挂着的小冰川上崩解下来，身后还拖着新带下来的蓝色碎冰；一只红嘴山鸦张着亮橙色的喙，啾啾地召唤着某个我看不见的同伴；冰川在一块形似金字塔的页岩下移动时，这石头晃动了一下，又恢复平衡。我继续向前走，微弱的阳光反射在附近什么东西上，晃了眼睛。是固定在土棕色岩石露头上的一小块金属牌，边上还有一块，然后又是一块。我向那岩石走去，它是山中死难者的公墓。铭牌用螺栓固定在岩石上，一共十五片，刻着三十一个名字。死者大多是俄罗斯人，还有一个德国人、两个美国人、一个英国人。俄罗斯人铭牌下的岩石大都凿出小龛，只有一个牌子下没有；龛里放着些物件以作供奉，或寄托哀思，好似一个可怖的死亡用品店。有一个廉价的塑料娃娃，她漂染的金发和深红裙子衬着素色岩石，很是显眼。两支发黑的烛芯插在一摊红色蜡泪上。有一朵吹干发脆的雪绒花头。还有一尊陶瓷圣母像，永远淌着凝固的小小泪滴。

那位英国死难者也没有壁龛，只有一个锈迹斑斑的黯淡铭牌，上面写着："保罗·戴维·弗莱彻（Paul David Fletcher），一九八九年八月十六日死于天山。"下面用更粗的字体写着АНГЛИЧаНИН，意思是"英国人"。我一时奇怪，他为什么来到这里？想在这个地方找到什么？当然不是来寻找死亡。后来我总是想起这些铭牌，尤其是弗莱彻的那块，也许是出于记忆那不自觉的私心：因为所有那些死者中，弗莱彻和我最有共同点。但我还是不明白,十年前,是什么吸引他来到千里之外的天山?在他的想象中,这片难以接近的风光中究竟有什么等待着他呢?

我踱回营地,其他人向我介绍了向导德米特里(Dmitri)。此人身形像北极熊,留着圣诞老人的大胡子。他说自己是北极圈冰攀第一人,我不想质疑他,至少没有说出来。

***

几天后的一个晚上,我们聚在德米特里的小屋里,围坐在桌旁。小屋是油布和厚木板搭的,已经东倒西歪。外头风雪正紧,纵然狂风呼啸,还是盖不住大山的声响——不时传来如同火枪噼啪射击的岩崩声,雪崩爆破般的隆隆轰鸣则没这么频繁。桌子当中,一盏卤素灯为我们的聚会照明,边上的玻璃罐子里装着色泽黄白的黄蜂巢。对着灯看久了,看向暗处时,眼前会一直晃着灯罩薄纱的印子,它太亮了,仿佛一时烙在了视网膜上。再看看桌子周围,强光照亮了我们的面庞,后脑勺却隐入一片昏暗。

德米特里在桌上摆了两个锡碗,一个盛着三角形的甜瓜块,另一个里面是十多个淡黄蒜瓣。他拿起一个洋葱,剥了皮,露出白色内瓤,然后一手捏着洋葱的球茎,一手用刀竖着切了四下。他松开手,用刀在洋葱顶上拍了一下,就像魔术师用魔杖点一下高顶礼帽,八个楔形的白色洋葱瓣便像花朵张开花瓣般仰面倒在桌子上。最后德米特里摆上五个小小的平底厚玻璃杯,满上伏特加,酒很烈,像汽油一般黏糊糊。

我们又吃又喝。在洋葱和伏特加的作用下，我眼泪汪汪地问德米特里，在那张地图上，线条以外，也就是那些空白的地方，究竟有什么。

"什么也没有，只有没人上去过的山峰。"

"我们能去那儿吗？"

"当然可以。可以走路去。"他环视一圈，眼神略微有些轻蔑。"更好的是坐直升机上去，不过那需要美金。去年我们运了一队人上去，"他说着用手略指了一下南方，"他们一个星期里爬上了四座未登峰。你们要是高兴，我们可以去边上那个山谷，在山脊那头，还没人去过。"

第二天早上，我和德米特里站在冰川的冰碛上，宿醉未消，在阳光里只觉得脑袋嗡嗡响。我问他，那片没人去过的山谷在哪儿。他指着东南方一座托着上方蓝天的弓形雪脊。还没人去过山脊那边的地界。

一瞬间，我格外想去那里，想得要命。我坐在一块晒热了的冰川漂砾上，打开地图，看看地图上的山脊，再看看眼前的山脊。

纸上的空白再好不过地说明了一切。我们将是第一批踏上那片雪地、目睹那些群山的人；我们要去那里攀登，英勇卓绝，无往不胜。我们会登上四座高峰，逐一为它们命名；我们的名字将从此和那些高山、那处深谷紧紧相随，我们的记忆将与这片我们不远万里来观赏的风景不可分割。

当然，我们后来没有成行。一来太贵，二来以我们当时无甚经验的状态，去那儿无异于自杀。我们只是穿过冰川，去爬了一座七年前被一支捷克登山队攀登过的山峰。每走一步,我都在努力忘记他们上去过的事实,假装自己才是开路人、拓荒者、先锋队,我们才是第一拨站上顶峰、被那里的风景震慑到无言的人。然而我们不是。这在当时让我感到说不出的失落。

***

未知的事物对于想象具有巨大的煽动力,因为未知是一片极富可塑性的幻想空间,一个投影屏幕,无论是文明还是个人,都可以往上面投射自身的恐惧和渴望。未知就像厄科[*]的山洞,无论你朝里头喊什么,它都会原封不动地喊回来。地图上那些空白的地方——正如约瑟夫·康拉德形容的,"那些令少年痴痴梦想的地方"——可以填进你想赋予它们的一切希冀和畏惧,是包含无限可能性的所在。我热切向往山脊背后纯洁无瑕的山谷,其实是向往自己那乔装打扮了的梦想,这梦想自然由一种欲望驱动:去无人踏足之处,做无人完成之事;这是深深根植于西方世界想象中的欲望:渴望优先,渴望创造。

未知的概念并非从一开始就自带诱惑。千百年来,刺激人们去探险的主要是经济或政治因素,要不就是人心的自负,或出于对金钱、领土、荣耀的欲念。未知本身并不吸引人,聪明的探险者会在熟悉的地图上规划行程。依然是到了十八世纪后期,西方

---

[*] 厄科(Echo)是古希腊神话中居于山林水泽的仙女,因受天后赫拉惩罚,无法表达自己的本意,只能在别人说话后重复最后几个字。

的想象中才酝酿出对未知的渴望。十八世纪后半叶，欧洲兴起了一股对遥远的国度，对迥异的版图、趣味、经历的特殊向往，人们醉心于种种我们今天称为异域风情的体验，而英语"异域风情"这个词的字面意思就是"在外面"。简言之，就是渴望新发现。这番对发现的热切盼望反映出当时流行的各种懊丧情绪，主要是越来越多的人开始厌倦城市资产阶级那笃信宗教且一成不变的生活方式。已知和可预见的事物为人厌弃，人们渴望去"必有出人意料之事"的地方。未知渐渐被视为通往不同体验的门户，数十年后夏尔·波德莱尔准确道出这种心态：Au fond de l'Inconnu pour trouver du nouveau。我们将在未知中找到新事物。

十八世纪七十年代起，人们在头脑中对未知事物的强烈渴望突然转化为行动，其后跨越十八和十九世纪的六十年成为探险的黄金年代。冒险家和勘探者遍游天下，寻找财富和美景，行过冰层覆盖的北极海域，穿梭于太平洋诸岛之间，横跨非洲的沙漠。这些人最大的动力就是对新奇的渴望，终极目标则是深入未知世界，见人所未见。发现本身成为目的，这一精神正契合了那数十年间各领域的求新求变。散文家威廉·达夫（William Duff）一七六七年说，理想的启蒙主义者就应该投身探险，"去未经探索的领域，发现新事物"。一七六四年，登基不久的乔治三世发起了一场航海远征，他给探险者的命令很简单："在南半球有新发现。"成为新皇治下"有新发现"第一人的远大愿景，让年轻的苏格兰人詹姆斯·布鲁斯（James Bruce）倍感振奋，并踏上了探索阿比西尼亚[*]山峰河流的征程。

造访蛮荒之境的探险者俨然是那个时代魅力四射、声名远扬的电影明星。他们回来之后——如果回得来的话——便写下自己的探险经历，附上折页地图作为说明，上面用点和线标出他们对未知之地的突击。一八二二年，英国北极探险家约翰·富兰克林（John Franklin）在北极冻原上过了三年之后回到伦敦。传言说，他和饥饿的探险队员是靠吃皮靴和地衣活下来的，最后甚至自相残杀。富兰克林的探险游记异常热销，二手书的要价远超原来的售价。另一位探险家，海军上尉威廉·爱德华·帕里（William Edward Parry）对北极探险始终热情不减，他屡次前往极北之地，名气如日中天，走在街上都会被粉丝团团围住。[†]

十九世纪三十年代，即便所谓的探险黄金时代已经结束，各国的外交政策依然对未知之境念兹在兹，它成了一种兴奋剂。英国、法国、俄国、西班牙、比利时——十九世纪所有的扩张势力都不遗余力地用各自选定的颜色填补地图上的空白：法国用绿色，俄国用橙色，英国用粉色。（当然，此时美国正上演着另一种奋斗：向太平洋推进所谓文明的前线，朝着西海岸，以"昭昭天命"的名义挤走未知。）帝国主义国家连番发起远征，争相在地球上的

---

[*] 阿比西尼亚（Abyssinia）是埃塞俄比亚的旧称。

[†] 帕里第一次去格陵兰探险时，随身带着一面画有橄榄枝的旗子，希望因纽特人相信他的和平意图。他显然未曾想过，那些民族生活的地方冰天雪地，几乎没有植被，遑论树木，他们不可能知道橄榄枝的象征意义。原来这种混杂着愚蠢和文化自负的行为早已有之。而到了二十世纪末的千年之交，有些英国人到国外，还以为英语只要说得很慢，就天然是一种世界语，从新西伯利亚到廷巴克图，人们都能神奇地听懂。——作者原注

未知地域投放赌注，宣布其为自己所有，并且自认对那些蛮荒之地有开化之功。

每填补一处空白，新确定的空白又会取而代之。尼罗河源头、西北航道*、南北两极、西藏、珠穆朗玛峰——十九世纪的每一代人都为新的地理谜团伤透脑筋，被其迷住心窍。德国探险家朱利叶斯·冯·佩耶（Julius von Payer）道出了广大读者的想法："没有比探险者身处未知世界更激动人心的境地了，尤其当周遭的自然好似一堵无法穿越的高墙，而面前的大地还未曾有人踏足。"这也是其探险同道的心声。

英国似乎比其他任何帝国势力都更受这种渴望的撩拨，它要去了解地球的每一处，将其纳入坐标方格，裹入地图。一八三〇年，"为了地理科学的进步"，英国成立皇家地理学会，维多利亚时代肇始未久，填补世界地图上的空白就不仅成为文化共识，也提上了政策日程。一八五四年，《泰晤士报》的一篇社论称："如果有人说起一片英国人还未曾踏足的未知领地，那他一定是第一个到访该地的人。"一八四六年，时任英国海军部二等秘书的约翰·巴罗（John Barrow）宣称："目前整个地球上，我们只对北极地区一无所知，这处知识上的缺憾应该成为一种动力，鼓舞我们采取措施，抹去这一文明时代的无知的污点。"巴罗说得不对——相比北极，当时人们对南极和喜马拉雅地区知道得更少，但他激情洋溢的豪言壮语充分反映出十九世纪中叶英国想要解开世

---

* 西北航道（the North-West Passage）是大西洋和太平洋之间最短的航道，由大西洋经加拿大北极群岛至北美大陆。

界上所有奥秘的狂热。

十九世纪对探险和发现的普遍崇拜无疑也影响了当时人们对山峰的看法。对于经验不足,却又深受未知召唤的探险者,攀登大山不失为一种颇具吸引力的替代活动。特别吸引欧洲探险未遂者的一点是,那些山离家很近,你不必远行千里,也不必说服英国海军部的基金委员会提供资金。体验山地也不需要旷日持久的长途旅行(当时去南极要航行一年,去北极也得向北走上艰难的数个星期,途中要应对和大船一样高的海浪,以及和大船一样宽的冰山),而只消一段利落的垂直行程。只需短短一天,备上坚定的决心、一双结实的鞋子以及一背包食物和水,你就能从瑞士平缓的草地出发,登上一座阿尔卑斯山峰,体会北极的严酷气候。

在很多方面,大山带来的未知体验,也比其他看似更冒险的行为来得真切。詹姆斯·福布斯在一八四三年写道:

> 如今绅士们漫步在西伯利亚,就像女士们骑马去佛罗伦萨那样悠然自得。就连大西洋都不过是一条公路,供悠游者去往美洲大陆;前往印度的陆上线路更是像伦敦到巴斯那样常年畅通。驿站修到了沙漠里,雅典都有了公共马车。然而就在欧洲的心脏地带,却有一片未知的领域……尽管有帕里、富兰克林、福斯特、赛宾、罗斯以及达尔文*无畏地深入南北

---

* 分别指北极探险家爱德华·帕里、约翰·富兰克林,德国探险家及旅行作家乔治·福斯特(George Foster),英国探险家及地球物理学家爱德华·赛宾(Edward Sabine),英国探险家詹姆斯·罗斯(James Ross)及英国生物学家查尔斯·罗伯特·达尔文。

两极的酷寒，获得与地球、大气、气候和动物相关的各种现象的知识……我们是否就对世界了如指掌呢，哪怕是对自己身处的这一隅？事实无疑并非如此。

福布斯的话里有一种对广袤世界日益开化的厌倦之感（大西洋成了一条公路，西伯利亚变作人行道，意大利是练马场，连雅典都难逃交通堵塞），十九世纪越往后，这种感触越深。不过我们也能明显听出一种发现了阿尔卑斯山区未知地带的激动，这条山脉深藏于欧洲文明腹地，之前在高耸山势的遮掩下，没人看见它。

阿尔卑斯山区有数不清的未登峰，而它之外还有更雄伟的山脉尚未被绘成地图，也不曾有人勘探和攀登过，像安第斯、高加索、喜马拉雅……阿尔卑斯俱乐部的成员们在一八五九年出版过一部颇受欢迎的选集——《高峰、垭口与冰川》（*Peaks, Passes and Glaciers*），第一版中的一篇评论就提醒人们关注阿尔卑斯山区"无穷的探险之地"，"更别提英国人的双脚有朝一日定会攀上的无数其他山脉了"。这英国人的其他身体部位应该也会跟着去。

十九世纪五十年代到九十年代，受到广大未知地区的召唤，意大利、法国、德国、瑞士、美国以及英国的登山者蜂拥来到阿尔卑斯山区，抢占先机，登临山顶，为群峰命名；而意义最重大的，莫过于将它们绘入地图。

在欧洲早期绘制的地图上，山脉是以象征方式表现的，看上去像一些鼹鼠丘，或者小小的棕色岩石花朵。比如科顿世界地图（大约绘制于一〇二五至一〇五〇年）上就草草画着几个焦糖色的小圆丘，边上游荡着一头长着翅膀的有几分像狮子的驼背怪兽。知识未达之地，传奇便会兴起，早期地图上奇形怪状的生灵就是未知的化身，是为"蒙昧"作的小漫画。然而到了十五世纪，这些神秘的混合体怪兽——比如狮身蛇头兽——就多少从地图上绝迹了，知识的普及把它们赶了出去，尽管航海者、探险者和旅行者对它们的想象还会持续更久。

即便怪兽消失，地图上的山脉还是用象征手法来表现的，森林（用一丛非写实的小杉树表示）和海洋（用几排卷起到一半就定住的蓝色小波浪表示）也是。这些早期地图上的山脉，画得都像是从山谷里往上看到的样子——当时的人们还想象不出从上往下看的平面视图。十五世纪后期葡萄牙人画的一幅地图上，用一组微微起伏的棕色线条来表示山地，它们整整齐齐地排列成几何图形，好像是一队训练有素的鼹鼠在大陆上勤勤恳恳挖出来的。一四八九年波特兰海图上的阿尔卑斯山脉更是奇特：上下颠倒，涂成血红色，看上去像成串红红绿绿的葡萄。

整个十六和十七世纪，地图绘制技术变得更精细，也更规范化，人们开始注意区分不同的地貌特征。托马斯·伯内特在一六八一年批评说："地理学家不够用心，没在地图上描绘标记出众多山脉，也没能表现出它们的状态。"他建议所有"王公贵族"都应当拥有"自己国家和领地的图样"，这些图要正确地描绘"山峰怎样耸立""荒原和边界如何分布"。伯内特用一个稍显色情的理由来证明自己建议得有理："用这种方式来想象地球，把这些图样看作大自然的裸体画，十分有用，因为这样我们能最准确地判断出她真正的体态和比例。"

受文艺复兴风格影响，地图绘制者发明出表现三维立体效果的方法。他们改良了常见的鼹鼠丘，创作出锥形、平缓或崎岖的山地形象。他们还用阴影来显示山脉相对于周围地形的凸起，而晕滃线（即一些短短的阴影线）也开始被用来提示山坡和陡峭之地——坡度越陡，晕滃线就越密且颜色越深。腓特烈大帝吩咐他的普鲁士随军地形学者："凡是我去不了的地方，都标上墨点。"等高线则是十六世纪的发明，但直到勘测技术有了发展、能提供绘制等高线所需的细节之后，才得到充分运用。

地图的魅力及其带来的愉悦，就在于它的缄默、它的未完成性，在于它给想象留出了填补空白的余地。就像旅行家罗西塔·福布斯（Rosita Forbes）指出的，地图拥有"令人满怀期望的魔力，并且无须付出认识和领悟的辛苦与汗水"。在我家，早在下一次进山旅行之前，地图就买好了。新地图总是闹嚷嚷地不讲道理，打开时，老是不情不愿，企图弹回原来的折叠状态。沿着折痕反方向翻折时，它们啪嗒作响，硬挺的纸面翘进翘出。我们会把地图使劲按到地上，四角压上书本，然后跪下来，在图上规划可能的路线。父亲早就教过我怎样看等高线，于是整幅地图都好似神奇地立了起来。

地图让你穿上魔靴，一步能走七里格*，片刻之间就能跨过好多路程。用一支铅笔尖画出设想的行走或攀登路线，能高高升到

---

* "一步七里格靴"（seven-league boots）来自欧洲民间传说，穿上魔靴的人一步能走七里格（一里格约等于四点八公里）。

裂隙之上，跃过众多崖面，渡河也不费吹灰之力。地图上天气始终晴朗，能见度永远极佳。它让你能透视景观：看地图就像坐飞机飞越一个国度——在经过除味、增压的恒温机舱里勘察。

然而地图永远不可能替代真实的大地。地图之旅往往会引得我们贪多嚼不烂。常常，我们在家里计划好的路线，实地却是泥泞的沼泽、齐膝深的灌木丛，或者积着厚雪的一大片砾石。有时实地情形也告诫我们，地图的力量是有限的。有一张地图被大风从我手里扯走，在悬崖上空打转；另一张地图让雨水泡得面目全非，无法辨认。还有一次在乳白天空中，我站上山顶，用手指点着地图说"我在这里"，却还是不得不避进雪洞，等待风暴过去。

地图只考虑空间，不在乎时间。它们不理会地貌如何不断变化、不断修正。河道永远在搬运泥土和石头，重力从山坡上扯下岩石，让它们滚落到山脚。松鸡把石英碎屑吞进嗉囊，又排泄到其他地方。物质和石头不断被运输，其他变化也时时发生。一场急雨能让涓涓支流变成无法渡过的湍流。融水从冰川口溢出，把泥沙塑造成美丽的抽象图案，不停变幻。这些都是地图上不会标示的风光。

弗朗西斯·高尔顿（Francis Galton）以"优生学之父"闻名，但和很多维多利亚时代的人一样，他多才多艺，还有许多别的身份。他是探险家、登山家、神秘主义者、气象学家、犯罪学家、指纹鉴别提倡者，同时也是一位见解独到的地图绘制家。他最意义深远的变革是把天气系统符号与地图相结合，创造出如今电视上气象地图的原型。高尔顿认为地图不应仅仅表现某个地区的空间信息，他想让旅行者对前往的地方产生可感知的印象。他觉得地图应当从某种程度上还原某个地方的气息、味道，以及声音：

> 海边村子里海草、鱼和柏油的味道，苏格兰高地泥煤烟的味道，或者英国城镇那粗鄙恶臭的氛围……蚱蜢无休止的喧闹曲调、热带鸟类刺耳的鸣叫、各种嘈杂声，还有外国口音。

高尔顿的多媒体地图有欠考虑，因为那几乎就是对世界本身的复制，而地图是一种缩略，这才是它的定义、它的力量和局限所在。要好好了解一处风景地貌，你必须亲临其境。你要去看看树木在冬天怎样聚拢热量，融化矗立其上的积雪。你要去听听冰封的大地上，步枪爆裂声一般的乌鸦鸣叫。你要去感受一下黎明之前阿尔卑斯山区灰色天空的无垠和高远，而最近的城镇也在数千英尺之下灯影明灭。

世界上绝大多数山地都在十九世纪这个帝国主义世纪被绘成地图。地图绘制向来是帝国事业的先锋，因为绘制一个国家的地图，不仅要从地理上，还要从战略上认识它，这样才能从物流后勤方面掌控它。就英国而言，英国人清除地球上未知地域的直觉，正与帝国的政治野心契合。

十九世纪初期，一心扩张的英国和俄国在中亚摩擦不断，因此详细掌握泛喜马拉雅地区的地理知识变得至关重要。一八〇〇年，时任孟加拉土地测绘官的罗伯特·科尔布鲁克（Robert Colebrooke）下令，所有当地英国步兵军官都要选择一个地区，并前往那里，把它绘成地图。当时人们还以为世界上的最高峰是安第斯山脉，当这些业余测绘员发回报告，称喜马拉雅地区的山峰更为高耸——比如 W. S. 韦布（W. S. Webb）中尉从四座位于平原上的测量站观测道拉吉里峰后，算出它的高度是两万六千八百六十二英尺，专业的地图测绘家都报以嘲笑，指责他们胡乱报数（目前公认此峰高度大约为两万六千八百英尺）。

这些独行其是的地图绘制者常常要为获取信息付出代价。除了经过地形上的客观危险外，他们冒着被土匪袭击的危险，还可能被当作间谍，遭到严惩。阿富汗的埃米尔*尤其不乐意邻国军官到自己的国土上游荡。在有太多人员死于事故和暗杀后，英国决定训练印度本土的地图绘制员，让他们装扮成朝圣者，去英国军官无法安全到达的地方侦察和测绘（典型的英国行为）。这些被称为"学者"（pandit）的人——英语中"权威"（pundit）一词由此而来——自学成才，想出了数自己步子测量距离的办法：一英里合两千步，每走一百步就拨一粒念珠作为标记。他们把记录藏在转经筒里，拐杖里则藏着温度计，以便通过测量沸点计算海拔高度。早期"学者"中最著名的是一对姓辛格的堂兄弟奈恩（Nain Singh）和基尚（Kishen Singh）。基尚对这项工作尤为投入，他不仅数自己的步子，还能数出奔马的步子。有一次一群匪徒追来，他骑马逃离，却还能继续绘出在马背上途经的地区。

一八一七年，印度大三角测量（GTS）在灼热的南部平原上

---

* 埃米尔（Emir）是阿拉伯国家贵族或统帅的称号。

进行，军人测量员威廉·兰顿（William Lambdon）负责监督此次行动。这一测量工程旨在为整个印度殖民地创建一个所谓的"网格系统"，即一系列地图绘制使用的环环相扣的三角，据此可以估算出印度次大陆上任意两点间的相对距离和相对高度。测量的人马从科摩林角*出发，向北穿越整个国家，建立起一个个测绘三角，同时一路收集沿途的人口和地形信息。到了十九世纪三十年代初，测量工程的先遣队已经望得到喜马拉雅山脉。他们筑起二十码高的石塔，放好勘测用的经纬仪，远远对准喜马拉雅群峰白色的峰顶，甚至可以窥见禁止进入的尼泊尔和中国西藏地区。由于山地空气的清晰度不真切，且喜马拉雅山脉的重力也会让铅垂线横向偏移，测量队考虑种种可能的偏差，最终"确定"了这一地区最高的七十九座山峰。它们是解开喜马拉雅之谜的钥匙，一位监督员写道："山峰可作为后续测量的基础，据此确定河道和湖泊的位置；山脉的走势、外形和体量也可以根据山峰的分布推断出来。"负责总体监督的乔治·埃佛勒斯（George Everest）一直干到他于一八六六年去世；后来世界上最著名的地理标志就以这位测量员的名字命名，尽管并非出于他自己的意愿。[†]

伴随测绘而来的是命名。十九世纪，世界上的蛮荒之地陆续被盖上"邮资已付"的图章，打上纯度标记，数量比以往任何世

---

* 科摩林角是印度半岛的最南点。
[†] 藏民和尼泊尔人当时无法理解（现在依然如此），为什么珠穆朗玛峰（藏语中对埃佛勒斯峰的称呼，意思是世界的母亲神）或萨加玛塔峰（尼泊尔语中对埃佛勒斯峰的称呼，意思是海洋之额，或天空女神）这样雄伟的山要用人类的名字来命名。——作者原注

纪都多。南到南极地区，北至北极，以及世上各处山地——地图上每片空白之地一旦被人踏入了解，就刻上了发现者那小小的草书名字。当然很多大山早就有了名字，比如少女峰和艾格峰分别在十一和十二世纪就被命名，然而直到十九世纪，细部的命名才充分开展起来。各处沟谷、凫坳、山脊、冰川、线路都挂上了攀登者和勘探者的名字。如今打开一幅大比例尺的阿尔卑斯山地图，你依然能看到这些名字挤挤挨挨地争抢地盘，从某些地质特征辐散开去，像一条条小小的黑色轮辐。

这场痴迷的命名运动是一种纪念，也显然是一种殖民主义：维多利亚时代，人们渴望将联合王国的风物带回故乡，而命名是这种欲望受挫的表现。这种占有的天性在一八五一年英国世界博览会上达到极致，不过在山峰方面不像在其他方面（比如动植物）那么显著。维多利亚时代的人当然只能带回一些岩石样本，权当把殖民地的山脉象征性地运回了家。不过他们留下名字，以充分证明自己到过哪些地方。这是一种帝国主义的涂鸦。

然而，维多利亚时代探险者为所到之处命名的习惯，并不仅仅是帝国主义天性使然。这也是一种理解风景的更根本的方式，不然这些和本国山川大相径庭的地形地貌将完全不可捉摸。他们急切地为风景中的各个地方标上名字，试图在时空中确定一种存在、一个事件，其实就是为了让这些地方有故事可讲："此地，在这个我要唤作 x 的地方，我们吃过东西，或者病倒过，或者看到了惊人的美景，然后我们继续前行，来到被我命名为 y 的地方。"在探险者看来，名字赋予风景意义和结构，否则这风景可能翻来覆去一个模样，并毫无意义。名字塑造空间，让各个地点之间有了关联。名字还为他们跋涉其间的那个永远变动不居，由冰雪、风暴和巉岩构成的高山世界带来稳定感——那是语言、叙事、情节带来的稳定。命名是一种将空间置于更广阔含义中的方法：从根本上说，是一种让未知变成已知的方式，直到今天依然如此。

有一回，在埃及的沙漠里，我登上一座小山丘。它高不过几百英尺，由金黄色的岩石和沙子堆成。当时是正午，沙漠里照彻金属般的白光。临近山顶时，我瞥到身下裸露的砂岩矮墩上刻着字，便把一只手举到额头遮着眼睛，挡住太阳的强光，蹲下来细看。上面刻着"卡特中尉，1828"。刻字边上的砂岩呈深棕色，千万个日子里，被沙漠强光晒得发黑，那些字却色泽尚浅，很是明亮——它们才一百八十多岁，颜色还来不及变深。

我想象着，卡特中尉曾经就蹲在这里，用刺刀尖在石头上刻划，把自己铭刻进时间。他的行为很可以理解：一个人远离故土，想要以某种方式把自己写入这漠然到可怕的风景。离开卡特的涂画，继续向上，走十分钟就到了小山顶。我在那儿看了一阵四野的沙丘，接着用三四块松散的砂岩堆成一个临时堆石标，之后便掉头走下山去。

***

在很多方面，维多利亚时代的人们以未知为死敌，然而纵使他们不遗余力地铲除未知，也开始感到需要为想象的诗意保留一些无法抵达的地方。一种念头渐渐兴起：要保留未知，因为它有空阔回荡的力量，具备让一切约束都失效的特质。

乔治·艾略特[*]总是能捕捉到这个国家的种种情绪，这种念头甫一出现，她便有所察觉。《米德尔马契》里有一个情节，年轻的威尔·拉迪斯拉夫（Will Ladislaw）说："他宁愿不去探索尼罗河的源头，世界上应该保留一些未知的地域，以供诗意的想象驰骋。"十九世纪末，拉迪斯拉夫的伤感显得愈发合情合理。整个十九世纪，人们都试图扩张知识前沿，如今这扩张却因为陌生领域日益收窄而激起一种幽闭恐惧症。现实主义的时代倏然发现，自己对神秘充满向往。

这种幽闭恐惧症很大程度上是技术现代化的产物——电报线将世界各地纳入错综复杂的通讯网；铁轨和轮船航线在地球表面纵横交叉，交通越来越迅疾，班次越来越频繁——这一切都像变着特殊的戏法，将时空压缩，将遥远的地方更迅速地拉近。一九〇〇年，蓬勃发展的现代性抵达顶点，约瑟夫·康拉德笔下的吉姆爷不得不远遁婆罗洲，才能找到一方"远离电报线缆端口和邮轮航线"的土地。十九世纪末，英国和美国都有呼声，"坚定地"主张（如一位作家所言）"梦想之地要节省着用"，也就是要保护世上剩余的荒野之境不受工业现代化的入侵。登山者F. W. 鲍迪伦写道：

要保卫自然之美，所有英国人和大部分欧洲人都认识到，

---

[*] 乔治·艾略特（George Eliot，1819—1880），英国维多利亚时期重要的小说家。

正派的人会以此为生活的主要动力……希罗多德和奥德修斯尚能漫步于浪漫的未知世界，与他们的时代相比，如今我们的想象已经很难找到支撑；即便和伊丽莎白女王执政的宏阔时代相比，也困难得多。

第一次世界大战结束之际，地图上南北两极的空白已被填满，或者说至少两极已经被"染指"。曾经强烈吸引青年时代的约瑟夫·康拉德前往非洲的谜团已悉数解开。看来原始之境只剩下青藏高原——在它的南端有珠穆朗玛峰，所谓的"第三极"，未知世界最后的堡垒。当然，藏民和尼泊尔人对青藏高原一点也不陌生，他们世代崇拜这座神山，从未有过爬上去的念头。*然而正如探险史上屡屡发生的那样，当地人的存在丝毫不影响西方探险者认为自己才是第一个踏上这片土地的人。

一九二〇年，远征珠峰的计划一经公布就激起强烈抗议，因为眼见地球表面的空白就要被完全填满。《每日新闻》（*Daily News*）的一篇社论感叹道："对于首个站上世界之巅的人，这将是个令人骄傲的时刻，然而他也会痛苦地想到，自己夺走了子孙后代的机会。在我看来，我愿意相信地球上的某个角落应该得到

---

* 很能说明这点的是，居住在珠穆朗玛峰尼泊尔一侧附近昆布地区的夏尔巴人，如今是擅长攀登高山的代名词，但他们的语言中没有任何表示山"顶"的词语，只有关于"垭口"和"侧翼"的词。尼泊尔和中国西藏地区的文化都信奉泛神论宗教，相信自然景观中住着各路神明。二十世纪西方人带来的喜马拉雅登山活动兴起之前，登顶高耸的雪山在尼泊尔人和藏民看来，既是十足的狂悖，也是公然的渎神。——作者原注

保护,永远不受侵犯。人类永远不会失去好奇心,但他们总会试着这么做,因而这样一处保护完好的圣地会带来世界范围的影响。"《伦敦晚报》(*The Evening News*)的措辞则更为激烈:"如果裸露的珠峰,这最后的秘境也要被擅入者践踏,我们将失去世间仅存的奥秘。"

未知的消退也在今天这个时代激起如出一辙的担忧,折磨着我们。探险家威尔弗雷德·塞西杰(Wilfred Thesiger)在自传《我选择的生活》(*The Life of My Choice*)中写道:"拜内燃机所赐,如今地球表面已经被彻底摸清,不再有地方供冒险者去探求未知。"当然,消灭未知的不仅是个人的活动,还有信息的传播。二十世纪建立起来的全球信息网络——其中最重要的就是因特网——意味着几乎任何事物都能在某种媒介上被呈现出来。鼠标一点,我们就能按自己的意愿搜集到任何文字或视觉影像,似乎再无空间留给未知和创造力。于是我们和维多利亚时代的前辈们一样,着手重新确定未知的所在,把这一概念向上向外,移到太空里,那是众所周知的终极前沿;要不就向内向下,探入原子和基因的最深处,或者人类心灵的隐幽之地,也就是乔治·艾略特所谓的"我们内在未经勘探的国度"。

***

然而,从某方面来看,世上并不存在未知,因为无论我们去哪里,自己的世界都如影随形。想想业余登山家道格拉斯·弗雷什菲尔德（Douglas Freshfield），他一八六八年在当时还鲜为人知的高加索山脉探险，仅有的指引是一张俄国老地图，上面有些模糊的标记和蓝色的涂抹。在旅行日志中，弗雷什菲尔德一再以维多利亚时代英国人的眼光看待身处的异域风光，以此来安慰自己。一对未登峰"形状好似写字台的大斜面[*]"，一处冰川侵蚀而成的冰斗"有如板球场一样平坦"，"一整天的暴雨过后，天色阴沉，仿佛英国湖区的天气"，一道味道浓郁的高加索甜点尝起来"非常像德文郡奶油"。许多十九世纪探险游记皆是如此：丛林中的池塘覆盖着色彩斑斓的水藻，看上去"像桌球台面的绿呢子"；远处海面的柔波泛着微光，"像晴天里的蛇形湖[†]一样"闪闪发亮。

哪怕面对最难以抵达的地区，我们也并非白纸一张。正如美国作家苏珊·索尔尼特（Susan Solnit）所说："历史本身就是一种想象，即使到了最偏远的地方，人们头脑中也携带着它，并以此决定自己行为的意义。"于是即便是穿越最无人问津的风景，我们穿越的也是已知的版图。我们心里已有预期，而且还在一定程度上让所见所闻顺应自己的预期，就像弗雷什菲尔德那样。大量难以察觉的假定和成见影响着我们在一个地方的感知和行动。记忆就是我们携带的文化行李，它没有重量，却也无法舍弃。

因此，也许预期和想象才是未知最理想的栖身之所。旅行、攀登、探险和发现只有在未来时态才能得到最纯粹的体验——在踏上目的地之前，在做出比较之前。如果当年我去了那片无人踏

---

[*] 这里的写字台指带翻盖的传统英式写字台，山坡就像翻盖合上后的斜面。
[†] 蛇形湖（Serpentine Lake）是伦敦海德公园中的景观湖，又称"九曲湖"。

足的天山山谷,十有八九会发现它一如我去过的其他雪山谷地,这种相似会令人大失所望。

然而我们还是能够为陌生的地方讶异,被新奇的事物震撼。在一定的思维状态中,从房子的一间屋子走到另一间都能成为最高级别的探险。对孩子来说,家里的后院就可以是未知的国度,最优秀的儿童读物作家都明白这一点。理查德·杰弗里斯*有一部被忽略的杰作——《男孩贝维斯的故事》(*Bevis, the Story of a Boy*),讲的是马克和贝维斯这两个小男孩的历险。他们先是在家附近"发现"了一个湖泊,把它想象成一片未经探测的内陆海洋,周遭密林环绕。然后他们造了一条小船,出发去考察这片海洋的各处水域,途中发现并命名了"新美丽岛""新尼罗河""中部非洲""南极""神秘岛",还有许多其他地方。

杰弗里斯说,写这本书是致敬童年的美好,童年是一段"草叶、星辰、天上的太阳、地上的石头,万事万物皆奇妙"的时光。数十年后,亚瑟·兰塞姆在《燕子号与亚马逊号》里表达了同样的观点,赢得的赞誉却热烈得多。书中罗杰、提提、约翰和苏珊踏上探险航程,穿越温德米尔湖——他们只笼统地管它叫"湖"。湖的南北两端在这几个孩子眼中就是南极和北极的未知领地,东西两边则有无人探索过的"高冈"环绕,东北边还有"大山"。杰弗里斯和兰塞姆都意识到,想象的魔力能将一个湖泊变成整个世界,把完全熟知的事物变成彻底的未知之物,并深入探讨了这

---

* 理查德·杰弗里斯(Richard Jefferies, 1848—1887),英国自然作家,作品多描绘英国乡村生活。

一点。尽管罗杰、提提等人航行的温德米尔湖上游艇如织,还有许多船屋,但在孩子看来他们自己才是探险家,是发现这处湖泊的拓荒者,也是第一批横渡其上的人。

对想要成为探险家的人而言,雪地是一种理想的地面,它的特点就是刷新自我,把前人留下的痕迹完全抹去,这颇具吸引力。如果你步行穿过新雪覆盖的原野,就成为真正意义上首次踏出这条道路的人。在《猿猴与天使》(*Apes and Angels*)中的一篇精彩文章里,J. B. 普里斯特利[*]就抓住了雪带来的新颖性和探险特质:"初雪降临不仅是一件大事,还是一件有魔力的大事。头天晚上睡觉时还一切如旧,醒来却发现身处截然不同的另一个世界,如果这都不算魔法,还能到哪里去找魔法呢?"

有一年元旦,我在黎明醒来,出门向帕克公园走去,那里是剑桥中心的一片公共草地。四周空无一人,雪是凌晨下的,后来停了。太阳从屋顶背后冉冉升起,两道喷气飞机留下的粉白痕迹相互交叉,一道劈在另一道上面,像教师批阅的一个巨大叉号;除此之外,天空一碧如洗。我站了一小会儿,看着那两道痕迹从两端向当中渐渐消散,然后迈步穿过这片开阔地带。雪地表面已结出一层冰壳,但还不够坚实,承受不住人的重量,每走一步,都会嘎吱嘎吱地踩进它松软的馅芯里。到了另一边,回头望去,只见一行脚印横过雪野,宛如邮票白底上的齿孔。我可以想象自己是第一个走过这片土地的人,那天清晨,我的确就是。

---

[*] J. B. 普里斯特利(J. B. Priestley, 1894—1984),英国小说家、剧作家。

崭新的天空，崭新的大地

倘若一个人在睡梦中被人从阿尔卑斯山脚下的平原抬上某处最高的山顶，他醒来后环顾四周，会以为自己置身魔法王国，不然就是被带到了另一个世界；在他眼中，一切都和从前见过或能想象到的情形截然不同。

——托马斯·伯内特，1684年

那是一个冬日下午，我在加拿大落基山脉溯一条卵石夹岸的河流而上，走到一处高山谷地。山谷的开端有个湖泊，我站在湖岸线上，湖水已经结冰，湖边一丛丛红色芦苇被牢牢冻在原地。来时路上，电台天气预报说大暴雨即将来临，现在我能看到远远的东边，雷雨云砧正在集结，山谷里流溢着风暴来临前特有的天光。这是一种具有定形作用的光，它使场面凝固——让它静止，将它悬置。然而这种光又让最平凡的物件变得绝妙：湖边的每一块岩石，一片片杉林之间的雪坡，乃至被吹落到湖面冰上、两脚规似的松针，莫不如此。

暴雨将至，大风一阵紧似一阵，驱赶着前方汹涌的气流。我辛苦跋涉整整三个小时才爬到这里，为的是看野生动物，但这会儿连它们的影子都没有。雪地上的脚印表明，上次降雪之后，自然界的交通十分繁忙：兔子和野兔当然不会少，它们的黑色粪便像疏疏落落的句号，给白雪添上句读；也有鹿，一枚枚蹄印轮廓分明，好似点心模子；还有鸟儿，在雪地上留下成串楔形文字。

山谷对面，西边方向，山谷入口的山体斜斜伸入湖中，本来有许多中等规模的瀑布倾泻而下，不过那天大多冻成了僵硬发亮的冰帘。尽管有些较大的瀑布还在流淌，近岸的湖水却并无波澜。

不过这些瀑布还更有离奇之处，我端详了好一阵才明白原理，不禁笑了起来。那些没冻住的瀑布看上去都好像贴着崖面往上流，我一时感觉自己是倒立着看东西，或者整座崖面颠了个个儿。然而并不是，这是风的作用。强劲的风吹向岩石表面，强行将瀑布向上倒推。从花岗岩边缘溢出的水流更是被抛上半空。这不是奔流而下的瀑布，而成了向上的"升瀑"。

环视湖对岸的群山，可以看到有几十挂瀑布皆是如此，望去仿佛一排烟囱，对着天空喷吐银色烟雾。山雨欲来，我却留在那儿望着瀑布，直看了大约一个钟头。

十六世纪有一群富有开创精神的博物学者，被称为苏黎世学派，他们因为关注自然界多样性和细微之处而被后人铭记。苏黎世学派最重要的人物是康拉德·格斯纳，他对当时的种种迷信思想毫不留情。

格斯纳最著名的理性主义行动发生在俯瞰卢塞恩*的皮拉图斯山上。传说本丢·彼拉多[†]的鬼魂住在皮拉图斯湖里，卢塞恩城里的居民向来谈之色变。一五五五年八月二十一日，格斯纳偕一位朋友登上皮拉图斯山，朝灰色的湖水里扔石头，意欲招惹一番可能游荡其中的鬼怪。湖水并不见异动，彼拉多的鬼魂没有现形，卢塞恩也没有立时降下灾难。如今，格斯纳这场驱除百姓恐惧的象征性仪式，被认为是从西方的山峰想象中废除迷信的开端。

格斯纳挚爱山峰，这样的热爱在他生活的时代被视作疯狂。一五四一年，他在信中与朋友詹姆斯·福格尔（James Vogel）谈论登山，一开头话就说得颇重："那些迟钝无趣的人在哪儿都不会感到惊奇，他们无所事事长坐家中，不愿去看看世界的大剧院里正上演什么好戏。"之后他以同样毫不让步的语气继续写道：

> 因此，我断言，那些认为高山不值得好好研究的人就是与自然为敌。的确，世间最高耸的山巅不受我们尘世法则的约束，仿佛隶属另一个星球。在那个高高在上的世界里，威力无边的太阳变了样，空气和风也大不相同。那里终年积雪；

---

* 卢塞恩（Lucerne）是瑞士中部城市。

† 本丢·彼拉多（Pontius Pilate），罗马帝国犹太行省的执政官（26—36年在任），主持耶稣的审判，并下令把耶稣钉死在十字架上。

雪这种最柔软的物质，在我们指间轻易融化，到那里却对日头的威力、灼热的阳光毫不在意，它不再随着时光流逝而消失，而是化作最坚硬的寒冰和晶体，无计消融。

格斯纳是最早提出高山世界全然不同的思想家之一。在这片位于高处的国度里，自然法则反常运行，低处传统的时空观念被全数打乱。"在那上面"，大自然性情大变。自然界的元素*变了性状，相互转化，全然不顾原本的状态和消长之理，也让人和物质的关系愈加复杂。生克定规推倒重来——酷日对寒冰无可奈何，任由它桀骜坚挺地赖在跟前。"在那上面"，透明的风有了形态，一旦饱含冰晶雪花，它的波动和轮廓便现了形，煞是壮观。空气也更为澄澈稀薄，天空的湛蓝有着截然不同的色泽和质地：低处的天空像点缀着云朵的哔叽料子，相形之下，高处的天穹更像是上了釉彩的瓷器。还有，"在那上面"，瀑布也不服重力管束，向上倒流。

我望着山谷另一边，望着让景色显得扁平的光和一道道瀑布，想起了格斯纳的信。的确，世间最高耸的山巅不受我们尘世法则的约束，仿佛隶属另一个星球。他说得没错，山峰就是另一个世界。在大山里，我曾在闪电行将劈下之际，从头到脚感受到空中电荷带来的震颤刺痛；也曾于拂晓之前抢风登坡，靴子在雪地中擦出星星点点的磷火，闪着葡萄般的绿色。我看过晶莹剔透的雪

---

* 西方古代哲学认为一切物质都由土、风、水、火四大元素构成。

花从天而降,也见过屹立千年的石塔轰然崩塌。跨坐在窄如钢丝的一线山脊岩石上,我的两条腿分别位于不同的国土。我还曾掉进冰隙,沐浴在冰层绿松石般青蓝的光芒里。

陌生世界的故事在文学和宗教领域俯拾皆是——未经标识的海域、神秘的领地、想象中的沙漠、难以攀登的顶峰、无人的岛屿,还有消失的城市。我们天生有股好奇心,为上锁的房间、围墙后的花园、地平线彼端的土地、想象中世界另一头的国度所吸引,这一切都反映出我们心中了解"他处"、去往隐蔽之所的相同渴望。格斯纳称山峰为"另一个星球"时,便陷入或主动释放了一股威力巨大的想象之力。那些当真穿越了一六八四年被托马斯·伯内特称作"魔法王国"的山峰的早期旅行者,带回惊人的见闻:终年不化的积雪、令人目眩的地质构造、可怕的岩崩冰灾;在从未见过如此景象的人看来,这些情形难以置信,更无从想象。

我认为最精彩的"陌生世界"的故事出现在 C. S. 刘易斯(C. S. Lewis)的《纳尼亚传奇》中。四个极普通的英国孩子——彼得、苏珊、埃德蒙和露西,为了躲避纳粹德国对伦敦的空袭,被疏散到乡下一栋房子里。探索新居时,露西在一个大衣橱中(就是那种门上镶着穿衣镜的衣橱)推开几件毛皮外套,按到了衣橱的背板,一脚踏进一个终年凛冽的世界,那儿有打着伞的农牧神*,白女巫驾着雪橇穿过雪地。故事的力量就在于,这另一个世界和我们的现实生活相隔如此之近。"非同寻常"不过咫尺之遥,藏在

---

* 农牧神是一种半人半羊的生物,常见于古罗马神话故事中。

一排旧外套后面，隐没于"寻常"的一角，你只需要知道去哪儿寻找它，并保有寻找的好奇心。

到大山里去——进入某位十九世纪诗人所称的"怪诞的白色国度"，正像推开那溜毛皮外套，进入纳尼亚。高山世界里，诸事奇诡，出人意料，连时间都弯曲变异。眼前展现的是地质时段，面对它，心中的寻常时间便模糊了。对山下世界的兴趣和意识逐渐退去，取而代之的是迫切得多的不同层次的需求：保暖，食物，方向，掩蔽，生存。而一旦出了问题，时间便围绕那一刻、那件事震荡重设，一切都通向那一点，或是从那一点盘旋开去。你的存在暂时围绕着一个新的中心。

从山上回到地面——也就是从衣橱里出来——可能会有一种迷茫的感受。就像从纳尼亚回来的彼得、埃德蒙、苏珊和露西一样，你以为一切都会变样，心里有一部分巴望着第一个遇见的人一把拉住你，问你是否一切都好，大叹"你走了好久"。可是通常根本没人注意到你离开过，你也无法和未曾到过那里的人交流大多数异域体验。每每从山里回到日常生活，我便感到自己仿佛是漂泊海外多年后返乡的游子，还来不及适应回归，心中满是无法言说的体会。

然而高山世界并非一开始就被视作奇妙仙境。西方早期历史上，山峰显然是神怪住处。关于未经探测的两极，也流传着各种荒诞传说，不是把它们当作阿卡迪亚式的桃花源*（那里春风习习，

---

* 阿卡迪亚（Arcadia）是古希腊时代的一处山区，位于伯罗奔尼撒半岛中部，以当地居民田园牧歌式的生活著称。

白昼永驻，远离冰雪屏障），就是将其视为罪恶的渊薮（那里有歌革和玛各[*]率领的北境大军，威胁着纯朴的南方民族）；同样，仅因高海拔这一条就足以与平常世界分离的高山之境，也被认作神魔居所。人们普遍相信高山险坡上逡巡着庞大的岩羚羊、山精恶魔、毒龙女妖，乃至其他传说中的邪灵，山顶上则住着神明。约翰·曼德维尔描写过锡兰的金山，由一群大得像狗的蚂蚁开采。方济各派作家帕尔马的萨林贝内（Salimbene of Parma）也详述过阿拉贡的彼得[†]爬上一座山顶，遭遇 *tonitrua horribilia et terribilia valde*——霹雳和闪电，还惊起一头 *draco horribilis*——可怕的恶龙，它振翼飞去，皮翅膀一张开，遮天蔽日。

神话和传说围绕当地的每座山展开，人们依据这些传说解读山里的奇观——山峦的形状，山中的风暴、冰川乃至光线。比如，一五八〇年至一六三〇年间，欧洲猎巫狂潮达到顶峰，人们认为高山是女巫的退避所，暴风雨和暴风雪便是她们恣意狂欢的气象副产品。十七世纪早期，瑞士科学家雅各布·肖尔策（Jacob Scheuchzer）写了一本著名的手册，罗列了他所知的在阿尔卑斯山区出没的各种恶龙。如果有人见过鸟儿在阳光下掠过岩石、投下比自身大得多的影子，那他一定不会觉得肖尔策的恶龙百科全书是异想天开。

十八世纪里的好几十年，山峰迷信始终在欧洲徘徊。温德姆

---

[*] 歌革和玛各（Gog and Magog）是《圣经》中臣服于撒旦、带领人们反抗基督的领袖。
[†] 阿拉贡的彼得（Peter of Aragon, 1239—1285），指阿拉贡的彼得三世，阿拉贡（在西班牙东北部）和西西里的国王。

和波科克一七四一年到达霞慕尼时，村民还警告他们不要去攀登勃朗峰。温德姆在日记中轻蔑地记道，他们讲了"许多女巫之类的荒唐故事，说她们在冰川上胡闹，随着乐器的伴奏起舞"。从温德姆讥诮的语气中可以听出，有修养的启蒙主义者对这类迷信越来越不以为然。正是理性主义在欧洲的扩张将想象中的恶龙赶出了大山。

也有人坚信高山上住着神明。在犹太教与基督教传统中，先知和预言家通常要上山求得神谕，比如摩西从毗斯迦山顶上眺望应许之地，并登上西奈山领受十诫。圣人和隐士早就在高山上找到了冥想的乐土，远胜喧嚣的平地。我最欣赏的山中隐士是十八世纪的迪森蒂斯*僧侣普拉西杜斯·阿·斯佩沙（Placidus a Spescha），他的修道院位于瑞士境内的阿尔卑斯山区，每隔一段时间，他便登上附近的一座山顶，在那里裹着大兜帽和修道服入睡，在离上帝更近的地方过上一夜。

斯佩沙在近代有许多同道中人，他们和他一样因信奉单纯的启蒙主义几何原理而登上山顶：根据这种原理，"向上"就意味着朝向天堂。莫里斯·威尔逊（Maurice Wilson）就是其中一位。他生于约克郡，是一名推销员，三十岁时变得疯疯癫癫。威尔逊年纪轻轻便执迷于一种信念，认为可以通过斋戒祈祷登上山顶，从而更接近上帝。二十世纪三十年代早期，他认定珠穆朗玛峰是自己的终极目标，便于一九三四年不顾英国、尼泊尔和印度

---

* 迪森蒂斯是瑞士的一个城镇，位于莱茵河上游。

当局的强烈反对，驾驶名为"埃佛勒斯"[*]的双翼飞机，从伦敦飞越五千英里来到布尔尼亚[†]，开始违规攀登当时尚未有人登顶的珠峰。他虽受印度警方监视，却设法扮成朝圣者——裹一袭品蓝色羊毛斗篷，佩着十二英尺长的红色丝绸饰带，衣裾飘飘，整套行头上还点缀着锦缎和金纽扣，在四月一个寒冷的清晨溜出大吉岭，徒步（间或骑骡子）穿越狂风肆虐的青藏高原，向大山进发。

鉴于威尔逊消瘦羸弱，又缺乏登山经验，他所登上的高度实属可观。到了海拔两万一千英尺（约等于六千四百米），在绒布冰川高处的凹地里，他雇的夏尔巴人离开了——尽管未必情愿，这么做却是明智的。威尔逊继续攀登，随即卷入毁灭的利齿——天气变得极坏，无法逾越的障碍也接踵而至（比如冰川边沿的裂口和张着血盆大口的冰隙），他最终死于冻馁。一年后，一支英国侦察队循着相同路径上山，发现他的遗体躺在一小片页岩滩上。他们将他葬在一个冰隙里，然后坐在一块悬伸的岩石下读他的日记。那是一本绿色皮面小册子，纸张粗糙。威尔逊的字迹起先稳当扎实，越到最后越细长潦草，话也开始语无伦次。然而最后一条，五月三十一日的记录，却写得清清楚楚："又结束了，辉煌的一天。"

***

人们对高山世界的想象从神魔转向丰沛的自然现象，即格斯

---

[*] 这架飞机英文名为 Ever Wrest，与珠穆朗玛峰的别称 Everest 谐音。
[†] 布尔尼亚是印度比哈尔邦东北部城市。

纳觉得甚为赏心悦目的那些奇观,还要拜自然神学所赐,那是十七世纪九十年代到十八世纪三十年代之间席卷欧洲的学说,影响深远。

自然神学的基本前提是,上帝通过这个世界的方方面面向人类现身,用托马斯·布朗[*]的话说,这是一份"人人得见的公开手卷",从中可知上帝的伟大。因此,细查自然,明辨她的样式和特性,正是敬奉上帝的一种方式。山峰是上帝巨著中最精妙的篇章,是格斯纳所谓"世界的大剧院"里最优越的座位。自然神学泰斗之一普吕什神父(Abbé Pluche)称:"上帝教空气透明,就是为了让我们见证自然的壮阔。"

于是,造访高山世界,思索它的奇迹,不仅是事实上的登高,更是精神上的超拔。众人都觉得高山环境必然引起恐惧震惊,然而若观察得足够专注,并且心怀上帝,足够坚定,是可以克服这些恐惧的。自然神学运动促使欧洲知识阶层更为具体地体验物质世界,这对消除山峰的丑陋印象至关重要。看待山野景色的新视角应运而生,它将宏观的体验和对微观现象、对种种细小因素的深究,融合到一起。

正是自然神学以及科学对天地万物新兴的钻研劲头,让"高山世界"这一概念在十八世纪末的创作中广为流行。读一下那个时代的风景描写,总能看到作者使用同样的意象。霍勒斯-贝内迪克特·德·索绪尔称山峰为"一种人间天堂";一七七七年九

---

[*] 托马斯·布朗(Thomas Browne,1605—1682),英国作家、医师。

月发现了比埃冰川的法国探险家让·德·卢克（Jean de Luc）也描述说，感觉自己飘到了"高处纯洁的妙境"中。马克·布里*在《萨伏依公国冰川行纪》（*Journey to the Glaciers of the Duchy of Savoy*）中写道，在山中的"另一个世界"里，旅行者发现自己的心灵"纵情沉醉于对如许奇观的思慕之中"。这些高山世界的记述中，最著名的当属让·雅克·卢梭的《新爱洛伊丝》，如今被广泛认作非宗教性山峰崇拜的创始之篇。卢梭这样描写阿尔卑斯山：

> 我们已将地面上的所有情感抛诸身后，靠近这超凡的国度，灵魂也仿佛浸染了天界永恒的纯洁。尽情想象这和谐浑融的画面吧：千百处惊人奇观，何等多样、宏伟、壮美；遍览前所未见之物——陌生的鸟儿、不知名的奇花异草，观赏堪称"另一片自然"的妙景，置身于崭新的世界……一个位于地球高耸之境、与世隔绝的世界，这是何等的快乐。简而言之，这些高山景象具有超自然的美，让感官与思想同醉，令人欣然忘我，也忘却世上的一切。

这是一则宣言——用卢梭那动人奔放的散文体写就，宣告山峰这"超凡的国度"是个充满奇景的迷人新世界。

高山世界的热潮漫延开去，吸引更多人进山攀登，伤亡也接

---

* 马克·布里（Marc Bourrit, 1739—1819），瑞士旅行家、作家，其家族因宗教原因从法国到日内瓦避难，他也因此有机会投身阿尔卑斯山的探险。

踵而至。一八〇〇年，一名年轻的法国人坠入比埃冰川的冰隙，残缺的遗体被发现时（"这不幸的青年，"一位目击者写道，"遭遇了极突然而剧烈的挤压。"），营救者在他的口袋中翻找线索，试图辨认身份。他们找到七十八里弗尔*钱币、一个笔记本、一册翻得烂熟的索绪尔《阿尔卑斯山之旅》第三卷，还找到一封尚未写完的给他父亲的信，夹在笔记簿里，意在好好收存。信是这样开头的："听我说，亲爱的父亲，我作了一番游历，要知道这是我能期望经历的最有趣、最美丽的旅程……"读来真令人心酸。这位青年之死是给十九世纪的一个严厉警告：山峰及其周围环境固然美妙，却也可能带来致命的惩罚。

***

整个十九世纪，英国有约翰·罗斯金，北美则有一代智者拉尔夫·沃尔多·爱默生、亨利·戴维·梭罗和约翰·缪尔，他们都写下热烈赞颂山峰的鸿篇，特别关注高山的精微细节——"有如移动的大理石路面"的冰川，或者每片雪花独一无二的奇妙构造。罗斯金描写自己目睹浓黑的暴雨云"惊涛拍崖"一般崩散，并对如此奇观总结道："平原居民断难想象，也无法理解，便是外星景象也不过如此。"一八五九年，《高峰、垭口与冰川》第一卷在伦敦首发时，字里行间总是激动地提到"高山上的冰雪世界"。

---

* 里弗尔（livre）是法国旧时流通的货币名称。

自十九世纪中叶起，新生的照相技术又提升了山峰的地位。一位远赴喜马拉雅山区的摄影师谦逊地谈起自己的照片："照相术着实值得赞扬，它教会心灵领略如此盛景的壮美与力量，也让心灵愈加感受到它们美好而引人深思的影响。"

十九世纪出现了一个山野鉴赏家团体，专事精准观察自然，而后再精心组织起想象的游戏。他们提出标定不同山峰魅力的种种方法，并为之争论不休：这座山里有一道峻岭，弧度正像埃及三桅船上篷帆的轮廓；那座山里，冬天寒冰会结成精巧的格子图案。对山峰之美的欣赏不再是笼统的敬畏，而是对山中奇观更为具体的感应。十九世纪开始，山行游记常常饱含细节，写下这些文字的旅行者刚刚擦亮了他们欣赏山峰之美的眼睛。特别突出的是对山石巉岩的热衷。当时的游记会一再关注独特的地质现象：石拱、山洞、钟乳石、顶峰，或者活灵活现的石头——像狮子，像主教，像摩尔人的头，像大炮，像骆驼……探险者从摩洛哥阿特拉斯山脉、月亮山*、南非里克岭、中国梅岭归来，带回的记述中不仅写到群山的美轮美奂——"崎岖的悬崖""数不清的岩石""至为高峻的哨壁"，也记下山石细微处的光彩：一道道几英寸宽的云母裂口，一块块嵌着烟晶晶体或者覆盖着翠绿苔藓的砾石。

与之相辅相成的，是对山中灵幻之美的迷恋，人们开始追寻那些难以捉摸的现象——风、暴雪、骤雨、雪尘柱、绚烂的幻日、

---

* 月亮山在古代用来指称一座位于东非的传奇神山，后人推测是乌干达的鲁文佐里山（Rwenzori Mountains）。

布罗肯幻象、日华、雾虹,*它们几乎不可触及,也常常难得一见。这种迷恋部分缘于"崇高说",部分因为当时洛可可风格大行其道,十八世纪后期的艺术和建筑都深受浸染。洛可可美学欣赏缥缈无形、短暂易逝、纤巧脆弱等特质,这在山中比比皆是:光和云带来的朦胧之感,冰层一闪即逝的青绿色泽,雾霭,云霓,白雪,乃至雪粉雪尘,以及高山上所有其他幻境,不胜枚举。画家们毅然面对挑战,勉力描摹日落、云层、雾气乃至山中其他烟云缭绕的感觉;作家们则不吝笔墨,抒写流岚如何升起于顶峰四周,仿佛伊丽莎白时代人们衣服上洁白的轮状皱领,或者攀上山巅,成为一顶顶粉白的假发。歌德有一年冬天前往法国的萨瓦山,写下对寒雾产生和变化的细致分析,并苦苦思索海拔如何影响天空湛蓝的程度。几年后,雪莱在阿尔卑斯山腰坡地上倚着太阳晒暖的砾石,任由想象驰骋,让飘过的云朵化作动物和《圣经》中的场景。高山世界有一种激动人心的变化莫测之感,与它那坚实的岩石基底相映成趣。

成千上万的人在远离严寒的家中读到这些博物史上的奇迹,不由想去探寻高山世界的壮阔。一位登山新手在一八五九年的文章中道出很多人的心声,他说自己被传闻中美丽而荒凉的阿尔卑斯山吸引而来。"我总是听闻人们对绝美雄伟的风景大加赞赏,"他说,"这长久以来激发着我的好奇心,让我强烈地想去探索这

---

* 雪尘柱(snow-devil)是小型旋风扬起雪粉形成的旋转雪柱。幻日(parahelia)指天空中的卷云整齐折射阳光时,在真实太阳两侧出现的两个太阳的虚像;日华(coronae)是阳光发生规律衍射,在太阳周围产生的内部蓝绿色、外部红棕色的光环;雾虹(fog-bow)是雾气中,太阳光经由水分子反射和折射后形成的白虹。

片人迹罕至的野地……这片无路可循的冰雪荒原。"向上攀登渐渐意味着追寻崭新的存在方式，时至今日依然如此。在山里，体验是无法预知的，更为直接，也更为真切。高山是震慑身心之境，城市和平原永远不会有这样的效果——在山里，你是不同的自己。

***

一直以来，山峰美景里最广受赞誉的，是山中的光。早期旅行者曾惊奇地写道，阳光下的雪坡散发出千亿束微小的"闪烁火焰"，或者，太阳照上冰封的岩石，"反射出一千个太阳，而不是一个"。很多人都惊艳于高山辉的绚丽。高山辉是日出或日落时分，阳光映射到雪地上形成的，天空看上去像被高功率的粉色或红色强光灯从下面照亮，群山沉浸在一片淡紫、深红乃至胭脂虫红*之中。很长一段时间人们并不知道高山辉产生的缘由，在阿尔卑斯山区东部，人们传说那是阳光照到埋藏在寒冰之下的熠熠宝藏后反射出来的光芒。有些人见过最鲜红强烈的高山辉，以为是地平线下燃起了大火：那儿有一处巨大的地狱。

没有哪里比山中更能让人知晓光线的幻化成性，更能领教它摇身一变面目全非的本事。高山光线变化之迅疾，即便沙漠里的光也无法匹敌。山里的光线可以耀眼又多变，比如一场阳光下的暴风雪，炫目闪烁，仿佛无数刀刃颤动；或者一阵声势浩大的雷暴，

---

* 胭脂虫红是从生长在仙人掌上的雌性胭脂虫体内提取的天然色素，色调可从粉红深至紫红。

好比一场铺张的声光秀。晴朗的天气里,冰雪地面闪着镁光灯般的强光,那白光格外强烈,盯着看久了,视网膜都有灼伤的危险。到了黄昏,光线又带上亚光的雾状质地,仿佛由无数可见的巨大光子构成。

山中的光也仿若建筑:某些云层构造能搭建出发光的尖顶和支柱,而太阳从参差的岩脊下面和后方照来,会形成扇形穹顶的效果。有时光线如梦如幻,当你攀登到云层之上,光从下方冰面反射上来,目力所及仿佛都是明艳的白色王国。弥达斯光*则是一种浓重的黄光,从山上倾泻而下,把照耀到的一切都点化成金。还有白日将尽时的光,让景色浑然一片,有了相同的质地;这种光柔和而明澈,饱含安宁、完满和神明无所不在的意蕴。

一九二一年,乔治·马洛里向珠穆朗玛峰长途跋涉途中,就遇到过这种光。白天,他觉得青藏高原是一片丑陋的乡野,到处是粗砾遍布的平地和突兀嶙峋的山坡。在马洛里看来,这片风景的角度和质地都不合规,让人眼睛难受。然而,"在暮光中,"他在给妻子露丝的信中写道,"这片土地——雪山和周围的一切——也有了美丽的一面:严酷缓解了,阴影使山坡变得柔和,线条和褶皱渐渐融汇,直到最后一丝余晖消失。于是人不由地赞颂这彻底的荒芜,感到这里有一种纯粹的形式之美,一种极致的和谐。"

月光和阳光一样,也能给山峰添加最特别的质感。歌德第一次到霞慕尼,是在夜晚乘马车抵达的,望见月光映照着勃朗峰的

---

* 弥达斯(Midas)是古希腊神话中弗里吉亚的国王,有点物成金的本领。

银色山顶，他一时间错将它认作另一个星球。他惊诧地写道："一个雄伟壮阔的发光体，属于更高的天宇，真难想象它的根其实扎在泥土里。"晴朗的夜里，月光能来一场实实在在的电镀，把群山都染成银色。记得一年初夏，在阿尔卑斯山高处扎营时，我为了次日的攀登而满心紧张，无法入睡，于是凌晨时分悄悄溜到外面。周遭静默的山体统统被月光染成银白，望去有种奇特的临时之感——仿佛它们是大商队搭起的帐篷，凑巧支在这里，第二天准备上路时就会全数捆扎停当，卷起收走。

山中的光壮丽辉煌，却也会和山里其他因素合起伙来骗人，变出光的戏法，产生幻象。冰川或雪地中，一片纯白加上景色的单一会扭曲正常的空间感，让人难以判断距离。苏格兰科学家、登山家詹姆斯·福布斯在十九世纪三四十年代漫步在阿尔卑斯山雪原上时，觉得自己完全无法注视任何东西："冰封的原野绵延数英里，给人一种漫无边际的辽阔感，只有远景中几乎没有影子的雪坡是界线。"这种感觉让他非常震撼。在比埃冰川上，阳光和高高的雪堆一起令人产生幻觉，感觉周遭浑然一片，使得让·德·卢克相信自己"就悬浮在半空中，身处其中一片云朵之上"。

有些旅人产生的幻觉更怪诞而具体——二十世纪三十年代，一位攀登珠峰的英国登山者声称看到好些巨大的茶壶在山顶上方的天空跳动；另一些幻觉则更诡异恐怖。一八六五年，爱德华·怀伯尔小心翼翼地从马特洪峰上下来，数小时前，他的三位同伴刚刚坠崖身亡。此时他看到雾茫茫的空中飘浮着三个十字架，其中一个比另外两个更高些——这里赫然成了一处云山雾罩的各各他*，标志着三位朋友的罹难。人们如今认为，这或许是怀伯尔在夸张——人人都知道他对真实的定义没有那么严格；要不然就是布罗肯幻象一种复杂独特的表现。布罗肯幻象最早由布给[†]于一七三七年在秘鲁观察到并描述出来，是一种在晴天发生的光学效应。观察者位于太阳和云雾之间，影子投射在云雾上，阳光经过空中的水汽折射，在影子周围产生一圈彩色光环。我只见过一次布罗肯幻象，在斯凯岛上。当时我正沿着一道优美狭长的南北向山脊往上走。朝日东升，我突然发现自己的影子就投射在下方潮湿的雾气上，带着彩色光环，看上去像个殷勤的精灵，它乘着雾气魔毯飞驰，始终和我保持着同样的距离。

早期的旅行者发现，在山里，还有另一种材料可供自然雕塑，那就是雪。翻阅十八和十九世纪登山者的日志和书信，就是在目睹一种新的冰雪审美的兴起——一种对冬日细节之美的全新的热忱。一眼望去，大雪仿佛简化了风景，抚平了它的错综复杂。岩石变作球体，树木化为尖塔，山顶则成了锥体。景色获得简单的几何美，也获得统一感。

严寒也有自有其精妙和繁复。"谁能想到，雪可以有这么多融化方式？"十九世纪二十年代，一位惊诧的旅行者问道。雪是山里的伪装大师，它可以是鸭绒般硕大绵软的雪花，从空中温和地飘摇而下，也可以是机关枪子弹似的冰雹，自云端扫射而来。

---

* 各各他（Golgotha），耶稣被钉死在十字架上的地方，位于古耶路撒冷城外。
[†] 皮埃尔·布给（Pierre Bouguer，1698—1758），法国数学家、地球物理学家、光度学奠基人。

它可以是一排排整齐狭长的积雪,也可以是奇形怪状的波涛。雪粉是雪山最有魅力的特征之一。在大风天攀登背风的山坡时,抬头就能看见大片雪粉从山脊顶喷撒下来,或者在较硬的积雪表面起伏波动,好似一层柔韧的皮肤。一旦结成冰,它又会像闪亮的紫胶一样裹住物体,或者在岩石表面伸展开来,凝成窗花格一般的冰柱。有一回,我在喜马拉雅山区一处海拔一万五千英尺的冰川上攀登,眼睛一直盯着我步伐沉重的脚,偶一抬头,只见辽阔的冰坡在周遭绵延开去,光滑,坚硬,明亮,一如白瓷。

雪也并不总是白的。陈雪看上去厚实细腻,像灰黄色的黄油;冻了一夜的新雪则闪着凛冽的蓝光。冰块像闪光球一样反射光线,朝各个方向射出一格格多彩的光芒。有时还会发生奇特的赤潮事件,把雪地染成西瓜红、薄荷绿或柠檬黄。喜马拉雅的某些地区,北风从旁遮普邦卷走大量芥末色沙土,倾倒在雪地上,把那里变得沙尘遍地,一片赤黄。

严寒造就的最纤巧精美的现象之一是雾凇冰挂。当含有液态水滴的过冷空气(摄氏零度以下的空气)刮到适合水滴凝结的物体表面,比如岩石上,或者飞机机翼上时(这种情况就很危险了),便会形成雾凇冰挂。雾凇冰挂常常会形成羽毛般的精致构造,奇特之处在于它会迎风生长,每一层新的冰挂形成,都会成为下一层冰挂赖以结晶的表面。因此根据岩石上雾凇冰挂的排列,能推断出当地的盛行风,这是大地保留气象档案的实例。有一年冬天,我在凯恩戈姆山上经过一对从峰顶凸出的花岗石突岩。数日严寒,深色的突岩被覆盖在一层厚厚的雾凇冰挂之下,已经看不出来。

我伸出戴着手套的手，碰了一下这羽毛般的冰晶，结果大吃一惊：冰挂立时碎成齑粉，宛如大火之后一碰即倒的物体灰烬。

许多进山的旅行者惊叹于寒冰形态结构之多样，并会记录下来。比如一七七四年，马克·布里在萨瓦冰川上偶遇一片"冰屋"，大为惊异，来看看他的记载：

> 只见前面立着一方巨型冰块，有圣彼得大教堂正面的二十倍之大，结构俨然，只消变换场景，我们把它想象成什么，它就真像什么。它可以是雄伟的宫殿，外面包裹着一层最纯粹的水晶。也可以是威严的神庙，装饰着一道柱廊，立柱形状各异，色彩不一。它看上去还像个堡垒，左右有高塔和棱堡拱卫，底部是个岩洞，上边则收束成拱顶般的醒目构造。这仙子住处、魔幻宅邸，或者说幻想的洞窟……如此堂皇雄奇，如此高妙别致，如此宏伟壮丽超乎想象，让我立时相信，人类从来不曾建起这般结构宏大、装饰多样的建筑，以后也决然造不出来。

布里这些变化不居的比喻——一会儿是神庙，一会儿是堡垒，一会儿是仙子的住处——正是拜寒冰自身光滑不定的特性所赐，它拒绝确定的描写。语言遇上冰雪，向来只能打滑，无法牢牢抓住。然而布里和许多后来者一样，从这变幻无常的视觉感受中发现了魅力，因为这意味着冰的美因人而异、度身定制。冰雪世界在视觉上顺人心意，每个旅行者都能看到自己想看到的东西，正如他写的：" 只消变换场景，我们把它想象成什么，它就真像什么。"在太阳和人类感知的塑造下，冰几乎可以变成任何想象得到的形状：宝塔、大象、堡垒。这个过程也可以反过来——其他东西也可以像冰。一八二〇年的一个安息日，华兹华斯在霞慕尼的山谷中看到一队白袍修士，队伍弯弯曲曲，正慢慢穿过树梢尖耸的深色松林。在他看来，他们好似一队冰川上的白色冰柱，缓缓走下山谷，朝着教堂行进。让艺术家视冰为难题的，正是它映出的调皮光芒，无法预知又变化不定。维多利亚时代的艺术家西尔维纳斯·汤姆森（Silvanus Thomson）声称自己 " 从未像在描绘坚冰时那般快乐"，却终其一生为无法准确表现出它的微妙光辉而失望。冰虽呈固体，却是一种比水更具光泽的物质，也更为变幻莫测。唯有摄影，这字面本义就是 " 以光书写" 的手段[*]，才能近乎再现寒冰那伺机而变的光华，那无数闪烁的光亮。

布里为之震惊的冰屋建筑，其缩小版更加常见。炎热的午后，你跪下来，脸贴近冰川表面或冰冻的湖面，就能进入一个崭新的建筑世界，那里有微缩的殿宇、市政厅和大教堂。阳光的热力在冰面上分布不均，于是创造出这些微雕建筑，而这精巧纤美的做工也注定徒劳：它们会在一夜之间被抹去，然后，新的日出又创造出另一片绮丽的变体。我曾有一次在雪地上跪了一刻钟，细细审视这样一丛小小的冰建筑，然后一抬头，看到眼前的山脉。相形之下，它们在冬日天空下大得惊人，让我直愣了好几秒。

---

[*] Photography（摄影）一词由 photo- 和 -graphy 两个来自希腊语的词素构成，前者意为 "光"，后者意为 "书写"。

旅行者发现，高山上的寒冷除了能产生美丽的视觉效果，还另有一种非凡的性能——它能扣留时间。严寒有扼杀之力，却也有保存之功，会延缓有机物的解体。我见过伏倒在冰面上的蝴蝶，翅膀上每一片小拼花还色彩俨然，好像刚被喷了乙醚。一八三三年，达尔文领着一队驮货的骡子，穿过波蒂略雪原上迷宫一般的冰川柱。他在那里抬头看见"其中一根冰柱上露出一匹冻僵的马，就像插在一个基座上，但后腿翘在空中"。这匹马曾滑落冰隙，之后在冰川奇诡的作用下抬升到冰面之上，遗骸毫发无损，栩栩如生，冰川的防腐工作做得非常专业。在冰冷的柱子上，它看起来一定就像匹倾斜的旋转木马。

人类的遗体也被严寒保存下来，有关山峰的文献中有很多发现遗体的记载，他们面目如生，很是瘆人。通常，海里的尸首被发现时已被泡肿和啃蚀，而在热带丛林，探险者能指望找到的，最多不过是一堆白骨上搭着顶发霉的遮阳帽。冰川和极地却与它们不同，时间往往因为寒冷而停滞。高海拔的人体冷冻现象让查尔斯·狄更斯感到惊骇，却也深受吸引。《小杜丽》中有一个场景，一群旅人穿越大圣伯纳德山口*，在前往客栈的路上遭遇一场旋风暴雪。他们最终抵达客栈，安置取暖、感谢上苍之时，并不知道：

　　六七步路之外，一个残破的房子里，静静聚着山上死难

---

* 大圣伯纳德山口是阿尔卑斯山中的重要山口，位于瑞士和意大利边境。

的旅人，一样的乌云围绕着他们，一样的雪花吹进来，扑打在他们身上。那个多年前因风暴迟了行程的母亲，还站在角落里，怀中抱着她的婴儿。那个或是害怕，或是饥饿，抬起胳膊掩住嘴的冻僵的男人，胳膊还年复一年贴着他干枯的嘴唇。这骇人的一群人，神秘地聚到一处！那位母亲，怎么也想不到会有这样的结局！

狄更斯笔下的"残破的房子"，以及其中阴森的尸骸，让我想起《纳尼亚传奇》中冬天女王白女巫的花园，白女巫把忤逆她的人全部冻僵，摆在园中做装饰，这些人都还保持着做到一半的各种动作。

人们还发现，山里的苍穹和空气都极美妙，与别处不同。在高山上，晴天里天空不再是低地上平坦天花板的样子，而是一片浓郁的钴蓝海洋，如此深湛，令人心旷神怡，一些旅行者甚至觉得自己一头扎了进去。看着它，你会如一位旅人所说，被"难以言传的浩瀚之感"淹没——说这话的人和许多人一样，找不到合适的言辞来形容。一七八二年，德国人莱昂纳德·迈斯特（Leonard Meister）登上阿尔卑斯山中的一处山口，崭新的空间感让他激动不已。"我仿佛受到神灵启示，抬起脸，面朝太阳，目光沉醉于无尽的空阔。我感到一阵神圣的震撼，在深深的敬仰中跪拜。"

山里的夜空也非同寻常。远离城市的烟雾和灯光污染，可见的星辰成倍增加，宇宙望去更深邃、更清明。一八二七年，约翰·默里露宿在阿尔卑斯山六千英尺高处,欣赏到"一片镶嵌着无数星辰的夜空,星光闪耀,如此鲜明。在海平面以及浓烟弥漫的英国看到的天空,根本无法与之相提并论"。这真是——欣喜若狂的默里写道——"一片崭新的天空,崭新的大地"。

珠穆朗玛峰

> 攀登到上面，到没有山峦再能投下阴影的地方
>
> 烈焰般的渴望将我
>
> 引向世间最伟岸高耸的巅峰
>
> ——彼特拉克，约 1345 年

如果试着想象珠穆朗玛峰的样子，我脑海中浮现出的不是一个单独的形象，而是三幅图景，互成对照。

一幅是大山本身，黑色岩石构成的地质实体。我第一次望见它，是在四十英里开外一座山峰的坡面上。珠峰顶上飘扬升起的，是它的"招式"，或者说它的哈达——一缕被高速气流扬起的白色冰晶，这种气流一年里有八个月都在此地山间扫荡。

另一幅是如今的珠穆朗玛峰南坳——空氧气罐像闪亮的炮

弹般摞在一处；倾颓的帐篷支杆白骨般堆在一起；还有已成碎片的色泽艳丽的帐篷布，在风中摆动，好似经幡。这地方仿佛战场。

第三幅则是乔治·马洛里，一九二四年六月，他在接近峰顶的山坡上遇难。说到珠峰，就不能不记起魂归珠峰的马洛里。他在我心目中的形象来自一张照片，一九二二年摄于西藏，在他前往珠峰途中。拍照时，马洛里脱光衣服正准备渡河，浑身上下只剩一顶深色呢帽和一个帆布背包。他侧身对着相机，左腿朝前抬起，这样大腿便遮住了私处。他的皮肤白得发亮，身材惊人地健硕匀称，臀部和肚皮都浑圆有致。帽檐遮着脸，挡住了西藏纯净白亮的阳光，马洛里正视镜头，露出调皮得意的笑容，像在海滨度假一般，热情洋溢，兴致勃勃。这张照片拍摄之后两年，地质学家兼登山家诺埃尔·奥德尔将眼看着两个黑点——一个是马洛里，另一个是安德鲁·欧文——在通往珠峰的最后一段山坡上缓缓跋涉，直到云雾缭绕而上，永远遮住了他们。

***

所有崇山峻岭中，珠穆朗玛峰在人们心里最为伟岸，没有哪座高山拥有如此巨大的魅力，引发如此缤纷的遐想。也没有人像乔治·马洛里那样对珠峰如此心驰神往，这份神往迅速滋长为执迷，再于三年后以悲剧形式达到顶峰。一九二一年、一九二二年和一九二四年，马洛里三度尝试登顶，第三次没能回来。他感受到了这座大山的挟制。一九二一年他写信对妻子露丝说:"我无法向你说清,它是怎样支配着我。"而在给昔日登山搭档和指导杰弗里·温思罗普·扬(Geoffrey Winthrop Young)的信中,他写道:"杰弗里,要到何处我才会止步呢?"

马洛里是条好汉,他发自内心地想去登山,这毋庸置疑,然而他的攀登也深受三百年来人们对山峰不断演变的态度的影响。我曾坐在档案馆里,展读他寄给露丝的家书,也读过他和亲友的通信,还看过他的日志。所有文字都充溢着马洛里对高度,对景观,对冰雪、冰川、远方、未知、顶峰乃至冒险和恐惧的热爱。在他身上,这本书之前章节试图探究的种种山峰体验,都深刻而致命地重合了。

从某种意义上说,几乎所有我们在本书中遇到的人物——一七四一年举杯痛饮,庆祝初次登上萨瓦冰川的温德姆和波科克;一七七三年在巴肯大步走过布勒崖的约翰逊博士;一八一八年绘就《云海上的旅行者》的卡斯帕·大卫·弗里德里希;一八五三年对着狂热的观众鼓吹自己勇登勃朗峰事迹的艾伯特·史密斯;还有其他细微调整过山峰在人们心中面目的千百人——都和马洛里的死有干系。人们面对高山景色产生诸多情感和态度,马洛里继承的是它们的综合体,这个综合体远在他降世之前许久就萌动酝酿,并且在很大程度上预设了他对这片景色的反应——对它的危险、美丽以及意义的反应。

在温切斯特公学求学期间,马洛里开始了解山峰,并产生了一腔浪漫主义的深情。大学时代及之后的交际更增添了热爱,让他愈发拜倒在高山魅力之下，难以抗拒。他游走在布鲁姆斯伯里文化圈边缘，与一些圈中人是朋友，包括鲁珀特·布鲁克和邓肯·格兰特[*]，这里的文化氛围推崇理想主义、冒险精神和特立独行。马洛里和鲁珀特·布鲁克都热爱大山。布鲁克给马洛里寄过一张明信片，婉拒了去威尔士北部登山的邀请，并表示甚是遗憾。明信片上印着罗丹的雕塑作品《思想者》，布鲁克写道："我的灵魂渴慕高山，我衷心热爱它们，可是面色苍白的神明不允许我去。"马洛里的山神和布鲁克苍白的神祇相比，不那么面无血色，更有雷神托尔的样子，但无论传奇还是神话，都不会影响他的认知。

最终，事实将惨烈地证明，马洛里对山峰的渴慕超出了对妻子和儿女的眷恋。若是在三个世纪之前，他会由于痴迷珠峰被关进疯人院，而一九二四年，他在山中罹难的消息却让举国陷入哀恸，他自己也从此成为神话。

***

世间最高耸的山脉一度是海底。一亿八千万年前，地球上的大陆轮廓与今日大相径庭。首先，请想象一片如今已不复存在的大洋——古地中海——将今天印度所在的三角形陆地和亚洲大陆隔开。其下板块带着这片印度古陆，向北朝着亚洲高速移动（每年行进六英寸左右），动力是地幔中岩浆沸腾涌出时产生的对流。

---

[*] 鲁珀特·布鲁克（Rupert Brooke, 1887—1915），英国诗人；邓肯·格兰特（Duncan Grant, 1885—1978），英国画家和设计师。

再往前两千万年，也正是这种地质作用将印度从泛古陆这一片超大陆上齐齐斩下。

印度板块的前沿遇上固定不动的青藏高原板块，形成一片潜没区域。此时印度陆块和欧亚大陆之间还隔着古地中海，海底堆积起厚厚的沉积物：沙子、珊瑚残体和无数海洋生物遗骸，有许多便储存在潜没地带的深沟大壑中。

千百万年间，印度陆块北缘朝着青藏高原板块南端挺进。两者合拢时，大片沉积物挤到一处，在热力和压力的共同作用下岩化。形成的岩石有些向下挤进板块之间，被推到地幔中，熔化成岩浆；而体量以万亿吨计的大部分岩石，则被抬升向上。

如此便形成了喜马拉雅山脉。印度陆块猛烈撞入青藏高原板块，海底陆块之间的沉积物质抬升而上，形成了喜马拉雅山脉四道曲折起伏的山脊，最高处就是珠穆朗玛峰。这些山脉刚诞生时，形状要流畅圆润得多，不似今日看到的这般错综复杂：如今的繁复缘自后来地震、季风和冰川的侵蚀之力。

所以说，今日世间的制高点孕育自地球最深的腹地之一。珠峰顶峰之下分布着一些黄色岩石带，里面有亿万年前生活在古地中海里的生物遗骸，如今已成化石。诸多勇士有志于攀登的巨岩，自身也垂直向上攀升了数万米，从古地中海沟壑里的幽晦深处来到喜马拉雅天穹的阳光之中。

***

从地质学角度来说，造就喜马拉雅山脉的是印度陆块和青藏高原板块的碰撞；而让它在西方想象中成形的，则是十九世纪北进的大英帝国和东扩的俄罗斯帝国之间的冲突。

在此之前，西方世界对泛喜马拉雅地区的高原地带几乎一无所知。直到十七世纪，大多数欧洲人根本不知道它的存在。希罗多德描写过印度，却不曾提到北方的高山。托勒密将喜马拉雅山和喀喇昆仑山压缩成同一道山脉，又将中亚高原整个略去。十六世纪中叶的地图绘制家们终于将国家边界安置停当，但是除了欧洲，其他大洲的内陆仍是神秘一片。

然而到了十九世纪初，俄国扩张的威胁露出端倪，这使得英国必须掌握整个泛喜马拉雅地区的信息。十九世纪四五十年代，印度大三角测量确定了该地区最高的七十九座山峰，其中有一座H峰，不久更名为第十五峰。它是一位名叫约翰·尼科尔森（John Nicholson）的测量员在一百七十六英里开外的比哈尔邦平原上，自瞭望站观测时看到的。大三角测量收集的数据送交当地测量总部，进行计算和复核。他们花了七年时间核实第十五峰的测算，考虑了种种变量的影响：温度、压强、光线折射，以及喜马拉雅山脉自身的引力*。最终在一八五六年，总测量师安德鲁·沃（Andrew Waugh）确定了第十五峰的海拔，自信地宣布此峰高

---

* 珠峰可不仅仅对人们的想象施加巨大的吸引力。喜马拉雅山脉和青藏高原的庞大体量足以产生强劲引力，将周围所有液体都朝自己吸去。因此在喜马拉雅山脚下，一汪水面的形状往往并不规则。——作者原注

达两万九千零二英尺[*]，"比迄今为止在印度测量的任何山峰都高，并极有可能是世界最高峰"。于是这座当地人千百年来本就熟知的大山，被西方世界"发现"了。

发现了，却无法接近，因为第十五峰矗立在尼泊尔和中国西藏边境，两地当年都禁止进入。大三角测量时使用的高倍望远镜可以看到它，但由于政治和地理的双重原因，实际上是走不到跟前去的。英国长期以来都尊重尼泊尔王国的主权，于是测量者和探险家都无从进入喜马拉雅山南麓。西藏更是十九世纪晚期仅次于两极的巨大未知。小说家H. 赖德·哈格德（H. Rider Haggard）无限向往地将它描述为"没有被踩踏过的土地"，可谓道出了许多人的心声。极少有西方人深入西藏，因此它很大程度上仍是一块"白板"，未曾受现实和报道的玷污——好比一张白纸，紧紧蒙着地球上最巍峨的高原，任由西方想象在上面挥洒自己的东方幻想。

这类幻想中最主要的便是将西藏想象成一个圣洁的所在。对众多西方人来说，这片土地好似一个冰雪伊甸园，乃是亚洲中心的高贵圣地。藏民在那里安然度日，不受惊扰，浑然融入周遭奇境的岁月更迭，而美景和稀薄的空气也将他们陶冶得品行高洁。在那里，罗斯金所谓"十九世纪的阴云"——工业、无神论和理性主义的三重瘴疠——尚未聚拢。一名一九〇三年进藏的英国旅行者把当地某座大山比作"一座大教堂"；差不多同一时期，一

---

[*] 约为八千八百四十米，十分接近最新测定的珠峰精确高度八千八百四十四点四三米。

位法国探险家历经跋涉终于登上青藏高原，自述有如向上"穿越层云，从地狱来到天堂，把深深加剧人类悲惨的科技世界留在脚下，抛诸脑后"。西藏之于十九世纪，正如瑞士之于十八世纪：它是高原上的阿卡迪亚，与欧洲和英美污浊的都市景观恰成对照。

夹在中国西藏和尼泊尔王国禁地之间的，正是珠穆朗玛峰，即爱德华·怀伯尔一八九四年所称的"第三极"。自珠峰测定，到一九二一年远征勘察队来到山脚下，七十年间并无西方人踏足珠峰方圆四十英里以内的区域。珠峰包围在一圈信息真空里，闯入这片真空的只有希望、恐惧和遐思。珠峰的难以进入无疑拔高了它在人们想象中的诱惑力。一八九九年，时任印度总督的寇松勋爵（Lord Curzon）在位于西姆拉[*]的阴凉官邸中，从窗口眺望白色城墙般的喜马拉雅山，被珠峰迷住了。"我日日长坐房中，"他写道，"望着这道皑皑雉堞在天宇下拔地而起，望着这道将印度和世界隔绝开来的巨形栅栏。我觉得如果有人意欲登上峰顶，那也应该是英国人。"

***

寇松写下这些文字之后五年，荣赫鹏率领一支英国军队从印度进入西藏，自此打破了藏地神话。开战理由是所谓的"侵犯领

---

[*] 西姆拉位于印度北部喜马拉雅山区，是著名避暑城市。

地"——有人报告说藏民越过边界,到尼泊尔掳掠牦牛,而事实是寇松担心俄国势力渗透西藏,想巩固英国的影响力。荣赫鹏早就想行动了,便用当时时兴的论调建议"僧侣阶层的权力应该就此打破,以免他们再自私阻挠西藏和邻近英国属地的繁荣发展"。

藏民并没有任由荣赫鹏和他的军队长驱直入。江孜村附近发生了战斗中的首场僵持,两千个藏民手持火绳枪、剑和长矛,对阵一小队扛着火炮和马克沁重机枪的英国兵。据幸存的藏民回忆,英国人开火,持续了"六杯热茶接连冷却的时间"。枪声平息之时,英军伤了十二个,藏民却有六百二十八人牺牲。荣赫鹏抵达拉萨之时,又有两千藏民丧生,而英军只损失了四十人。

拉萨惨烈沦陷,意味着又一处未知之境被攻破了。约翰·巴肯*在《最后的秘密》(*The Last Secrets*)中评论入侵圣城的行径时写道:"最不感情用事的人都多少会遗憾,对人类想象力意义如此重大的幕布终于还是拉开了……拉萨掀开面纱,昔日传奇的最后一座堡垒就此陷落。"

昔日传奇或许当真陷落了,但西藏展现出新的甚至更为强烈的魅力,那就是珠峰的魅力。而看到这股魅力的偏偏是一位登山家、探险家、神秘主义者、浪漫主义者兼爱国者,可能再没人比他更能和"攻克这座绝顶"的想法一拍即合了。在英军营地的带刺铁丝网和沙包中间,荣赫鹏看到珠峰"作为一尘不染的世界之

---

* 约翰·巴肯(John Buchan,1875—1940),英国著名冒险小说家、政治家。

巅，高高耸峙在天空中"，他着了魔。此番远观在荣赫鹏的想象里扎了根，日后将肆意滋长，从想象变作野心。

这番野心也的确有时间生长，因为一九〇四年入侵西藏间接促成了一九〇七年的《英俄条约》，双方同意禁止对西藏做更深入的探察。由于尼泊尔仍然不可进入，珠峰实际上也无法抵达。不过到了一九一三年，一位名叫约翰·诺埃尔（John Noel）的英国青年军官扮成"印度的伊斯兰教徒"，非法进藏游历了一番，一直走到离珠峰四十英里的地方。在他的记述中，珠峰是"一座遍布冰雪沟壑的闪闪发光的岩石尖塔"。*

诺埃尔的描述引得很多英国人动了心，尤其是皇家地理学会的成员。他们制订计划打算去登山，却被第一次世界大战打断。不过几乎战火一停，项目就立即启动，一九二一年一月十日，皇家地理学会在新主席——正是荣赫鹏——的带领下，公布了派遣考察队去珠峰的计划。荣赫鹏在《珠峰：挑战》（*Everest: the Challenge*）中回忆说，自己当时决定"要让珠峰探险成为三年主席任期的主要亮点"。他确定了自己的圣杯所在，如今只差一位游侠骑士，来率领这场远征。

"加拉哈德骑士"†，这正是杰弗里·温思罗普·扬过去对马洛里的称呼。一九二一年二月九日，荣赫鹏请马洛里外出吃午饭，

---

* 诺埃尔的描述恰恰证明珠峰不仅能扭曲重力，也能扭曲人的感觉——珠峰并无一处呈尖塔状。它高大魁梧，是一座壮硕的雄峰，而不是精美典雅的哥特式立柱。——作者原注

† 加拉哈德（Galahad）是亚瑟王传说中的圆桌骑士之一，也是最终寻得圣杯的三人之一。

问他是否愿意参加第一次珠峰探险考察，四月就出发。在铺着雪白桌布的餐桌上马洛里迅速答应了，神色如常，尽管他当时本就和妻子及三个孩子聚少离多，并且要供职养家。荣赫鹏后来回忆说他"不动声色"。

可能也有某些功名上的考虑，如果时年三十五岁的马洛里成功登上珠峰，并平安返回，这番丰功伟绩一定能保他一辈子衣食无忧。但他也完全可以选择其他不那么危险的事业。他是查特豪斯公学的教师，工作稳定；他有写作上的追求，平日里写新闻稿，也写小说；他还对国际政治颇感兴趣，思想左倾。最重要的是，他想和妻子露丝以及三个稚子——克莱尔六岁，贝里奇四岁，约翰才六个月大——生活在一起。马洛里与露丝一九一四年结婚，在第一次世界大战后期分开十六个月，当时他在西线作战，是个炮兵军官。离别对双方都是煎熬，待到停战，两人都觉得婚姻生活终于得以好好开始。快要从法国撤回英国时，马洛里在给露丝的信中欣喜若狂地写到"我们即将共同度过的幸福生活"，提醒彼此一定要意识到"上天如此厚待，我们一定要好好过"。

事实并非如此。马洛里身上有某种根深蒂固的力量、某种支配的倾向，意味着一旦有人给他机会去攀登珠峰，他肯定会去。两次从山里安全回家之后，他又两次决定再度返回。展读马洛里三次珠峰探险时的信件和日志，其实是在窥探一段如火如荼的恋情——一桩与高山之间的风流韵事。这是一场甚为自私的风流，马洛里本可以、也理应斩断情丝，却反而让它毁了露丝和孩子们的生活，自己也殒命其中。我们几乎看不到珠峰探险期间露丝写给马洛里的信。尽管她经常给丈夫写信，却只有一封留存下来，因而无法确知她对丈夫的行为做何感想。这段三角恋情中，基本听不到她的声音。我们知道的是马洛里爱上了珠峰，珠峰最终让他以死为证。而我们难以理解、本书也试图略作解释的是，家中发妻情深如此，他何以偏偏迷上一堆巉岩和坚冰。

在公开发表的第一次探险（即一九二一年的考察）报告中，马洛里在结尾处写道："这座群山绝顶有其严酷的一面，极为可怕致命，明智者在尝试攀登之初便应当战栗三思。"而今读来，这好似他给自己的一则警告，可他并不曾听取。

***

一九二一年四月八日——马洛里独自在蒂尔伯里*登上撒丁岛号轮船。探险队的其他成员已先行出发，他要到大吉岭与他们会合。轮船很小，同船乘客无聊得让人丧气，船舱逼仄不堪，又吵得像个铸造车间。船往南开，一到气温足够暖和的海域，马洛里就几乎整个上午都坐在船头靠近链条拴住船锚的地方。身处挡风帆布后面，他只看得到船头瞭望高台上值勤员的黑色身影，除此之外便再不见人影。这正合马洛里的心意，他可受不了撒丁岛号上的那帮人。他也喜欢这儿风吹在脸上的感觉，喜欢看宽阔的海面和经过的陆地。

---

* 蒂尔伯里是英国埃塞克斯郡港口城市。

船走的是常规航线,向南直奔圣维森特角*,之后从那里往东穿过直布罗陀海峡,进入更温暖的地中海海域。即便在海上,马洛里也一心想着高山。一天清晨,他醒来看到直布罗陀巨岩正在舷窗外移过,便立即冲上甲板。幽蓝曙光中,灰色岩石犹如庞然大物,从船舷边缓缓经过,马洛里看着峭壁,本能地寻找起最佳攀缘路线。四月十三日,离开英国五天后,他从双筒望远镜中看向西班牙内陆,能看到一道光洁灿烂的山脉,白雪一直覆上山腰:那是内华达山脉。"祝福这座大山!"他在日记中写道。他也朝南望向非洲,看到那里的屋舍、教堂、城垣、小小的悬崖和海湾,还有阿尔及尔城的白色房子在岸上迤逦铺陈。这一切从马洛里眼前徐徐经过,好似一段缓慢动人的新闻短片,而轮船一径驶过守卫严谨的地中海,朝着塞得港†和苏伊士运河而去。

马洛里的思绪常常飘回家中:飘向被抛下的家人;飘向一缕缕阳光穿过凉廊,照到宅前的样子;也飘向园中长在雪松背后土垄上的白丁香,它们快开花了,掉落的花瓣在草地上闪闪发亮。

苏伊士运河全然不似想象中的壮阔,两岸布满大战残骸,望之令人烦扰——开膛的卡车,散架的坦克,铁锈血一般渗入周围的沙土。船行驶至河堤低平之地时,马洛里想象着,从沙漠那边望来,他们的船一定就像在沙地上穿行,破冰船般从沙丘中犁出一条路来,这是一艘沙漠之船。

过了苏伊士运河便是红海,过了红海,就到了印度洋。这里

---

* 圣维森特角是葡萄牙西南部的一处海岬。

† 塞得港是埃及东北部地中海沿岸靠近苏伊士运河的港口城市。

没有海岸线可看，只有弧形的地平线，远处偶尔有轮船驶过，顶上飘着一缕羽毛般的轻烟。这片海域的天空比马洛里见过的任何地方都要辽阔，甚至比家乡东英格兰沼泽地带的天空更为广袤。这里的云朵不像成队飞艇随风飘过，它们由残余的雨云和卷云堆积成雷雨云砧，始终保持一定的形状，不似气象产物，倒像地质构造。马洛里很好奇，如果能登上这些云团，奋力爬出上面的凸起、圆丘和坡面，直攀上顶端那朵云的穹隆，会是何种感受。然后他意识到，目力所及最高的那朵云也比珠峰低了数千英尺，不由想到，此行要做的事真可谓胆大包天。

天空让马洛里欢欣鼓舞，大海却使他陷入一种不祥的情绪。"真是奇怪，"他写道，"我有一种非常强烈的感觉，灾难和危险近在咫尺……大海充满魅力，也充满灾祸。"在船头，他一度想脱下外套甩在甲板上，从船上纵身一跃，跳到铁灰色的海水里去。

之后锡兰出现了：一片赤黄，顶上一溜翠绿——轮船驶近些，才发现那是一簇簇粉刷了颜色的房子，衬着热带雨林的背景。他们逗留了一两天，还挺舒服，之后此行最后一段闷热的里程开始了。马洛里在前甲板上锻炼时出汗，躺在船舱里出汗，在吸烟室里写东西时也出汗。空气里饱含水分，腐臭难闻——它成了具有双重性质的物质，半是气态，半是液态。马洛里坐在船头，巴望着加尔各答在地平线上出现，只觉得身体被推着经过一片胶状物体。他记起马来语里，"水"和"空气"是同一个词，如今置身热带，这显见的混淆倒似乎极有道理。

五月十日，船到加尔各答。马洛里在那里过了一夜，然后搭乘十八个小时的山地火车，先穿越平原，再爬升到大吉岭。铁路在一道道山腰间穿行，坡地上开凿出梯田，种着茶树。火车也穿过峭壁耸峙的山谷，崖壁上茂林矗立，令他想起中国的卷轴画。在海岸平原上度过一个月之后，再进到山里，感觉真好。

他在大吉岭与其他珠峰人（他们已经开始这样自称了）会合，探险活动看来终于要开始了。然而还没有，开始之前有繁文缛节要遵从。第一晚，他们在大吉岭的东道主——孟加拉总督——设宴，马洛里只得全程奉陪。那是峨冠博带的场面，餐前要一本正经地和许多人握手，接着吃饭，菜一道接着一道。每一位赴宴者都配备一名殷勤的侍从，站在椅子背后，像个幽灵或影子，让人很不自在。依马洛里的喜好，浮华和排场实属多余，但既然此次珠峰之行在很多方面乃是大英帝国的使命，就必须忍受这些仪式。他也见到了探险队的其他成员，当天夜里，他在给露丝的家书中敏锐而犀利地点评他们：一位是加拿大人惠勒（Wheeler）。（"你知道我讨厌加拿大人。我猜，我得使劲咽口唾沫，才能鼓起勇气喜欢他。上帝啊，赐予我口水吧。"）一位是探险队长霍华德－比里（Howard-Bury），马洛里本能地不喜欢他。此人浑身散发着保守党气息，粗俗而教条。一位是布洛克（Bullock），与马洛里结识于温切斯特，后来登山时两人成了搭档。他随身带个小提箱，颇令人纳闷，原来里面装了一件外套、两件套头毛衣，用来御寒；另有一把粉色阳伞，保护他不受雪暴和阳光侵袭，也让他在山景掩映之下显得"优美别致"。一位是莫斯黑德（Morshead），勘察员兼登山家，看上去很彪悍，让马洛里印象深刻。还有一位是凯拉斯（Kellas），苏格兰医生、登山家，在西藏中部一口气爬了三座高山，刚刚赶回大吉岭。从他到场那一刻起，马洛里就喜欢上了他。凯拉斯在总督晚宴上迟到十分钟，他不修边幅，"活像个炼金术士"，言不由衷地咕哝着抱歉的话，一口苏格兰腔。

一通耽搁之后，探险队从大吉岭出发了。队伍里有五十匹骡子、骡夫、一大群挑夫、厨子、翻译、印度军官，再加上他们这些珠峰人。一行人走了好几天，穿过温室暖房般的锡金丛林。淫雨滂沱，问题就来了。马洛里穿着黑色自行车雨披，布洛克有粉色阳伞，然而暴雨如注，没有任何东西能让人保持干爽。一切都湿透了，雨水从每一片叶子、每一块石头上倾泻而下，肆意横流。他们在大吉岭弄到的骡子都是些肥硕的牲口，并不习惯走丛林小道，有九头病了，还有一头栽倒在地，死了。五天之后他们别无选择，决定打发骡夫和骡子回大吉岭，等到了藏地就入乡随俗，使用当地交通工具——牦牛和矮种马。暴雨也带来蚂蟥，既有细线一般的军绿色蚂蟥，也有块茎状的、带赭色条纹的老虎蚂蟥。成千上万的蚂蟥从四面八方涌来，在地上起伏扭动，速度惊人，要不就直立在枝叶上，随风摇动，仿佛发出警告的手指。挑夫们一捻一拉，将它们从腿上摘下来，留下带血的环形伤口，会出血好几个小时。很快西方人也学会了这通操作。

潮湿繁茂的密林也自有美感。雨水把茂盛的叶子淋得闪闪发亮，在花冠上汇聚成汨汨涌动的银色小水塘。蜻蜓好似小小的霓虹灯管，在池塘上飞蹿盘旋。最让马洛里着迷的是花儿，有玫瑰色的兰花，还有散发着柠檬香味的杜鹃花。当然还有布洛克的那把阳伞，底朝天搁在地上时，就像一朵前所未闻的张扬大花。

之后丛林戛然而止。一行人穿过则里拉山口的分界线——在海拔一万四千五百英尺的高度，所有人都有点高原反应，从这高处向北眺望。空气闻着干净了很多，也冷了很多，几乎就是氧气的味道。此行第一次见到山，这些马洛里不远万里来看的群山，自地平线边缘拔地而起。它们前面就是西藏，那片土地中的某处就是珠峰。"再见了——丛林遍地的美丽锡金，"马洛里兴奋地写道，"欢迎你——天知道是什么！"地形彻底改变，他们下山朝帕里*进发，空气愈发干燥；植被也换了，这里有高高的银冷杉，树底下开着深色杜鹃。

接下来是藏南成片的高原砾石沙漠，绵延数百英里，望去一片耀眼。从帕里走六天才能到达岗巴宗，这是荣赫鹏的军队去拉萨途中经过的山中要塞。在深褐色的高原沙漠里得待上六天。和其他地方的沙漠一样，此地清晨，人们醒来时，天气寒冷而宁静；中午时分气温飙升，热浪在前方闪动，从碎石表面蒸腾上来，形成一个大火炉，热得足以让人脸上脱皮。下午则刮起风来，搅动起地上成吨的松散沙尘。到了晚上，无尾鼠在帐篷防潮垫上跑动，叫人心烦意乱，而且气温骤跌。沙漠周边的山脉侧面隆起，早已消失的冰川和急流峡谷将它们劈开。这些山都是页岩质地，较高的几座平布着积雪。

现在整个队伍都闹起了肠胃病，最严重的是凯拉斯，他饱受

---

* 帕里位于中国西藏自治区，海拔约四千三百七十米，是中国海拔最高的城镇。

痢疾折磨，虚弱不堪，只得让人用担架抬着走。这次探险前他刚爬了三座高山，疲惫不堪，之后再没能恢复过来。但他不肯折返。六月五日，穿越一处高山山口不久，快要抵达岗巴宗时，凯拉斯痢疾发作，拉出一摊血和排泄物，之后便去世了。

这下大英帝国的巡游团突然成了送葬队。死亡降临得如此之早，离目的地珠峰还这么远，这着实诡异，也不该如此。马洛里赶紧给露丝写信，说自己身体无恙，让她放心。他知道霍华德－比里几乎每天都向《泰晤士报》发回报道，一定会捎上凯拉斯的死讯，而他自己的家书要过一个多月才能抵达英国。

他们搭起一座帐篷，让凯拉斯的遗体在里面过了一夜；第二天在一处岩石山坡的松散土壤里掘出坟墓，将他下葬，让他面向此次探险之前爬过的那三座大山——也正是它们间接害死了他。霍华德－比里向天吟诵葬礼上常用的《哥林多后书》段落。四名挑夫已经和凯拉斯处得很熟，此刻坐在墓地附近一块大砾石平顶上，静静听着英国人致辞。事毕，探险队员们在墓上搭起堆石标，然后继续上路。

岗巴宗是藏地要塞，据守一处狭谷入口。到了这里，士气高涨一些。比里开枪打到一头瞪羚，还有一头大尾羊，布洛克则捕获一只鹅，又捕到一盘小鱼。尽管凯拉斯离开了，此地又崎岖严酷，但想到正在靠近珠峰，进入从未有人到过的地界，马洛里还是欢欣鼓舞。"我们如今身处之地，从未有欧洲人到过过，"他写信给露丝说，"再走上两天，我们就要'走出地图'啦，这地图还是拉萨探险年代绘制的。"在马洛里的时代，珠峰还只存在于欧

248

洲人的想象之中，不过是数十年间几次远远的惊鸿一瞥，一座三角形的高峰，被一个高度数字和一套坐标值限定在空间里。它只存在于人们的期望之中。

第二天，早饭之前，马洛里和布洛克登上布满碎石岩屑的荒凉山坡，爬两步退一步，终于到了要塞顶上。他们向上攀登了大约一千英尺，来到金色的阳光里，然后——

> 我们待在那儿，一转身，看到的正是来到此地想看的景色。在我们的西边，确确实实有两座雄峰，左边的一定是马卡鲁峰，灰色，严峻，然而特别优雅。右边的那座——谁能怀疑它的身份呢？它是一颗巨大的白牙，赘生在世界的颌外。我们看到的珠峰还不太分明，因为那个方向有层薄雾，可这样的天气条件却平添了一番神秘与辉煌。我们很满足，群山中的最高峰果然不会让我们失望。

他终于见到了它，这座引得他横跨世界、不远万里来到此地的高山。不过就目前而言，他还不想将珠峰看得"太分明"，而希望它保持神秘感，依然是那座在想象和地质的共同作用下产生的，半是遐想、半属现实的山。这是马洛里心中的"崇高"感在作祟，它激起他对于暗示、朦胧、神秘的渴望，让他相信，看得隐隐约约才看得更为真切。吸引马洛里的东西，后来被 J. R. R. 托尔金称为"魔力"——"那微光般的启示，从来不会变成清晰的景象，却永远暗示着更深处的存在。"

休整了几天，他们离开岗巴宗，继续向西进发。现在穿越的是真正的西藏荒原了，一片笼罩在古铜色的天光下、由沙丘和淤泥滩组成的荒原。在这儿，刮风简直是一桩幸事，可以把成群贪婪的沙蝇压制在地上。负重的牲口在泥浆里踉跄前行，得哄着才肯走上陡峭的沙崖。布洛克觉得这是世上最偏僻贫瘠的地方，然而在马洛里敏锐的眼睛里，这儿也并非全无魅力和色彩。他留意到沙砾地上开着微小的蓝色鸢尾花，没有叶子，还有好些鲜艳的花朵，有点像旱金莲，花瓣粉色或黄色，有很小的绿叶。这沙漠表层底下，仿佛埋藏着一个色彩的宝藏，到处冒出头来。

一天清晨，马洛里和布洛克又结伴在大部队之前赶路，这已经成了他们的习惯。这次他们骑马，蹚过一条颇深的河流，然后沿着谷底策马慢跑，走了好几英里。突然，峡谷两壁豁然分开，两人来到一片沙土覆盖的平原。前方深邃天穹之下，在云层中隐现的，正是他们远涉重洋来觐见的大山。马洛里再一次深深感受到抵达无人踏足之境的战栗和激动：

> 我觉得自己有点像个旅行家。不仅因为之前没有欧洲人到过这里，也因为我们洞悉到一个秘密：我们正从一道南北向的屏障后面向外望去，自从在岗巴宗向西瞭望时，这屏障就始终是我们面前的一道幕布。

正是为了这样的时刻，马洛里才踏上这场"伟大的探险"（他喜欢这么形容）。

大部队到来之前,还有时间可以打发,于是马洛里和布洛克拴好矮种马,爬上峡谷北角一座页岩小山峰,在峰顶转身向西。他们出峡谷的时候,云层升腾起来,遮住了群山,看来即便用双筒望远镜也什么都看不到了。然而接着,

> 我们忽然透过云层捕捉到一丝闪烁的白雪,之后两个多小时里,宏伟的山坡、冰川和山脊缓慢地(非常缓慢地)从云隙里显露,时而在这里,时而在那里,让我们认了出来。肉眼几乎看不见山形,它们又和云雾混作一片,难以辨识。但终于,这些碎片凑成一幅清晰的全景,一点一点地,我们看到了完整的山峰,先是少许,逐渐增加,直到珠峰的顶巅展露出来。苍穹之下,其高耸令人难以置信,连想都不敢想。

他们待在小山顶上时刮起风来,吹动平地的沙土,下山途中,从上往下看,这片平原就像一盆波纹起伏的绸子。

不久探险队在协格尔宗安营扎寨。协格尔的意思是"白玻璃要塞",那里的房屋外墙都粉刷得雪白,在阳光底下闪闪发亮。马洛里觉得,此处光线细致勤勉,将营地生活的每一处细节——坚韧的支索绳、兼做凳子的茶叶箱、后勤帐篷的厚重帆布、叮当作响的碗盆——都装扮得分外美丽,衬托出每个物件的每个方面、每道纹理。好奇的藏民溜达到珠峰人中间,有背囊里兜着婴儿的母亲,有脏兮兮的小孩子,还有瘦削的父亲。

他们在协格尔宗过了两夜。邮件来了,马洛里收到露丝寄

来的一束信札，他即刻回复，还在信纸里夹上小小的藏地花朵。他告诉她，这一天——就是他断断续续从云层中看清珠峰的这天——"可以算作一个伟大的里程碑"，珠峰如今"已不再只是想象中的景象"。这无疑是一个里程碑，或者更确切地说，是个转折点。从这一天起，珠峰成了马洛里通信的中心，甚至比露丝更为紧要，这座大山开始像情人一样侵入他的思维。这段日后将马洛里和露丝双双毁掉的三角恋中，第三点已经就位。他在给露丝的信中问道："人们到哪里去找另一番景象，来揭示比这伟大哪怕一丁点的奥秘呢？——从这一天起，这个问题将始终存在。"

六月十九日，离开大吉岭大约四周之后，探险队接连行过几座破烂铁轨般架设在汹涌河水上的吊桥，转入通往定日的山谷。定日坐落在盐沼当中的小丘上，是个商贸小镇，离珠峰四十英里。霍华德-比里在这里搭建起固定的暗房和后勤帐篷，定日将成为总部，成为行动基地、探险队的神经中枢。

马洛里巴望着继续行进，只休息了一会儿，便和布洛克一起挺进绒布山谷，去建一处更前沿的大本营，离珠峰大约十五英里。到这里，珠峰赫然耸立在前，俯视着他们，"简净质朴，令人称奇"。周遭环境为珠峰搭了个亮相的舞台：绒布山谷狭长的两臂从山上延伸下来，仿佛"巨人的肢体，简洁、朴素、庄严"；高高的崖壁上山洞棋布，有佛教隐士在里面修行。两壁之间，冰川直通山脚的圆形凹地，"好似冲锋陷阵的轻骑旅"。

自此，工作才真正开始。这一年，他们要在这里努力找到攀登珠峰的最佳路径，为此必须解开这座高山及其周围山峰的谜团，还必须破译它的地质构造。几天，之后是几星期，他们都在绘制地图，调查勘探，拍照，跨越从山地中心辐散开的一道道山脊。有关这座高山的每一丁点信息都来自艰苦卓绝的劳作。晴朗的日子里，他们醒得很早——清晨的阳光像潮水涌入一般照过营地，营地一边还是漆黑，另一边已经金光闪闪，之后要徒步十到十二个小时，往往还带着沉重的摄影器材。这并不容易，他们本就在高海拔低温地区，而绒布冰川并不像远处看上去那样直通山脚。马洛里很快发现，地球上这类地区——更接近赤道——的冰川不像阿尔卑斯山区的冰川那般适宜行走。这里阳光直射，冰在此作用下变成冰峰密林，有些高达五十英尺，底下冰面分裂成迷宫一般的冰隙和压力脊[*]。马洛里写道："即便白兔先生[†]到此，也会不知所措。"不久他看出，最好绕开这片诡异的冰冻钟乳石场，从侧面的冰碛上去，才能前行。不过这条路线也有危险，上方峭壁会掉下岩石和冰块，构成威胁。

大部分时间马洛里都陶醉在四周的风景中。晴天里，他看着太阳落到珠峰背后，留意暮色如何让群山显得扁平，变成二维景象，就像用硬纸板剪出的图样。而珠峰顶巅闪闪发光，高高俯视着他，"仿佛济慈笔下的孤星"。到了早晨，他近乎贪馋地注视着珠峰脱下云裳：

> 昨天早上，我们又观摩了那出反复上演，却又永远宛如

---

[*] 压力脊（pressure ridge）是浮冰在风或水流的侧向压力下碰撞后挤压形成的脊。
[†] 白兔先生是《爱丽丝梦游仙境》中的角色。

初见的戏,每次到场观看,都感觉如此新鲜,充满神奇。紧闭的幕布分开了,向边上卷去,复又合拢,升起,复又降下,最后终于大开。阳光破空而入,万物顿时阴影鲜明、轮廓毕现——而我们在那儿目睹着这场盛况。

这场登山行动宛如脱衣舞表演,让马洛里倾心不已。他似乎拥有无穷精力,就像他自己说的,有一种"驱动力"。他写信给露丝说,珠峰为他创造了"一种精神焕发的生活"。

不过有时(尽管非常少见)马洛里也会厌烦这一切:一成不变的食物,高海拔对身体的损伤,糟糕的天气,窄小的帐篷。七月十二日,他们在海拔一万九千英尺(约等于五千七百九十一米)的高地上建起第二座前沿基地。到了这样的高度,普里默斯汽化煤油炉已经失灵,冰硬得像石头。天气糟糕,他们困守营地,马洛里一边听着细细的雪粒不断落在帐篷四壁,一边给朋友写信:

> 有时,我想这场探险从头到尾就是一场骗局,来自某人——荣赫鹏——恣肆的狂热……然后强加于在下忠诚的热情之上。事实当然肯定和他们的梦想截然不同。在他们的素日想象中,珠峰北面的雪坡角度柔和、引人入胜,其实却是近一万英尺高的极为艰险的峭壁……

马洛里并非没有意识到,自己是在攀登一座人们心中的大山,而且绝不仅仅是他自己心中的山——更是荣赫鹏的。在家乡英国、阿尔卑斯俱乐部里或旅行者之间，谈论的向来只是容易攀登的雪坡。不过当然，马洛里之前不曾有人如此接近珠峰，得见它的北坡——这里"容易攀登的"山坡是这些人想象出来的，正如他们曾想象出许多大山的方方面面。而事实就像马洛里指出的那样，"截然不同"——这是一面"近一万英尺高的极为艰险的峭壁"。

从一开始就很明显，北坳——马洛里管它叫"我们渴求的山坳"——是登山的关键。它是珠峰的北侧山肩，那里有一道冰层和岩石构成的山脊折上峰顶，显然适合攀登。如果可以在北坳扎营，那么很可能就能拿下珠峰。然而问题是怎样爬上北坳。第一个月，他们一直试图从绒布冰川的主体上去，杀出一条路来，但是太危险，而且挑夫根本上不去。必须找到一条能把补给和设备也运上去的路线。于是到了七月中旬，马洛里和同伴决定放弃绒布山谷，绕到大山东面，看看那里有没有办法上到北坳。

还真有。八月十八日，他们破解了这道地理难题，答案就是朝着北坳，翻过一处名叫拉巴拉的高原山口，然后向上穿过东绒布冰川（这是他们取的名字）上杂乱的冰瀑。那里有一些冰雪坡地通上北坳，显然走得过去。

可令人大为恼火的是，他们刚想到这个办法，天气就变坏了。雨季降临，几乎整整一个月，他们苦等天气放晴。从很多方面来说，这是整场探险中最艰难的时刻。队员们坚持高山作业，身体变差。马洛里素来自信健康无碍，现在也看到身体变得脆弱、难以保持最佳状态的迹象，不免有些吃惊。到了晚上，他们的脸和手都发青——这是缺氧所致。马洛里总是被布洛克弄醒，因为布洛克似乎停止了呼吸，长达几分钟之久，而布洛克说马洛里也会这样。与此同时白昼变短，夜里也更冷了。

这段不得已的修整也让马洛里有大把时间思念露丝。也有一些美妙的时刻——"邮件抵达，爱意飞临我们中间，依偎在每座帐篷里"。黑暗中，他梦见躺在身旁的不是布洛克，而是露丝。他也梦见自己赶回她身边，船头劈开碧绿大海，激起翻涌浪沫，直奔某个洒满阳光的地中海港口；在那里，海鸥声声鸣叫，漫天遍野；在那里，"我盼望见到你在码头的阳光里，笑意盈盈"。

然而醒来时，身边总是布洛克。布洛克属于那种生来名副其实的人：他就像小牛一样强壮勤恳，有着牛一般的力量和勤奋，* 马洛里默默佩服，称他为"坚定的同伴"。

他们谈论过就此打住，但马洛里比任何人都更感受到一股"拉力"，要留在此地，等待机缘，"一生难得的机缘"。九月十七日，天气放晴，阳光明媚，也不下雪。他们迅速朝高处营地进发，于九月二十三日抵达，之后天气又变坏了。狂风吹来雪花，整夜唰唰打在帐篷四壁。准备当晚饭吃的沙丁鱼三五条一小块地结了冻，硬如石块，马洛里和布洛克只得用手焐着融开它们。把雪化作水来用的时候，两人轮流俯身在锅子上方，好让袅袅上升的蒸汽暖一暖眼睛。狂风肆虐，不断吹打帐篷，把层层帆布刮到一起，企图把帐篷整个儿从山坡上连根拔起。如果没了帐篷，没了这方寸

---

* 布洛克的名字 Bullock 也有"小公牛"之意。

命攸关的小小帆布，他们就生存无望了。

二十四日清晨，极糟糕的一夜之后，马洛里醒来，发现帐篷顶不祥地朝里垂下。雪停了，风却不曾稍减。天气很差，可他们还是出发了，试图强行登上通向北坳的陡峭雪坡。他们在之前雪崩后留下的残片上艰苦攀爬，风刮下松散的雪花晶粒，迷了登山人的眼。踩下的步子惊起阵阵微型雪崩，在身后轻轻蹿下山坡。

从下面往上看，每个登山者都笼罩在雪粉的光环中，那是一圈冰冷的小光晕。上方几百英尺处，雪粉不断从北坳边缘刮锉下来，有如一大团冰雪烈焰。下方背风坡上，风已经很难对付，到上面一定更要命。但马洛里还是急切地"想要把冒险再稍微推进一点"，和布洛克、惠勒一起一步一步渐渐挪上北坳边缘。他们迈上坳口逗留几分钟，领受了一番大风的冲击，只是为了到那儿站一站。三人向上凝望着那道蜿蜒几千英尺、通上峰顶的山脊。暴风肆虐，仿佛世界末日般恐怖——马洛里后来回忆说，那是一种"没人能在其中活过一个小时"的狂风。不过抵达北坳还是意义重大，因为正如马洛里之后在信中告诉露丝的，这意味着确认了通往顶峰的路径，"任何有意在世界最高处来一番探险的人，都可以走这条路"。

就这样，第一次珠峰探险结束了。他们再次长途跋涉返回大吉岭，从那里去孟买，登上马尔瓦号轮船，起航回家。马洛里此刻深感疲惫，他形容自己——

> 对遥远的国度、粗野的人、火车轮船、闪光的陵墓、异

国港口、黝黑的脸庞和耀眼的太阳统统厌倦了。我想看到的是熟识的面孔、甜蜜的家，然后是蓓尔美尔街*庄严的建筑立面，也许还有雾中的布鲁姆斯伯里。再去英国的河边走走，看看在西方的草地上吃草的牛群。

船近马赛，他给姐姐艾薇写信说："他们已经起意明年再组织一场远征……我明年可不去了，就像俗话说的，给我整个阿拉伯的金子，我也不去。"

***

一九二二年三月二日——东印度公司码头上空，海鸥侧身盘旋，声声鸣叫。马洛里大步踏上喀里多尼亚号轮船带栏杆的跳板，船即将开往孟买。其他珠峰人已经上船，这是新的一队登山者，新的一局探险。喀里多尼亚号轻快行过英吉利海峡的灰色水面和蒙蒙薄雾，绕过伊比利亚半岛，再拐过直布罗陀海峡的巉岩，进入地中海。夜里，它穿过苏伊士运河，有如细线穿过针眼。水静无波，漆黑一片，看去更像个地质构造，像夹在沙漠地层间的一脉石墨。之后船驶入红海的灼热空气，大海像水库一般平静，轮船行过，水上几乎不留尾波。

白日里天空一碧如洗，仿佛玻璃穹顶；而每天傍晚，空中汇

---

* 蓓尔美尔街（Pall Mall）是英国伦敦一条有许多俱乐部的街道。

聚起中东日落时分特有的碧绿、湛蓝、明黄，映在驶过的海面上，千变万化。飞鱼蹿出水面，浑身紧绷，表演小小的腾空，偶尔会砰的一声跌进船舷。还有海豚护送着轮船，一会儿跳进水里，一会儿又朝着左舷和右舷跳出来。

船上的日子过得很愉快。早上新西兰人芬奇（Finch）和队友们大侃此番携带的氧气设备，演示阀门、背架和气流速度。马洛里对这套价值九百英镑的高价器具持怀疑态度，在他看来，这简直是一种欺骗大山的手段，好比随身携带一个大气层。可是芬奇介绍起它的好处来很有说服力，尽管略嫌狂热。下午热气凝滞，像给人笼上一床毯子，他们就到甲板上打网球，有时候也打板球，七点整吹号吃晚饭。天黑以后，马洛里喜欢在船尾看轮船拖着磷光闪闪的尾迹驶过。他当然也想念家中的露丝，不过大部分时间都朝前看，期待着"即将到来的伟大工作"。

这次他们在孟买靠岸，带着两吨重的物资——包括整箱整箱香槟、鹌鹑肉冻罐头，还有几百片姜饼——乘火车穿越印度，朝加尔各答进发，做了一番旷日持久又汗流浃背的旅行。铁路经过烈日灼晒的土黄色平原，也穿越黑森森的槭树林，铁道两旁古木荫翳，宛如峡谷两壁。到了加尔各答，火车又呼哧呼哧把他们运上大吉岭，在那儿又好好收拾了一通行李。队友们相处甚欢，齐心协力，看来是比上次融洽得多的组合。新领队查尔斯·布鲁斯将军总是打着领结，身穿粗花呢外套，头戴遮阳帽，拿着手杖，凡事都一笑置之。其实粗花呢下面是伤疤——他在加利波利半岛*和其他地方都受过枪伤，还饱受疟疾折磨。马洛里很喜欢布鲁斯，比那个难以忍受的霍华德－比里好多了。队友中还有斯特拉特（Strutt），他虽然爱穿圆点花纹袜子，经常抱怨，但还能忍受。约翰·诺埃尔是此行的摄影师兼录像师，爬山也很利索。还有萨默维尔（Somervell）——马洛里的登山搭档和旅程中的精神同道，此人聪明过人，长着一对奇怪的招风耳。

他们分两队离开大吉岭，计划到帕里会合，将三百头驮行李的牲口集中到一起。时节尚早，和马洛里上次冒险穿越时相比，锡金丛林没那么丰饶美丽。没有那么多鲜花，也"没有那种生机勃发之感"。不过在行进中，肺里充满山间高爽空气的感觉很好，而且离"这山"——马洛里如今经常就这样叫它——越来越近的感觉也很好。

马洛里属于第一队，他们于四月六日到达帕里。尽管地上积雪仍有一英寸厚，天黑之后坐着必须裹上睡袋御寒，但他还是告诉露丝，回到西藏，兴奋之情油然而生，而且他出乎意料地发现自己原来很钟爱眼前的荒芜景象。从帕里到岗巴宗，他们这次走了一条新路线，海拔更高，但比一九二一年的路程缩短了两天。途中经过东卡拉山口，快到山口时，气温骤降，下起雪来，四月八日下了整整一夜。马洛里担心牲口，便走出帐篷，在黑暗中踏过又软又黏的积雪，到拴着牦牛和骡子的地方去看看。它们杂乱地站着，背上积了雪，好像盖上毯子一般。牲口们不停换着蹄子

---

*　加利波利半岛位于土耳其西北部。

站立，很不舒服，鼻孔喷射出湿乎乎的白气，飘散到夜空里。骡夫们蹲着躲在岩石下，围成一圈，似乎无所谓酷寒，瞧着挺怡然，也不太担心牲口。于是马洛里回到自己帐中，在排钟般的牛铃声中睡去。

第二天天气太冷，无法骑行，每个人（甚至包括肠炎发作的马洛里）都决定在牲口边上步行，以便取暖。这真是艰苦的一日，在崎岖山地徒步二十二英里，全程海拔在一万六千英尺以上，只停歇短短几次，略进饭食。夜幕降临之前，他们在一片岩石露头下支起一顶"古怪的小帐篷"，四周砾石平地绵延，平地东缘高高耸立的，就是凯拉斯攀登过的三座山峰。

再下一日休息。马洛里在足够暖和的几个小时里坐在外面，读巴尔扎克。他说，此地风光虽说朴直，也还是能发现美：云朵在原野上投下阴影，远处一片湛蓝，近一些的山坡上则隐隐显出深深浅浅的红、黄和棕色。可之后刮起风来，他只得回到后勤帐篷里避寒，在那儿试着给露丝写信，尽管瓶里的墨水老是冻住。"藏地艰苦，我们已深有体会，"他写道，"此地情形毫无乐趣可言，我觉得自己都枯萎了。"他穿着五层衣物，即便如此，"身上也只是刚够暖和，触碰信纸的指尖冻得厉害"。不过指头受点冻是值得的，因为这封信感觉就像是他和露丝之间的纽带，"我能感到你就在信的那一头，亲爱的，我时常想起你的样貌，这样你仿佛就待在我身边"。

一连几天他们都重复着同样的节奏：行进，扎营，行进，扎营。帐篷钉子很难打进冰封的地里。吃早饭时，他们围着搁板桌，坐在倒扣的茶叶箱上，穿着人字粗花呢衣服和渔夫套头毛衣，双手交插在胳肢窝下，在严寒中耸肩弓背，脑袋几乎要缩到身子里去。到岗巴宗附近的荒原，雪暴骤降，耐着性子将他们淹没。足迹刚一踏出，雪就把它们填平，像个辛勤的管家，在他们身后打扫清理，抹去所有存在和进展的痕迹。这片高原成了极地冻土。他们胡茬上凝着雪，身后是黑色的牦牛和骡子大队，在皑皑雪原上蜿蜒好几英里。

严寒使得士气大损，让人筋疲力尽。他们一度忘却稍远的目标，一心只有早上拔营，夜里扎营。然而这时他们终于抵达协格尔宗——白玻璃要塞。"我们清楚地望到，珠峰就在原野另一头，甚至比我记忆中更加了不起，整个队伍都为之一振，这当然也唤起了我的主人翁之感。"从某种意义上说，这确实是马洛里的山，他是一九二一年探险队中唯一重返此地、再踏征程的人。

到了协格尔宗之后，他们朝南走，这样能更快前往东绒布冰川，然后到达北坳。五月一日，他们已经在冰川顶端的冰碛上建起大本营。冰川从谷地带下来的杂乱砾石堆也是白色的，有帐篷大小，从远处看，新建的浅色帐篷和它们混在一起，难以分辨。

布鲁斯计划围攻大山，他麾下的登山者将建起一系列营地，依次上升：第三营在北坳脚下——马洛里曾在此地度过一夜，极其难受；第四营建在山坳上面。他们希望这样能在冲击珠峰顶峰时形成支援网。天气一点不曾转暖，但三个营地沿着山谷顺利扎好了。五月十三日，马洛里帮忙开出一条从第三营上到北坳的路。遇到跨度大的地方，他必须在蓝光闪烁的陡峭冰层中砍出阶梯来。

挥斧，碎冰，一个阶梯；再挥斧，碎冰，又一个阶梯。这节奏在平地上都极累人，高山上更是让他精疲力竭。每一斧砸下去都腾起榴霰弹一般的冰屑碎片，十分危险。过了一阵，马洛里挪到山坳左边，发现那里积雪深厚，颇为稳固，行走就容易多了。短短一天中他成功固定四百英尺绳索，后面的队友可以攀着绳子上来。他还上了北坳。风不像一年前上来时那么猛烈，他爬上北脊裂隙遍布的危险冰面，穿过一方方破碎的蓝色冰块，最后踏上靠近山脊开端的坚实地面。每走一步，南边的景色就开阔一分，他坐下来，满怀敬畏地看着它："这是我见过的最惊人的奇观。"第四营在北坳上建好了。

五月十七日，"出发去尽力攀登到最高处的前夜"，马洛里给露丝写了一封信，翌日他和莫斯黑德、诺顿（Norton）、萨默维尔从大本营出发，前往第四营。他们计划从那儿离开北坳，攀上东北方向的山脊，露营一晚，第二天争取登上顶峰。

在第四营度过寒冷的一夜之后，四人向北脊进军。他们出发得晚了些，因为前一晚忘记把第二天的早餐——几个亨氏意面罐头——带进睡袋，意面全部冻住。他们不得不在慢热的炉子上炖水，把罐头放在里面解冻，然后拼命咽下掺着冰屑的面糊，才能出发。很快他们就发现风太大，空气太冷。身上的衣服全都不顶用：手套和绑腿里的羊毛在严寒中硬得像胶合板，毡帽的纤维缠结到一起，已无法保暖。他们费劲地挪上山脊，被迫在海拔两万五千英尺（七千六百二十米）处，在山脊背风面一方冰石构成的岩架上露营，此时还远未到达预定地点。诺顿的一只耳朵和双脚已经冻伤，无法入睡。莫斯黑德也被冻惨了，他一只手的手指成了覆盆子奶油色，这可不是好兆头。队员们两人合用一个睡袋，彻夜无眠，听着"一粒粒细雪轻轻打在帐篷上，倒是悦耳"。帐篷布面积了雪，垂下来时，他们就用手掌击打一番，让雪哧哧溜到地面。

晨曦照亮帐篷，他们硬撑着走出去，除了莫斯黑德，他宣称自己再也走不动了。顶峰太远，登顶显然已不可能，然而他们还是挣扎向前，又象征性地走了两千英尺，方才折回。他们接上莫斯黑德，把帐篷留在原地，然后继续奋力撤向北坳。这真是场拼死撤退，莫斯黑德几乎走不了路，不断在雪地里坐下来，只求一死。诺顿哄着他向前，一手搭在他腰间，轻轻在他耳朵边上说好话。走到山脊陡峭地带，莫斯黑德脚下一滑，把另外两个登山者一齐拖了下去。全仗马洛里反应敏捷，一把将斧子插进雪里，再套上一圈绳索，才将四人的命都救了下来。他们跟跟跄跄回到第四营时，马洛里注意到西边天气特别糟糕——一大团乌云聚集，远处闪电照彻天空，好像远处某个山谷里正在打仗。

马洛里和三位队友下山回到大本营，休整恢复了一个月。他冻伤四根手指。休养期间，芬奇和年轻的杰弗里·布鲁斯（Geoffrey Bruce，查尔斯的表弟）在氧气装置的辅助下向珠峰发起过一次冲击，比马洛里他们上得更高，却也被酷寒击退。杰弗里·布鲁斯一瘸一拐地回到大本营，脚上的冻伤足足几个星期才好。

季节变迁，季风雨雪降临。"就此打住"又一次被提起。他们已经很尽力地试了两次，都失败了。然而再一次，马洛里比其他人都更热切地想再"来一个回合"。他告诉露丝，自己的手指还没好,"如果再上去一次,要冒冻伤加重的危险。但这样的冒险值得以手指为代价,我也会用想得到的所有办法保护手指和脚趾。一朝被蛇咬,十年怕井绳嘛!"六月三日,他和其他两名队员由一队夏尔巴人陪同,出发"去北坳大战寒冰"。之前四十八小时里大雪不断,坚冰上还有厚厚的风板层*,这可是典型的雪崩易发地带。上坡时马洛里试了试雪面,看上去还算安全,便带队继续攀登。

下午一点五十分,离坳口不远的地方,忽然传来一声爆裂——"像没封炮眼的火药炸了",马洛里脚下的雪开始移动。他失去平衡,被席卷着朝山下拖了一小段,然后被甩到雪面上。等回过神来,下方传来呼喊,九名夏尔巴人被一阵更快的雪浪扫过六十英尺高的冰崖,跌进冰隙。有两人得救,居然毫发未损,但其他七人再也没找到,要么掉进冰隙摔死了,要么就是在那里被好几吨雪活埋了。

第三营里搭起一个粗糙的堆石标,来纪念这些遇难的夏尔巴人。对于这场事故,布鲁斯看得很开,说这不是任何人的过错。遇难者的家人也没有责怪的意思:他们的亲人大限已到。马洛里却无法心安,总觉得他们的死是自己造成的。他在给露丝的信里说:"我们做好了计划,因而这不是铤而走险。也许是处理某种危险上了瘾,人会习惯去估量一些其实最好不要估量、也不要尝试的东西……我们三个都被骗了,没有看到任何危险的迹象。"

---

* 风板层(windslab)是风将雪卷到背风处形成的不稳定的堆积层。

他也知道自己离死亡曾有多近。"这次真是侥幸逃脱，我俩真要一起心存感激。亲爱的人，我一想到万一出事，你会如何悲伤，就恭顺地感谢上帝。我还活着……"

探险队蹒跚穿过西藏，回到大吉岭，伤痕累累，元气大损，远"不是当初那快乐的一伙人"。莫斯黑德和马洛里手指作痛，布鲁斯的脚趾还没复原，诺顿脚底冻伤，呈灰黑色。不过越是远离这座杀人的大山，马洛里就越是再度陷入爱恋。到了大吉岭，信里已经不再谈论夏尔巴人之死，他一心想着露丝。想着露丝，也想着下一次探险的可能。

***

一九二四年二月二十九日——这次是在利物浦码头，一场兆头不佳的离别。露丝来送马洛里，当然，是最后一次。他站在甲板上，靠着亮闪闪的栏杆，头戴软毡帽，穿着毛领外套。她则在码头上，加利福尼亚号轮船一解缆，就挥手道别，他也朝她挥手。就这样过了好几分钟，船却没动。广播里说，港口堤坝外，一场从西边来的风暴正在形成，大风把船只都困在锚地里。几艘脏兮兮的拖船正靠近船头，准备把加利福尼亚号拖出海。露丝朝着静止的船挥手，马洛里朝着静止的码头挥手，两人都挥累了。过了一会儿，她径直走开了。

为什么这次他又去了呢？到现在，整件事情有了不由自主的意味，他们都知道，有某些力量在支配着一切，完全不受她控制，也远非他能左右。更不妙的是，马洛里对这次远行有种不祥的预感。此次前往印度之前，他做的最后几件事之一便是拜访凯瑟琳·斯科特（Kathleen Scott），极地探险家罗伯特·斯科特的遗孀；罗伯特的遇难是英国最英勇的失败。房子里到处是斯科特的影子：相框里的照片，还有信件。缺席的丈夫、失怙的孩子……这些都太容易令人想到即将发生的事。马洛里是和杰弗里·温思罗普·扬结伴去的，回程的出租车上，马洛里对扬说，他相信这一年的珠峰攀登与其说是探险，不如说是打仗，而他觉得自己回不来了。

漫长的航程又一次开始了。船上满载乘客，有一个去埃及的苏格兰旅行团，还有一群带着女眷的士兵。头两天他们饱受西风痛击，费劲地航行在比斯开湾钢灰色的海面上。马洛里在船上的健身房锻炼，他十分崇拜桑迪·欧文的好身材。安德鲁·欧文（即桑迪）是牛津大学本科生，念二年级，凭借挪威北极之行中展现出的适应能力打动了珠峰探险队的选拔者。他是牛津大学赛艇队队员，不过今年因为远征无法参赛了。马洛里很喜欢欧文，认为他是"去做任何事都可以信赖的人，不过也许聊天不行"。他给露丝写了第一封信，照例描述船上的起居和同伴，也写到了珠峰之行以后的日子，向她保证说，一旦登顶，他们的日子会好起来的。一切都分成两个阶段——珠峰之行以前和以后，过去三年皆是如此。

> 你感觉怎样，可怜的留在家里的人儿？……亲爱的人儿，我会常常，常常想你。近来我俩真是亲近，我现在还觉得就

在你身边。我知道，你会看上去高高兴兴的，我希望我不在的时候，你也是发自内心地开心。亲爱的，我永远爱你。

航程大部分无甚可记。马洛里如今在英国已是名人，苏格兰旅行者缠着他拍合影、要签名，期待他讲一讲珠峰的好。他逃到船头去读安德烈·莫鲁瓦（André Maurois）写的雪莱传记，要不就待在船舱里。不过有一个难忘时刻——那种让他激动得浑身战栗的时刻。一天清晨，太阳还未升起时，他们正靠近直布罗陀海峡，马洛里来到甲板上，就像三年前一样，去看船经过陆地的窄口：

> 我们朝正东方驶去，前面天空布满橙色霞光。靠近中央，细细长长的陆地线从两边靠拢，留下一个小口——很小一个口子，夹在小小的陆地块当中，毕竟船离海峡还有二十英里左右。我们正照准这天际的小洞而去，那里霞光最是明亮。我有一种无法抑制的感觉，这是一个传奇世界，我们只消跳进洞口，就像爱丽丝走过花园门洞，就会到达一片新境地，或是整个奇遇王国。

穿越屏障、跳进洞口、解开谜题——一言以蔽之，那种探索的念头，对马洛里最有吸引力。于他而言，珠峰就是最美妙的未知、最深奥的秘密。

其他乘客在塞得港下了船，马洛里松了一口气。船继续航行，穿过苏伊士运河和红海，来到印度洋，海面出奇地平静。他又一次想起露丝。他想象着两人穿着丝绸晨袍，一起走上甲板，呼吸清新的晨风："亲爱的姑娘，为了勉力做一件正确的事，我们放弃和错过的太多了！不过我们也要当心，不能错过太多。"露丝也许会回答说，真正正确的事，就是马洛里留在家里陪伴妻儿，讲课教书为生，日子不那么刺激，却安稳得多。可是有一种更广大的"正确"在起作用，它深深埋藏在马洛里身上，而他看不到——他有权站上珠峰之巅，成为登上绝顶的第一人。

穿越印度的火车之行比以往还要炎热，上了大吉岭，呼吸到不冷不热的空气，让人如释重负。这次布鲁斯还是领队，他刚从尼泊尔边界胜利猎虎归来，在这里与他们会合。他们此番住在珠峰大酒店，马洛里从房间阳台上可以看到白色和粉色木兰花，他用印着酒店华丽抬头的信纸写了一封长信，告诉露丝，花儿"在幽暗山色映衬下明艳得惊人"。他给她写信，比往年更加热情缱绻，反复使用强调字眼，仿佛语法有办法抹去离别的事实，抹去他又一次远走他乡的事实：

最亲爱的人儿，我常常，常常想要让你和我在一起，一起欣赏，一起静静谈论事情，谈论人；我也想搂着你，吻你可爱的棕色头发……如果有办法让你更靠近些就好了。我觉得人之间的接近很大程度上取决于想象。想象力升腾起来时（晚上常常如此），在星空下我差不多可以在你耳边低声呢喃，而即使是现在，亲爱的，我也确实觉得离你很近……近到可以吻你。

三月二十九日，他们开始穿越锡金。这次天气好极了，马洛里觉得自己"悠闲自在，暖洋洋，懒洋洋，开心得好比吃了忘忧果*"。他赤身在潮水潭里沐浴，惊起沼泽里"一头极漂亮的丛林猫"——"看到这样一头野兽，整座森林都好像热闹起来，真是令人惊奇"。队员们相处非常融洽，甚至比一九二二年的珠峰人团队相处得还要好。

这一回他们跋涉五个星期，到达东绒布冰川上的大本营。天气寒冷，风一直刮，但气温不像一九二二年那样低。其实这年的主要危险不在于雪，而是太阳。在岗巴宗附近的沙漠里，每个人的脸都晒成了栗色，黑得发亮。马洛里的嘴唇和两颊都开裂了，他带着一罐油脂，涂在裂口上。他拄着牧羊人用的曲柄杖，留起了山羊胡子。欧文戴着摩托车头盔和目镜，试图阻挡大风和阳光，效果并不佳。除了日晒，马洛里倒觉得身体比前几年都好，这次破例没有拉肚子。一种感觉越来越强烈：这次该有个了断了，不成功，便成仁。在给露丝的信里，他说"几乎无法想象自己不能登顶，我不能看着自己失败而归"；对朋友汤姆·朗斯塔夫（Tom Longstaff）则说得更坚决："这一次我们要昂首登上顶峰，上帝与我们同在——要不就咬牙顶风踏上山头。"另外还有一些理由让他这次感觉良好：这一年的鹌鹑浸在肥鹅肝酱里，而不是肉冻里，香槟也是佳酿——是一九一五年产的蒙特贝罗。

---

* 荷马史诗《奥德赛》中，奥德修斯途经北非海岸，发现一群人以忘忧果为食，安逸度日，不思不虑。

不过也有不祥的时刻。比如有一次，离岗巴宗还差一程，队伍走到预定地点，却把牲口远远甩在了后面。他们没法支起各人的营帐，便撑起一顶绿色后勤帐篷，躺在下面，等待行李运到。阳光白热，透过绿色帆布发生折射，让整个画面有种鱼缸的光泽。队员们一个个打起盹来，除了马洛里。在他看来，"他们躺在那里打呼噜，脸庞让绿光映得阴森森"，看上去"活像一群尸首"。

四月十一日到达岗巴宗时，探险队受到第一次打击。布鲁斯将军因旅途劳顿大为虚弱，恐怕心脏受不了，决定不再前行。诺顿升任领队，马洛里任副领队和登山队长。有了指挥权，马洛里很振奋，他迅速拟定一套万全之计。他们将兵分两路，从北坳上的第四营冲击顶峰。第一队两人不带氧气设备，第二队两人稍后出发，携带氧气设备。马洛里把自己安排在有氧气设备的那队，自信如此定能成功登顶。

离大山越来越近，马洛里开始兴奋起来，"盼望着大事早日登场"。四月二十九日他们在绒布扎营，情况几乎马上就变糟了。一场暴风雪——来时路上经过崎岖地区时没有遇上，却在这里等着他们——猛扑向大本营，一时风狂雪骤。气温猛跌，几乎跌破温度计的下限。这年的登山计划比两年前更复杂，更环环相扣，要建更多营地，雇更多挑夫，带更多设备。如果天气好，这都不成问题，可如今无情下降的气温——晚上可以跌至零下五十摄氏度——让整个行动中最简单的部分，也就是登上东绒布冰川，都变得极其漫长艰巨。地表的蓝冰质地像玻璃，硬如钻石，穿着平头钉靴都很难走下去，穿普通鞋子的挑夫更是几乎寸步难行。然而探险队伍仍然奋力前进，人人都逐日衰弱下去。到了北坳之下的第三营，马洛里发现了一九二二年远征中留下的废旧氧气钢瓶，就堆在为纪念七名遇难的夏尔巴人而建的粗糙堆石标旁。整个地方变化很小，他觉得匪夷所思：寒冷和高海拔出色地将一切保存下来，制止时间的行进。这里一切都不会老去；雪自会来了又来，飘上石堆，又纷纷消融。没有什么能标示光阴的流逝。

第三营上，天气持续不利，他们整日困在狭小的帐篷里。雪到处透进来，随风卷入，细粉一样落到所有物体的表面。为了寻求慰藉，马洛里、欧文、萨默维尔和奥德尔——这四人如今藏身小小的高山避难所，暂歇于巨峰谷肩，被暴雪围困，与最近的海洋都隔着一片沙漠和一片丛林，英国更是在四重汪洋之外——从罗伯特·布里奇斯（Robert Bridges）的选集《人之精神》（*The Spirit of Man*）中选取诗篇互相朗诵。他们读柯勒律治的《忽必烈汗》（诗中写到"欢悦天穹，阳光灿烂""寒冰洞穴"），读托马斯·格雷（Thomas Gray）的著名挽歌，读雪莱的诗篇《勃朗峰》，也读艾米丽·勃朗特忧伤的抒情诗（"我将凭天性指引走到那里，那里狂风吹过山坡"），从中求得安慰。此时此地，他们身处的山坡上终日落雪，雪簇拥在帐外，压低了里头的声音。一夜似睡似醒，清晨马洛里发现自己陷在两英寸厚的积雪里。他拉开帐篷门，看到冰晶旋风在空中回旋盘绕，除此之外便是皑皑一片：唯有茫茫白色和呼啸的狂风。

除了撤退，别无他法。在高海拔的如此境地中，每过一天都以身体为代价。登山者和挑夫们撤回大本营。五十个挑夫擅自离队，在风暴中偷偷溜走，回到山下的家园和农田。大本营里建起一间医务站，治疗严寒导致的损伤。冻伤、雪盲症和低温症最为常见。一名挑夫死于高海拔所致的脑血栓，另一名腿部剧痛，不得不让人割开靴子，结果发现双脚冻伤发紫，上至脚踝，仿佛踏进过墨水里。这名挑夫后来也去世了。

马洛里奇迹般地健康无恙，只是为了这番耽搁气恼。他想再上山去，完成任务。"撤退不过是暂时的挫折，"他在一封信中宣称，"行动只是搁置了。这问题必须尽快解决。再上绒布冰川，会是最后一次。"

灰白砾石周围、大本营里储物的箱子之间，有黑亮亮的乌鸦来回踱步。一切凌乱不堪，这些机会主义者便下来碰运气。它们好奇地歪着脑袋，或者两脚并拢四处跳跃，像跳远一样，要不就栖息在一起，好似一群人披着黑斗篷。肥硕的鸽子和古怪的山地野羊也进来一探究竟。而珠峰，在看得见的日子里，就像马洛里说的，在"使劲抽烟"——山顶上扬起长长一股羽毛般的冰晶，足以证明风力强劲。

他们休整了一周，在大本营里恢复元气。之后天空放晴，马洛里、萨默维尔和诺顿再度上山，向北坳推进。然而暴风雪又包抄上来，气温跌到华氏零下二十四度（约等于零下三十一摄氏度），他们被迫又一次撤退到第二营。这回冻伤了更多挑夫，登山者们身心俱损，连马洛里都不再乐观。"亲爱的姑娘，"五月二十七日，他给露丝写信，"这段日子糟透了——我从帐篷门望出去，只看到漫天大雪，希望越来越渺茫。回想这一路，我们拼命努力过，如今疲惫透顶，心灰意冷——但是，但是，但是，好的方面还是很多。"

然后，仿佛是嘉许他不愿彻底绝望，天气居然暂时好转。大风停歇，出了太阳。是时候了。马洛里给露丝写了倒数第二封信，告诉她，他们即将发起冲锋。"蜡烛就要熄了，只能写到这儿。亲爱的，我愿你一切都好——愿你在收到这封信之前就能收到最好的消息，不再忧心；好消息总是传得最快。"

他们登上北坳，在更高的地方扎了营。按计划，萨默维尔和诺顿不带氧气设备，做第一轮严格意义上的登顶尝试。他们贴着山脊边缘前进，行进得很顺利。这里吹不到风，但地面更难走。诺顿后来写道，那好比爬上一片片交叠的巨大屋瓦，没有可以抓握的点，一切都在和你作对，设法让你跌下来。萨默维尔不得不停下，诺顿则继续艰难攀登到海拔两万八千英尺（约等于八千五百三十四米），然后意识到，再不折返就要送命了。他战战兢兢爬下一片片岩板，与萨默维尔会合。两人一同下山，朝山坳走去，诺顿大概在萨默维尔前方二十码。突然萨默维尔剧烈咳嗽起来，痛苦万状，只觉得身体里有东西脱落，哽在喉咙里。他死命地咳，喘不上气，也没法呼唤诺顿。诺顿曾转身朝后看，以为萨默维尔落在后面，是在对着大山画素描，哪里知道其实不然，他落在后面是快要死了。萨默维尔跌坐在雪地里，眼看着诺顿一步步走远。最后他垂死挣扎一番——握紧拳头，猛捶胸口和喉咙，同时拼命咳嗽。这下有东西掉了出来，涌进嘴里，被他吐到雪地上。原来是一大块咽喉组织，因冻伤而坏死。

萨默维尔和诺顿下到大本营，欧文和马洛里则准备离开北坳。六月六日早晨，他们在软塌塌的A字形帐篷里吃下最后一顿早餐：沙丁鱼、饼干和巧克力，然后出发，爬上已被人踩过的北坳的荒凉雪地，为攀登做最后的准备。两人各携一对银色氧气囊，用带子扣在背架上，看着就像早期电子游戏《矿工威利》（*Jet-Pack Willy*）里的小人，仿佛只要摇动操纵杆，他们就能离开地面，垂直升上顶峰。两人还戴着厚实的绑腿、手套和镶银边的王牌飞行员目镜，为的是防止雪盲症。

两人顺利上到第五营和第六营，一路平安无虞。六月八日一早，他们出发登顶。攀登开始时，空气澄澈，然而一小时之后，一阵奇特的发光薄雾开始笼罩山体。诺埃尔·奥德尔从山上海拔两万六千英尺（约等于七千九百二十四米）的有利位置眺望，看到两个黑点沿着通往巅峰的山脊移动。然后，雾霭四合，罩住了他们。

离开大山之前，幸存的登山者搭起一座堆石标，里头嵌进石板，刻着三次珠峰探险中为大山丧生的十二个人的名字。有九个人的尸骨尚未寻到，但不会有人忘记他们长眠的地方，因为这里的标志乃是世上最宏伟的纪念碑。

回程的艰难跋涉是一段阴郁的时光。第一次世界大战刚刚过去六年，空空的座椅、餐桌上多出的空间、亡魂犹在的感觉——这一代人已经狠狠操练过这一切。然而即便如此，死亡笼罩的异常感不曾稍减。夜深人静时，每个队员都有几分盼望，有手会抚上帐篷门帘，从亡灵之地意外归来。

而在马洛里位于剑桥的家中，六月十九日傍晚来了一封电报。简短冰冷的电报文体，开头是"委员会非常遗憾地得到噩耗"。露丝把孩子们叫到一起，带到她床上，告诉他们这个消息，一家人抱头痛哭。之后好几个星期，马洛里给她的信陆续抵达，却已是逝者的书简。

***

几乎从他去世那一刻起，神化马洛里的历程便开始了。皇家地理学会会长诺曼·科利（Norman Collie）向大本营发电报说："英勇事迹。光荣的牺牲令所有人深受感动。"与此同时，《泰晤士报》刊登了马洛里和欧文的讣告，强调他们求仁得仁，并言之凿凿地宣称："如果他们能选择结局，也没有比这更好的了。"在珠峰委员会主席阿瑟·辛克斯（Arthur Hinks）看来，"他们的牺牲之所比前人都高"，这减轻了悲痛，"亲人们甚至可能觉得，他们也许就长眠在顶峰上"。汤姆·朗斯塔夫一九二二年和马洛里一起去过珠峰，对此持相同观点。"现在他们永远不会变老了，"他写道，"我非常肯定，他们并不想和我们任何人交换位置。"

不过最惊人的反应来自荣赫鹏。他这样描述马洛里：

> 他知道所面对的危险，也做好了迎接危险的准备，他是勇敢的人，但同时也富于智慧和想象。他明白胜利登顶意味着什么。珠峰是世上实体物质力量的代表，他一定要用人的

精神与之抗衡……也许他从来没有明说，但心里一定有"不成功便成仁"的念头。这两个选择——要么第三次无功而返，要么死去——在马洛里看来，很可能后者更容易。前者太痛苦，他作为一个人、一名登山者、一位艺术家都难以承受……

这是一个特别的观点：为了完成形式主义艺术之举，马洛里应该会选择赴死。荣赫鹏暗示，马洛里无法忍受活着失败而归；要么成功，要么死在山上——这样精彩得多，远远更具美感。另外，马洛里的故事在形式和情节上都很纯粹，这也让它一直惹人遐想。这个故事拥有神话或传奇的结构：英俊的马洛里，勇敢的加拉哈德骑士，三度抛下心爱的女人，冒着生命危险深入险境；他两次被击退，第三次不愿违心归来，消失在一片未知的云雾中。

尽管荣赫鹏有虚夸之嫌，但也许他是对的。也许马洛里背负着"符合人设"的压力——他的设定就是勇往直前，直到无路可退，要么是死亡，要么是荣光，唯独不能失败。这影响了他在那个六月天做出的抉择。人人都会受这种压力影响，我们都几乎不自知地扭曲着自己的生活，去迎合各种观念和范式提供的模板。无论多么珍视生活的新奇与创造力，我们都会给自己编下故事，再让未来符合这些故事。

似乎没有人觉得马洛里和欧文的死是浪掷生命：一个男人抛下家室，最终却徒劳无功；而牛津大学又折损了一名青年才俊。这一切毫无意义，不过是抵达某个海拔。没有人这样觉得，除了逝者的亲朋。欧文一家身心交瘁，母亲相信儿子有朝一日必将归来，始终不愿放下这个念头，为此多年在屋宇廊前留着灯光，好让他认得回家的路。当然，还有露丝，她彻底垮了。马洛里的母亲虽然沉浸在悲痛中，却也发现露丝宛如"一株高贵的百合被摧折了花朵，耷拉下来"。在给杰弗里·温思罗普·扬的信中，露丝绝望地写道："杰弗里啊，如果这一切没有发生该多好。很可能不会……"

***

一九九九年五月，马洛里失踪七十五年之后，一支搜寻队找到了他的遗体。他位于珠峰北坡，海拔约两万七千英尺（约等于八千二百三十米）处，脸朝下倒在突出的岩石斜面上，两臂朝上甩出，仿佛把鞋钉扎入石头时一个趔趄，之后用这样的动作阻止自己滑下去。

数十年风霜摧折下，马洛里的衣裳已然剥离，碎成布条。但极寒保存了他的身体，皮肤褪成亮白色，皮下肌肉犹在，背部依旧起伏有致。高地之上，他的遗体不曾腐化，却被岩化，肉身望去不像别的，正如岩石。遗体照片发给各国媒体，一众评论者将他比作白色大理石雕像。当年马洛里身姿健硕，引得身边男女倾慕，纷纷以古典雕塑作比，而今虽然逝去，依然如此。"天啊！乔治·马洛里！"一九○九年利顿·斯特雷奇[*]初见马洛里，发出

---

[*] 利顿·斯特雷奇（Lytton Strachey，1880—1932），英国传记作家、评论家。

一句非常有名的惊叹。"我的手颤抖着，心怦怦跳，整个人恍恍惚惚，听不见说了什么……他有六英尺高，身材像普拉克西特列斯[*]雕出的运动员，而那张脸——噢，真让人难以置信。"斯特雷奇激动万分，将他比作普拉克西特列斯手下的白色大理石像，九十年之后譬喻居然成真，想来令人毛骨悚然。

马洛里也不知道，自己为什么要一再返回珠峰。他多次被问及这个问题，也只能徒唤奈何。一九二三年在美国做讲座时，有人问起这个问题，马洛里回答说："我猜我们回到珠峰……是因为忍不住要回去。"在给朋友鲁珀特·汤普森（Rupert Thompson）的信中，他说："或许你能告诉我，为什么我要踏上这样一次冒险？"而马洛里的不朽名言是在一九二二年回答一名纽约记者时说的，记者问他为何要回到珠峰，他说："因为它就在那里。"不过就像弗朗西斯·斯巴福德[†]注意到的，探险家们都说不出探险的原因，这是出了名的。

从某种意义上说，为了什么并不重要。马洛里去了珠峰，没有回来，就是这样。对于他的行为，没有令人满意、全面详尽的解释，但这并未有损马洛里神话的力量。神话就是如此。如罗兰·巴特所说，神话"凝练地""摒弃了复杂的人类行为，给予它们简练的本质……它确立起无忧无虑的清晰：事物自身就显示出意义"。

然而，从某种重要的意义上来说，马洛里为何那样做又是可以解释的，而且很有可能，正是处于更有利位置的我们，可以回

---

[*] 普拉克西特列斯（Praxiteles），公元前四世纪希腊雕塑家。
[†] 弗朗西斯·斯巴福德（Francis Spufford, 1964 — ），英国作家。

答这个他屡次被问及却无法应对的问题。和他相比，我们更容易察觉，正是他所继承和培养的情感传统让他如此轻易地为珠峰所俘获。而这也是本书试图达到的目的之一——从历史角度理解马洛里为何如此钟情山中种种，远胜平地万物。

大山的传说要了马洛里的命，但自去世起，他自己也成了这个传说的新要素，并且影响深远。他身处历史之中，传扬着山峰的魔力，令其流布愈广。他像无数前辈后人一样为高山险峰之爱献身，但这无损群山奇特而迷人的分量，反而为之增添魅力。马洛里身后长存的，正是那使他罹难的情感——他让人们心中的山峰愈加壮丽灿烂。

雪兔

> 所有的强烈情感中,惊奇排在首位。
>
> ——勒内·笛卡尔,1645 年

当然,乔治·马洛里是极端个案。出于对某一座高山的狂热,他赌上了自己珍爱的一切,最终悉数失去。在马洛里生前和死后,千百万人(包括我自己)在山峰这种险恶多变的粗犷地形中找到了诸多向往的东西,但对于这千百万人中的大多数(包括我自己),山峰的魅力在于美景和陌生感,而不是风险和丧失。

山峰似乎满足了西方世界日益强烈的想象需求。越来越多的人渴望亲近大山,在山中找到强有力的慰藉。从本质上讲,山峰和一切蛮荒之地一样,挑战着我们极易陷入的自负情绪:世界是人类为自己创造的。我们中绝大多数人在绝大多数时候生活在人为安排、赋义、控制的世界里，忘了还有些自然之境对开关触发和表盘旋转无动于衷，它们自有运转节奏和生存法则。山峰矫正了这种遗忘症。大山展示出我们无计召唤的伟力，让我们面临难以想象的漫长时光，以此驳斥我们对于人造世界的过分信赖，也深刻质疑着我们存在的持久性和种种规划的重要性。我想，山峰让我们生出谦恭之心。

山峰也重塑着我们对自己的认识，重塑着我们内心的风景。遥远的山地世界——它的艰险、它的美丽——赋予我们一种珍贵的视角，来审视生活中最为熟稔、标识清晰的领地。它能微妙地重新引导我们，好让我们调整角度以明辨自己的位置。大山广袤而繁复，拓展了个人思维，同时又将它压缩：山让人知道自己思维广阔，难以计量，同时又深谙自己的渺小。

最根本，也最重要的是，山峰让我们对神奇事物变得敏锐。大山真正的恩惠，不在于提供挑战和竞争，供人征服或占有（尽管许多人正是冲着这些去的），而在于赐予我们更柔软却远远更为强大的东西：它让我们愿意相信奇迹——无论这奇迹是冰层下流水形成的黑暗漩涡，还是砾石树木背风面上茸茸青苔的轻柔触感。深入山地让我们对自然界最简单的往还重新充满惊奇：一片重量仅为百万分之一盎司的雪花轻轻落到摊开的掌中；流水耐着性子，在花岗岩面上刻出沟壑；石头不动声色地在岩屑遍布的溪谷中挪移。伸出手去，感受岩石上的隆脊刻痕，这是冰川行过之处；阵雨过后，听听流水如何令山坡生意盎然；夏末时分，看看阳光遍洒辽阔风光，仿佛无穷无尽的洪流——所有这些都绝非无足轻重的体验。大山还我们以惊奇的能力，这无价的能力往往被现代生活滤尽；大山更激励我们，在寻常生活里也可以启用这一能力。

＊＊＊

某年一月下旬，我和三位朋友去攀登罗温山的阿乔瑞恩峰，在苏格兰拉根湖附近。一早天气极好，大帆船般的云朵满帆驶过天空，一片湛蓝之上群舸竞发，款款而行。积雪将光线调到白色频谱，阳光强劲明亮。尽管空气寒冷，又或者正因如此，一行四人步行进山时，我感到脚趾手指上血液温暖搏动，而太阳照在脸颊边上，微微发烫。

沿着山路，可以上到罗温山三座不同的顶峰。东翼可见两处冰斗，面目严峻，是冰川在更新世从山里开凿的。那天冰斗峭壁上密布坚冰，走近时，只见它们在阳光下闪闪发亮。我们先穿过一片矮松林，出了林子到开阔地上，又越过宽宽的数道泥炭藓。夏日里，这些苔藓满溢雨水，抖动着，像水床一样颤颤巍巍，但冬天好似一把锤子，把它们砸得纹丝不动，又在上面覆上一层薄冰。从上面走过时，可以看到清澈冰面之下，茂盛斑斓的苔藓像毯子一般；捕虫堇处处点缀，有如黄绿色的星星。

我们开始攀登朝东的一道山脊，它分隔了两座冰斗。登山时变天了，云层渐厚，在天空中飘浮的速度降了下来，光线也不再稳定，从银色转向暗灰。一小时之后，下起大雪。

接近山顶时，我们几乎笼罩在乳白天空中，分不清天地，气温也变得更低。手套冻成僵硬的壳子，相击时发出空洞的噔噔声。呼出的气息飘到巴拉克拉瓦帽上，积起厚厚一层白色冰痂，像化妆拙劣的小丑的大嘴。

离山顶几百码处，山脊上开阔起来，我们得以安全地解下绳索。同伴们停下来吃东西，而我继续向前，想在这乳白天空里独享一番。大风沿着山脊扑来，在它无形的压力之下，一切都被赶着跑。千百万雪尘颗粒贴着地面不断奔涌，吃力地带起搓圆的大块积雪，在山脊表面滑行。硕大柔软的雪花漫天而下，随风向我吹来，痛击着衣服，却几乎无声无息，身上迎风的一面生出薄薄一层白雪绒毛。我仿佛蹚过一道随意流淌的白色河流，溯流而上，朝任何方向都看不见五码开外的东西，只觉得彻底孤单，又兴奋不已。回旋大雪之外的世界已经无足轻重，也几乎无从想象，我像是这个星球上的最后一个人。

几分钟后，我走到小小的山顶平地，停下来。几步之外，一只雪兔正坐着打量我——它蹲踞在肥硕的后腿上，长耳朵不停抽动，似乎对自己山头出现的这个身影颇为奇怪，却并不惊慌。这野兔通体纯白，除了黑色的尾巴、胸口的一小撮灰毛，以及耳朵上的两道黑边。它挪了几步，步态很特别，后腿连带着臀部慢慢向前向上转动，几乎从头顶上跨过，然后又停下来。我们就这样立在飞雪中，足足半分钟，置身于暴风雪奇特的寂静里，我戴着那个冰结成的小丑嘴巴，而野兔披着一身华美白毛，黑眼睛闪闪发亮。

这时朋友们从乳白天空中过来了，活像鬼影，身上的登山器材叮当作响。野兔立即拔腿飞奔，腾起一阵雪粉，先是一个急转弯，然后左拐右拐地跑进暴风雪里，轻灵又迅疾，身子消失很久了，还看得到黑尾巴上下蹿动。

我在山顶又站了一会儿，等同伴上来后再下山。我想着这雪兔，想着，这样一个动物穿过某条道路是在提醒我，它也有自己的"道"，雪兔穿过我的路，而我也走过它的路。思绪随即飘离山头，我不再回味山脊上乳白天空中的独处感受，而念起眼前看不见的远方。我也不再觉得被飞雪围裹，却感到被它容纳，被它延展——雪落在广袤的大地上，我成了其中一部分。我想起东方，雪会落在凯恩戈姆山脉十亿岁高龄的花岗岩山脊上；我想起北方，雪会静静覆盖莫纳利亚山脉——灰色群山——的空寂荒野；我想起西方，雪会降临诺伊德特半岛的雄峰：拉达尔山、布伊德山和卢因纳山——利爪之山、金黄之山和愤怒之山。我想着大雪落在无数看不见的崇山峻岭之上，也想着，此时此刻，我只愿待在此地，哪儿都不要去。

拓展阅读

关于山的文献浩如烟海。下面是我筛选出来的对《念念远山》成书颇有助益的书及文章。以章节划分,按作者姓名首字母排序。每本书或每篇文章仅在第一次出现的章节中列出,不重复出现。末尾则是一些整体上为我带来启发与帮助的书。

着迷

Malcolm Andrews, *The Search for the Picturesque: Landscape Aesthetics and Tourism in Britain, 1760—1800* (Aldershot: Scolar, 1990)

John Ball, ed., *Peaks, Passes and Glaciers: a Series of Excursions by Members of the Alpine Club* (London: Longmans, Green & Co., 1859)

James Boswell, *The Journal of a Tour to the Hebrides, with Samuel Johnson* (London: C. Dilly, 1785)

Apsley Cherry-Garrard, *The Worst Journey in the World* (London: Penguin, 1922)

Bernard Comment, *The Panorama* (London: Reaktion, 1999)

G. R. De Beer, *Early Travellers in the Alps* (London: Sidgwick & Jackson, 1930)

———, *Alps and Men* (London: Edward Arnold, 1932)

Daniel Defoe, *A Tour through the Whole Island of Great Britain* (London: Dent; New York: Dutton, 1962, first published 1724–7)

Claire Eliane Engel, *A History of Mountaineering in the Alps* (London: George Allen & Unwin Ltd, 1950)

R. Fitzsimons, *The Baron of Piccadilly: the Travels and Entertainments of Albert Smith 1816–1860* (London: Geoffrey Bles, 1967)

Maurice Herzog, *Annapurna*, trans. Nea Morin and Janet Adam Smith, (London: Jonathan Cape, 1952)

John Hunt, *The Ascent of Everest* (London: Hodder and Stoughton, 1953)

U. C. Knoepflmacher and G. B. Tennyson, eds., *Nature and the Victorian Imagination* (Berkeley; London: University of California Press, 1977)

Arnold Lunn, *The Matterhorn Centenary* (London: George Allen & Unwin Ltd, 1965)

John Mandeville, *The Travels of Sir John Mandeville*, trans. C. W. R. D. Moseley (Harmondsworth: Penguin, 1983)

Alfred Mummery, *My Climbs in the Alps and the Caucasus* (London: Fisher Unwin, 1898)

John Murray, *A Glance at Some of the Beauties and Sublimities of Switzerland: with Excursive Remarks on the Various Objects of Interest, Presented during a Tour through Its Picturesque Scenery* (London: Longman, Rees, Orme, Brown and Green, 1829)

E. F. Norton et al., *The Fight for Everest: 1924* (London: Edwin Arnold, 1925)

John Ruskin, *Modern Painters*, 5 vols. (Volume IV, *Of Mountain Beauty*) (London: George Allen & Sons, 1910; first published 1843, 1846, 1856, 1860)

Horace-Bénédict de Saussure, *Voyages dans les Alpes, précédés d'un essai sur l'Histoire Naturelle des environs de Genève* (Neuchâtel: Samuel Fauche, 1779–96)

Ernest Shackleton, *South* (London: Heinemann, 1970, first published 1920)

Albert Smith, *The Story of Mont Blanc* (London: Bogue, 1853)

Leslie Stephen, *The Playground of Europe* (London: Longmans, Green & Co., 1871)

Edward Whymper, *Scrambles amongst the Alps in the Years 1860–69* (London: John Murray, 1871)

Frank Worsley, *Endurance: an Epic of Polar Adventure* (London: Philip Allan & Co., 1931)

Francis Younghusband, *The Epic of Mount Everest* (London: Edward Arnold, 1926)

伟大的石头书

Robert Bakewell, *An Introduction to Geology, illustrative of the general structure of the earth; comprising the elements of the science, and an outline of the geology and mineral geography of England* (London: J. Harding, 1813)

Georges Louis-Leclerc Buffon, *Natural History: Containing a Theory of the Earth,* trans. J. S. Barr, 10 vols. (London: J. S. Barr, 1797, first published 1749–88)

Thomas Burnet, *The Sacred Theory of the Earth,* ed. Basil Willey (London: Centaur Press, 1965, first published in Latin in 1681, and in English in 1684)

Georges Cuvier, *Essay on the Theory of the Earth,* trans. and ed. Robert Jameson, 5th edn (Edinburgh: William Blackwood, 1827, first published 1812)

Charles Darwin, *The Voyage of the Beagle* (London: Dent; New York; Dutton, 1967, first published 1839)

Isabella Duncan, *Pre-Adamite Man; or, the Story of Our Old Planet & Its Inhabitants, Told by Scripture & Science* (London: Saunders, Otley and Co., 1860)

Richard Fortey, *The Hidden Landscape* (London: Pimlico, 1994)

Douglas Freshfield, *The Life of Horace Bénédict de Saussure* (London: Edward Arnold, 1920)

Marjorie Hope Nicolson, *Mountain Gloom and Mountain Glory: the Development of the Aesthetics of the Infinite* (Ithaca: Cornell University Press, 1959)

James Hutton, *Theory of the Earth* (Weinheim: H. R. Engelman, 1959, first published 1785–99)

Charles Lyell, *The Principles of Geology: an Attempt to Explain the Former Changes of the Earth's Surface by Reference to Causes Now in Operation,* 3 vols. (London: John Murray, 1830–33)

John McPhee, *Basin and Range* (New York: Farrar, Straus and Giroux, 1981)

Hugh Miller, *The Testimony of the Rocks or Geology in Its Bearings on the Two Theologies Natural and Revealed* (Edinburgh: William P. Nimmo, 1878, first published 1857)

John Playfair, *Illustrations of the Huttonian Theory of the Earth* (London: Cadell and Davies, 1802)

Martin Rudwick, *Scenes from Deep Time: Early Pictorial Representations* of the Prehistoric World (Chicago: Chicago University Press, 1992)

Jonathan Smith, *Fact and Feeling: Baconian Science and the Nineteenth-Century Literary Imagination* (Madison, Wis.: University of Wisconsin Press, 1994)

Antonio Snider-Pelligrini, *Creation and Its Mysteries Revealed* (Paris: 1858)

Alfred Wegener, *The Origins of Continents and Oceans* (London: 1966, first published 1915)

Simon Winchester, *The Map That Changed the World* (London: Viking, 2001)

William Whiston, *A New Theory of the Earth*, 4th edn (London: Sam Tooke and Benjamin Motte, 1725)

John Woodward, *The Natural History of the Earth*, trans. Benjamin Holloway (London: Thomas Edlin, 1726)

追逐恐惧

Edmund Burke, *A Philosophical Enquiry into the Origin of Our Ideas of the Sublime and Beautiful*, ed. Adam Phillips (Oxford: World's Classics, 1990, first published 1757)

George Byron, *Letters and Journals*, ed. Leslie A. Marchand, 12 vols. (London: John Murray, 1973–81)

Charles Darwin, *The Origin of Species by Means of Natural Selection* (Oxford: Oxford University Press, 1998, first published 1859)

Elaine Freedgood, *Victorians Writing about Risk* (Cambridge: Cambridge University Press, 2000)

Yi Fu Tuan, *Landscapes of Fear* (Oxford: Blackwell, 1979)

Frances Ridley Havergal, *Poetical Works*, 2 vols. (London: James Nisbet & Co., 1884)

Samuel Johnson, *A Journey to the Western Islands of Scotland* (Oxford: Clarendon Press, 1985, first published 1775)

John Ruskin, *The Letters of John Ruskin*, ed. E. T. Cook and Alexander Wedderburn, 2 vols. (London: G. Allen, 1909)

Robert Service, *Collected Poems of Robert Service* (London: Benn, 1978)

Samuel Smiles, *Self-help* (London: John Murray, 1958, first published 1859)

Samuel Taylor Coleridge, *Collected Letters of Samuel Taylor Coleridge*, ed. E. L. Griggs, 6 vols. (London: 1956–71)

John Tyndall, *Mountaineering in 1861* (London: Longman, Green & Co., 1862)

冰川与冰：时光之流

Louis Agassiz, *Études sur les glaciers* (Neuchâtel: Solothurn, 1840)

Henry Alford, 'Inscription for a Block of Granite on the Surface of the Mer de Glace', in *The Poetical Works of Henry Alford,* 4th edn (London: Strahan, 1865)

Karl Baedeker, *Handbook for Travellers to Switzerland and the Adjacent Portions of Italy, Savoy and the Tyrol*, 4th edn (London: John Murray, 1869)

Gillian Beer, *Open Fields* (Oxford: Clarendon Press, 1996)

Marc-Theodore Bourrit, *A Relation of a Journey to the Glaciers in the Duchy of Savoy,* trans. Charles and Frederick Davy (Norwich: Richard Beatniffe, 1779)

Samuel Butler, *Life and Habit* (London: Trübner, 1878)

Frank Cunningham, *James David Forbes, Pioneer Scottish Glaciologist* (Edinburgh: Scottish Academic Press, 1990)

James L. Dyson, *The World of Ice* (London: The Cresset Press, 1963)

James David Forbes, *Travels through the Alps of Savoy* (Edinburgh: Adam and Charles Black, 1843)

Edward Peck, 'The Search for Khan Tengri', *Alpine Journal*, vol. 101, no. 345 (1996), 131–9

Richard Pococke, *A Description of the East and Some Other Countries*, 2 vols. (London: J. & R. Knapton, 1743–5)

Robert Ker Porter, *Travels in Georgia, Persia, Armenia, Ancient Babylon, etc.*, 2 vols. (London: Longman, 1821–2)

John Ruskin, *The Collected Works*, ed. E. T. Cook and A. Wedderburn, 39 vols. (London: G. Allen, 1903–12)

Percy Bysshe Shelley, *Peacock's Memoirs of Shelley: with Shelley's Letters to Peacock*, ed. H. F. B. Brett-Smith (London: H. Frowde, 1909)

John Tyndall, *The Glaciers of the Alps* (London: John Murray, 1860)

Mark Twain, *A Tramp Abroad* (London: Chatto & Windus, 1901, first published 1880)

William Windham, *Account of the Glacieres or Ice Alps in Savoy* (London: 1744)

高处: 顶峰与风景

Richard D. Altick, *The Shows of London* (Cambridge, Mass.: The Belknap Press, 1978)

John Auldjo, *Narrative of an Ascent to the Summit of Mont Blanc* (London: Longmans, 1828)

Gaston Bachelard, *Air and Dreams*, trans. Edith R. Farrell and C. Frederick Farrell (Dallas: The Dallas Institute Publication, 1988, first published 1943)

Mick Conefrey and Tim Jordan, *Mountain Men* (London: Boxtree, 2001)
Alain Corbin, *The Lure of the Sea,* trans. Jocelyn Phelps (Paris, 1988, London: Penguin, 1990)
John Evelyn, *The Diary of John Evelyn,* ed. E. S. de Beer, 6 vols. (Oxford: Clarendon Press, 1955)
Bruce Haley, *The Healthy Body and Victorian Culture* (Cambridge, Mass.: Harvard University Press, 1978)
John Muir, *My First Summer in the Sierra* (Boston: Houghton Mifflin, 1911)
Jim Ring, *How the English Made the Alps* (London: John Murray, 2000)
Percy Bysshe Shelley, *The Poems of Shelley,* ed. Geoffrey Matthews and Kelvin Everest, 2 vols. (London: Longmans, 1989)
Joe Simpson, *The Beckoning Silence* (London: Jonathan Cape, 2002)
Andrew Wilson, *The Abode of Snow,* 2nd edn (Edinburgh: London: William Blackwood & Sons, 1876)
Geoffrey Winthrop Young, *The Influence of Mountains upon the Development of Human Intelligence* (London: Jackson, Son & Company, 1957)

走下地图

J. R. L. Anderson, *The Ulysses Factor* (London: Hodder & Stoughton, 1970)
Colonel S. G. Burrard and H. H. Hayden, *A Sketch of the Geography and Geology of the Himalaya Mountains and Tibet* (Calcutta: Government of India, Geological Survey of India, 1907–8)
Joseph Conrad, *Heart of Darkness* (London: Penguin, 1973, first published 1902 as a novella, 1899 as a serial)
——, *Lord Jim* (Edinburgh: Blackwoods, 1900)

George Eliot, *Middlemarch*, ed. W. J. Harvey (London: Penguin, 1985, first published 1871-2)

Douglas Freshfield, *The Exploration of the Caucasus*, 2 vols. (London: Edward Arnold, 1896)

R. L. G. Irving, *The Mountain Way* (London: J. M. Dent & Sons, 1938)

Richard Jefferies, *Bevis, the Story of a Boy* (London: Duckworth & Co., 1904)

Jon Krakauer, *Into the Wild* (London: Pan, 1999)

Barry Lopez, *Arctic Dreams: Imagination and Desire in a Northern Landscape* (New York: Charles Scribner's Sons, 1986)

Roderick Nash, *Wilderness and the American Mind* (New Haven; London: Yale University Press, 1973)

Colonel R. H. Phillimore, *Historical Records of the Survey of India*, 4 vols. (Dehra Dun: Survey of India, 1958)

J. B. Priestley, *Apes and Angels* (London: Methuen & Co., 1928)

Arthur Ransome, *Swallows and Amazons* (London: Jonathan Cape, 1930)

Eric Shipton, *Blank on the Map* (London: Hodder and Stoughton, 1936)

Susan Solnit, *Wanderlust: a History of Walking* (London: Penguin, 2000)

Wilfred Thesiger, *The Life of My Choice* (London: Collins, 1987)

崭新的天空，崭新的大地

Abbé Pluche, *Spectacle de la Nature ... Being Discourses on Such PARTICULARS of Natural History as Were Thought Most Proper to Excite the Curiosity and Form the Minds of Youth,* trans. Mr Humphreys, 3rd edn (London: L. Davis, 1736)

Charles Dickens, *Little Dorrit,* ed. J. Holloway (London: Penguin Classics, 1985, first published 1855-7)

Conrad Gesner, *On the Admiration of Mountains*, trans. W. Dock (San Francisco: The Grabhorn Press, 1937)

C. S. Lewis, *The Lion, the Witch, and the Wardrobe: a story for children* (London: Geoffrey Bles, 1950)

Claude Reichler and Roland Ruffieux, *Le Voyage en Suisse* (Paris, Robert Laffont, 1998)

Jacob Scheuchzer, *Itinera per Helvetiae Alpinas Regiones* (London: Vander, 1723)

Barbara Maria Stafford, *Voyage into Substance: Art, Science, Nature, and the Illustrated Travel Account, 1760–1840* (Massachusetts: MIT Press, 1984)

John Tyndall, *Hours of Exercise in the Alps* (London: Longmans, 1871)

珠穆朗玛峰

Roland Barthes, *Mythologies*, trans. Annette Lavers (London: Paladin, 1973)

Peter Bishop, *The Myth of Shangri-La: Tibet, Travel Writing and the Western Creation of Sacred Landscape* (The Athlone Press: London, 1989)

Robert Bridges, ed., *The Spirit of Man* (London: Longmans & Co., 1916)

C. G. Bruce, *Twenty Years in the Himalaya* (London: Edward Arnold & Co., 1910)

——, *The Assault on Mount Everest, 1922* (London: Edward Arnold & Co., 1923)

John Buchan, *The Last Secrets* (London: Thomas Nelson, 1923)

Patrick French, *Younghusband* (London: HarperCollins, 1994)

Peter and Leni Gillman, *The Wildest Dream: Mallory, His Life and Conflicting Passions* (London: Headline, 2000). I publicly misjudged this fine biography when it appeared, a misjudgement for which I have apologized, but apologize again.

Michael Holroyd, *Lytton Strachey* (London: Vintage, 1995)

C. K. Howard-Bury and George Mallory, *Mount Everest: the Reconnaissance, 1921* (London: Edward Arnold & Co, 1922)

S. C. Joshi, ed., *Nepal Himalaya; Geo-ecological Perspectives* (Naini Tal: Himalayan Research Group, 1986)

John Keay, *When Men and Mountains Meet: the Explorers of the Western Himalaya* (London: John Murray, 1977)

Kenneth Mason, *Abode of Snow* (London: Diadem Books, 1987)

John Noel, *Through Tibet to Everest* (London: Edward Arnold, 1927)

David Pye, *George Leigh Mallory* (Oxford: Oxford University Press, 1927)

Cecil Godfrey Rawling, *The Great Plateau, Being an Account of Exploration in Central Tibet, 1903, and of the Gartok Expedition 1904–1905* (London: Edward Arnold, 1905)

David Robertson, *George Mallory* (London: Faber, 1969)

Royal Geographical Society and Mount Everest Foundation, *The Mountains of Central Asia* (London: Macmillan, 1987)

Audrey Salkeld and Tom Holzel, *The Mystery of Mallory and Irvine* (London: Pimlico, 1999)

J. R. Smith, *Everest: the Man and the Mountain* (London: Whittles, 1999)

Walt Unsworth, *Everest*, 3rd edn (Seattle: The Mountaineers, 2000)

C. J. Wessels, *Early Jesuit Travellers in Central Asia 1603–1721* (The Hague: Martinus Nijhoff, 1924)

Geoffrey Winthrop Young, *On High Hills* (London: Methuen, 1933)

Francis Younghusband, *Everest: the Challenge* (London: Nelson, 1936)

雪兔

James Joyce, *Dubliners* (London: Jonathan Cape, 1926, first published 1914)

其他

Alpine Journal 是备受推崇的优秀刊物，从其前身 *Peaks, Passes and Glacier* 到最近出版的几期，都是《念念远山》最主要的参考资料。我也从 *Blackwood's Edinburgh Magazine, Cornhill Magazine, Daily News, Philosophical Magazine, Philosophical Transactions of the Royal Society* 及 *The Times* 等杂志中引用了部分内容。

我还间接引用了很多书。其中极具价值的有 Phil Bartlett 的 *The Undiscovered Country* (London: The Ernest Press, 1993); Ronald Clark 的 *The Victorian Mountaineers* (London: Batsford, 1953); Fergus Fleming 的 *Killing Dragons* (London: Granta, 2000); Wilfrid Noyce 的 *Scholar Mountaineers: Pioneers of Parnassus* (London: Dennis Dobson, 1950); Keith Thomas 的杰出作品 *Man and the Natural World: Changing Attitudes in England 1500–1800* (London: Allen Lane, 1983); 以及 Walt Unsworth 的 *Hold the Heights: the Foundations of Mountaineering* (London: Hodder and Stoughton, 1994)。Jan Morris 的 *Pax Britannica* 三部曲 (London: Faber, 1968, 1973, 1978) 以独一无二的方式让我感受到十九世纪的不列颠，也为我提供了丰富的信息。

苏格兰群山的名字让我伤透脑筋。书中的山名均依照 Donald Bennet 编写的 *The Munros* (Edinburgh: The Scottish Mountaineering Trust, 1985)。

致谢

山峰和登山的历史绝不是一片杳无人迹的荒原。我曾不止一次迷失在信息和观点的暴风雪里，四处徘徊，而正是循着别人的足迹，才重新找到出路。我要特别感谢两本书。一本是西蒙·沙玛（Simon Schama）的《风景与记忆》（*Landscape and Memory*）。我只是粗浅地意识到，风景是想象和地质现实的结合，而西蒙早已在书中严谨又精练地表达过这一观点，并进行了扩展。另一本是弗朗西斯·斯巴福德精彩的文化史《我可能要离开一会儿》（*I May Be Some Time*），它是一部极地探险的想象史，我在写这本书的中途与它偶遇。

我要感谢在我写作过程中不断提供材料的编辑们，这些材料有的关于山峰，有的关于其他方面。非常感谢他们的信任和鼓励，还要感谢他们能给我留足版面：本书中的许多图像和观点，最早发表在报纸上经受读者的考验。我尤其感谢《经济学人》的史蒂夫·金,《伦敦书评》的詹姆斯·弗兰肯,《观察家报》的斯蒂芬妮·梅里特、罗伯特·麦克拉姆和乔纳森·希伍德,《旁观者》的马克·阿莫里,以及《泰晤士报文学副刊》的林赛·杜吉德。还有露西·莱思布里奇,真的非常感谢你最初给我这个机会。

出于种种原因,我还要感谢理查德·巴格莱、约翰·布伦纳、阿瑟·伯恩斯、本·巴特勒－科尔、盖伊·丹尼斯、蒂尼·戈洛普、乔·格里菲思、彼得·汉森、罗宾·霍奇金、特尔玛·洛弗尔和比尔·洛弗尔、乔治·麦克法伦和芭芭拉·麦克法伦、詹姆斯·麦克法伦、加里·马丁、特迪·莫伊尼汉、丹·尼尔、罗伯特·波茨、戴维·昆廷、尼克·塞登、安迪·肖、约翰·斯塔布斯、托比·蒂尔上校、埃蒙·特罗洛普、西蒙·威廉姆斯、马克·沃莫尔德和埃德·扬。

另外要感谢罗伯特·道格拉斯－费尔赫斯特,他是我的博士导师,对我有双重恩泽:既指点我的作品,又包容它的不足。感谢赫瑞－瓦特大学物理系。感谢马克·博兰(Mark Bolland)主动送来他的论文《尼采和山峰》(*Nietzsche and Mountains*,杜伦大学,一九九六年)。也感谢拉尔夫·奥康纳让我阅读他关于文学景观和十九世纪地质学的大作,这本书即将问世。

桑塔努·达斯、奥利·海斯、亨利·希钦斯、朱莉亚·洛弗尔、约翰·麦克法伦和罗莎蒙德·麦克法伦、拉尔夫·奥康纳、爱德华·佩克和艾莉森·佩克均审阅过本书草稿,并各自给出了明晰的专业意见,殊为宝贵,让本书受益匪浅。

克里斯蒂娜·哈迪门特和亚瑟·兰塞姆的其他遗嘱执行者准许我引用《燕子号和亚马逊号》中的一行文字，作为本书第六章题词；约翰·麦克法伦许可我复制使用第六及第九章的插图；罗莎蒙德·麦克法伦许可我复制使用照片，用于末尾页及第六和第七章；剑桥大学抹大拉学院的院长和董事们，以及马洛里家族准许我查阅乔治·马洛里的书信，并引用其中的段落；桑德拉·诺埃尔准许我复制使用第八章的插图；皇家地理学会准许我复制使用第八章的插图；奥德丽·索尔克尔德准许我复制使用第八章的插图；斯珀里尔家族准许我复制使用史蒂文·斯珀里尔的地图——对于他们，我都深表感谢。文内还有多幅插图的复制使用得到了剑桥大学图书馆特别委员会的许可。除此之外，其他插图的版权归作者所有。我还须特别感谢我的代理人杰茜卡·伍拉德，她将这本书从一大堆软塌塌的稿纸中抢救出来，嘱咐我加入第一人称叙事，并且自此以后就成了这本书绝妙的评论人和热心的推动者。谢谢我的编辑们：格兰塔（Granta）的萨拉·霍洛韦和万神殿出版社（Pantheon）的丹·弗兰克，他们才具非凡，慧眼识出这本书哪里不妥，应如何矫正，何处尚可，须怎样保留。谢谢我的母亲罗莎蒙德·麦克法伦让我使用她拍摄的精彩照片，还源源不断地给予我激励和热情，外加插图方面的专业技术指导。* 谢谢朱莉亚为我做的一切。

最后，我想感谢我的外祖父爱德华·佩克和外祖母艾莉森·佩克，感谢他们的热情、挚爱与博学。这本书是献给他们的。

---

* 由于原书图片版权复杂，简体中文版未能收录，敬请读者谅解。

地名翻译对照表

（按正文出现顺序）

哈里亚纳邦	Haryana
塔本洞	the Tabun Cave
温哥华岛	Vancouver Island
昆布冰瀑	the Khumbu Icefall
湖区	the Lake District
东格陵兰岛	East Greenland
凯恩戈姆山脉	the Cairngorm mountains
落基山脉	the Rockies
苏格兰高地	the Scottish Highlands
绒布冰川	the Rongbuk glacier
协格尔宗	the Dzongpen of Shekar
拉巴拉山坳	the Lhakpa La
南伽峰	Nanga Parbat
科什坦套山	Koshtan-Tau
安纳普尔纳峰	Annapurna
戈勒克布尔	Gorakpur

采尔马特谷	the Zermatt valley
马特洪峰	the Matterhorn
拉金霍恩峰	the Lagginhorn
米沙伯尔山脉	the Mischabel range
魏斯米斯山	the Weissmies
厄尔布鲁士山	the Elbruz range
勃朗峰	Mont Blanc
高加索山脉	the Caucasus
安第斯山脉	the Andes
乌什巴峰	Ushba
波波卡特佩特山	Popocatépetl
钦博拉索山	Chimborazo
卡兹别克山	Kazbek
干城章嘉峰	Kanchenjunga
加舒尔布鲁木峰	Gasherbrum
莱芒湖	Lac Leman
伦巴第平原	the Lombardy Plains
辛普朗山口	the Simplon Pass
马焦雷湖	Lake Maggiore
皮埃蒙特区	the Piedmont
亚平宁山脉	the Apennines
贝里克海岸	the Berwick coast
瓦尔帕莱索城	Valparaíso
德文港	Devonport

佛得角群岛	the Cape Verde Islands
巴塔哥尼亚高原	Patagonia
基约塔山谷	Valley of Quillota
基约塔钟峰	the Bell of Quillota
科迪勒拉山系	the Cordillera
火地岛	Tierra del Fuego
奈西谷	Strath Nethy
斯塔克－安－伊奥莱尔山	Stac-an-Iolaire
雄鹰崖	the Crag of the Eagle
拜耐克莫尔山	Bynack More
拜耐克贝格山	Bynack Beg
莱姆里吉斯	Lyme Regis
伊德里斯峰	Cadair Idris
尼亚加拉瀑布	the Niagara Falls
乌拉尔山	the Urals
象牙海岸	the Ivory Coast
非洲之角	the Horn of Africa
阿留申海沟	the Aleutian Trench
爪哇海沟	the Java Trench
马里亚纳海沟	the Marianas Trench
本·劳尔斯峰	Ben Lawers
齐纳尔罗特罗山	the Zinalrothorn
亚得里亚海	the Adriatic Coast
布雷顿海岸	the Breton coast

维苏威火山	Vesuvius
霞慕尼	Chamonix
蒙坦弗特山	the Montanvert
斯塔法岛	the Isle of Staffa
芬戈尔洞	Fingal's Cave
巴肯的布勒崖	the Buller of Buchan
斯科费尔山	Scafell
沃斯代尔海德	Wasdale Head
科特峰	the Mur de la Côte
育空河	Yukon River
魏斯峰	the Weisshorn
尤斯顿	Euston
巨人冰川	the Glacier du Géant
高僧峰	Le Grand Capucin
巨人之齿	La Dent du Géant
本内维斯山	Ben Nevis
奥尔特穆维林谷	the Allt a'Mhuilinn
卡恩莫德亚格山	Carn Mor Dearg
亚瑟王座山	Arthur's Seat
冰海冰川	the Mer de Glace
巨人山口	the Col du Géant
格林德瓦冰川	the Grindelwald glacier
布瓦冰川	the Glacier du Bois
波松冰川	the Glacier des Bossons

塞尔沃兹	Servoz
罗讷河	the Rhône
贾丁	the Jardin
天山山脉	the Tian Shan
伊内里切克冰川	the Inylchek glacier
波别达峰	Pik Pobeda
伯尔尼	Bern
萨朗什	Sallanches
博讷维尔	Bonneville
阿尔沃河	the River Arve
塞加拉	Saqqara
阿德布雷肯	Ardbraccan
萨伏依	Savoy
坦博拉火山	Tambora
温特拉冰川	the Unteraar glacier
兰贝里斯	Llanberis
温德米尔	Windermere
科西嘉岛	Corsica
戈尔纳冰川	the Gorner glacier
兹姆特冰川	the Zmutt glacier
塔雷弗雷冰川	the glacier of Talèfre
贝尔尼纳峰	the Piz Bernina
比昂科格拉特山	the Biancograt
蒙特勒	Montreux

阿罗拉	Arolla
密迪齿峰	the Haute Cime of the Dents du Midi
阿拉达格山脉	the Ala Dag range
瓦莱地区	the Valais region
图尔特曼塔尔	Turtmanntal
怀特岛	the Isle of Wight
布拉文峰	Bla Bheinn
斯凯岛	the Isle of Skye
阿勒山	Mount Ararat
特内里费岛	Tenerife
塞尼山	Mont Cenis
旺图山	Mont Ventoux
沃克吕兹省	Vaucluse
比利牛斯山脉	the Pyrenees
艾格莫尔特	Aigues Mortes
博尔塞纳湖	the lake of Bolsena
埃特纳火山	Etna
岩洞山	Grotto Hill
什罗普郡	Shropshire
坎布里亚郡	Cumbria
纳德尔峰	the Nadelhorn
兰斯峰	the Lenspitze
温德约赫	the Windjoch
佩雷林斯冰川	the Glacier des Pèlerins

南针峰	the Aiguille du Midi
伊塞克湖	Lake Issyk-Kul
桑塔什山口	the Santash pass
卡拉科尔	Karakol
汗腾格里峰	Khan Tengri
道拉吉里峰	Dhaulagiri
科摩林角	Cape Comorin
少女峰	the Jungfrau
艾格峰	the Eiger
皮拉图斯山	Mount Pilatus
毗斯迦山	Mount Pisgah
西奈山	Sinai
迪森蒂斯	Disentis
布尔尼亚	Purnea
比埃冰川	the Glacier du Buet
阿特拉斯山脉	the Atlas mountains
月亮山	the Mountains of the Moon
南非里克岭	the Rik range of South Africa
中国梅岭	the Mei-Ling Ridge
萨瓦山	the Savoy Alps
波蒂略雪原	the Portillo snowfields
大圣伯纳德山口	the Great St Bernard Pass
西姆拉	Simla
江孜村	Gyantse

蒂尔伯里	Tilbury
圣维森特角	Cape St. Vincent
直布罗陀巨岩	the Rock of Gibraltar
内华达山脉	the Sierra Nevada
塞得港	Port Said
锡金	Sikkim
则里拉山口	Jelep La
帕里	Phari
岗巴宗	Kampa Dzong
马卡鲁峰	Makalu
定日	Tingri Dzong
东绒布冰川	the East Rongbuk glacier
加利波利半岛	Gallipoli
东卡拉山口	the Donka La
比斯开湾	the Bay of Biscay
罗温山	the Hill of the Rowan
阿乔瑞恩峰	Beinn a' Chaorainn
拉根湖	Loch Laggan
莫纳利亚山脉	the Monadhliaths
诺伊德特半岛	the Rough Bounds of Knoydart
拉达尔山	Ladhar Bheinn
布伊德山	Meall Buidhe
卢因纳山	Luinne Bheinn

图书在版编目（CIP）数据

念念远山 /（英）罗伯特·麦克法伦著；杭海译
. —— 海口：南海出版公司, 2024.5
ISBN 978-7-5735-0602-3

Ⅰ. ①念… Ⅱ. ①罗… ②杭… Ⅲ. ①纪实文学－英国－现代 Ⅳ. ①I561.55

中国国家版本馆CIP数据核字(2023)第234401号

念念远山
〔英〕罗伯特·麦克法伦 著
杭海 译

出　　版	南海出版公司　(0898)66568511
	海口市海秀中路51号星华大厦五楼　邮编 570206
发　　行	新经典发行有限公司
	电话(010)68423599　邮箱 editor@readinglife.com
经　　销	新华书店
出版统筹	杨静武
责任编辑	秦　薇
特邀编辑	蔡　笑　郑科鹏
营销编辑	陈　文　朱雨清
装帧设计	汐　和 at compus studio
内文制作	王春雪
印　　刷	北京盛通印刷股份有限公司
开　　本	850毫米×1168毫米　1/32
印　　张	10
字　　数	200千
版　　次	2024年5月第1版
印　　次	2024年5月第1次印刷
书　　号	ISBN 978-7-5735-0602-3
定　　价	69.00元

版权所有，侵权必究
如有印装质量问题，请发邮件至 zhiliang@readinglife.com

著作权合同登记号　图字：30—2023—102

Mountains of the Mind: A History of a Fascination
Copyright © Robert Macfarlane, 2003
Simplified Chinese edition copyright © 2024
by ThinKingdom Media Group Ltd.
All rights reserved.